静思录

周林晓
2011-06-15
时年06岁

bai nian yin yuan

jing

si

lu

百年因缘静思录

周有光 著

人民文学出版社

图书在版编目（CIP）数据

百年因缘：周有光静思录/周有光著．—北京：人民文学出版社，2017
ISBN 978-7-02-012304-9

I.①百… II.①周… III.①散文集—中国—当代 IV.①I267

中国版本图书馆CIP数据核字(2016)第325193号

责任编辑　廉　萍
装帧设计　刘　静
责任校对　王玉川
责任印制　苏文强

出版发行　人民文学出版社
社　　址　北京市朝内大街166号
邮政编码　100705
网　　址　http://www.rw-cn.com

印　　刷　北京季蜂印刷有限公司
经　　销　全国新华书店等

字　　数　228千字
开　　本　820毫米×1230毫米　1/32
印　　张　11.5　插页4
印　　数　1—10000
版　　次　2012年1月北京第1版
印　　次　2017年2月第1次印刷

书　　号　978-7-02-012304-9
定　　价　33.00元

如有印装质量问题，请与本社图书销售中心调换。电话：010-65233595

目　录

前言 …………………………………………………… 1

卷一　闲谈人生

人才学定律 …………………………………………… 3
《〈伊索〉的舞台艺术》序 …………………………… 5
跟林汉达一同看守高粱地 …………………………… 8
刘香成《历史摄影集》序 …………………………… 11
窗外的大树风光 ……………………………………… 14
有书无斋记 …………………………………………… 17
《百岁新稿》自序 …………………………………… 19
漫说太平洋 …………………………………………… 23
中国有三宝 …………………………………………… 28
陈独秀和胡适分道扬镳 ……………………………… 34
日本文改的旗手村野辰雄 …………………………… 42

巧遇空军英雄杜立德 ················· 45

卷二　静观波涛

从大同论到理想国 ················· 51
走进世界 ······················ 55
两访新加坡 ···················· 62
全球化时代的世界观 ················ 71
人类历史的演进轨道 ················ 78
漫谈"西化" ···················· 84
东洋变西方 ···················· 92
传统宗教的现代意义 ················ 97
美国社会的发展背景 ················ 106
苏联历史札记
　——成功的记录和失败的教训 ·········· 119
暖房经济效应 ··················· 134
资本主义的发展阶段 ················ 137

卷三　思入风云

端午节的时代意义 ················· 145
启蒙运动 ······················ 148

分久必合　合久必分
　　——"二战"后世界大国的"大分大合" ……… 167
科学的一元性
　　——纪念"五四运动"七十周年 ……………… 182
把阿富汗建设成亚洲瑞士 …………………………… 190
不丹王国的民主化 …………………………………… 196
记两次语文现代化国际会议 ………………………… 201
三个国际语言问题 …………………………………… 214
土耳其的文字拉丁化 ………………………………… 227
彝文的规范化 ………………………………………… 231

卷四　学习新知

字母跟着宗教走 ……………………………………… 239
丝绸之路和字母之路 ………………………………… 248
《汉语拼音·文化津梁》序言
　　——纪念《汉语拼音方案》公布五十年 ……… 253
切音字运动百年祭 …………………………………… 256
人类文字的鸟瞰 ……………………………………… 260
汉字的技术性和艺术性 ……………………………… 281
语言和文字的类型关系 ……………………………… 286
语文教学的两条思路 ………………………………… 292
终身教育　百岁自学 ………………………………… 296

古书今读 ·· 300
女书：文化深山里的野玫瑰 ························ 303
文房四宝古今谈 ····································· 308
英语是如何成为国际共同语的 ···················· 338
学术自由和教授治校
　　——读高平叔著《蔡元培年谱长编》········ 350
圣约翰大学创立一百一十周年 ···················· 357

附录：周有光著作单行本目录 ···················· 360

前　　言

有几位青年朋友常来我家,谈天说地,陶然共乐。他们的年龄都比我小七十岁以上,可是我们之间毫无"代沟"的隔阂。我乐意倾听他们的时代新声,他们乐意倾听我的倚老卖老。他们和我可说是难得的忘年之交。

他们喜欢看我的文章。每次相见,我选择一些旧文和新稿,复印送给他们。日积月累,成为这本文集。我说,这些文章既谈不上文学,又谈不上学术。文学重视修辞,这里全是信笔写来,不假思索,未经琢磨加工。学术要求知识系统化,这里全是分散的篇章,随意杂凑,不成体系。这是一堆散乱的随笔,青年朋友们用作休闲读物,兴来拿起翻看,兴尽随手放下,倒也悠然自得。

如果说这里也有一丁点儿的可供借鉴的价值,那就是我下笔的时候,一定要进行一番独立思考,避免人云亦云,力戒以讹传讹。

我很高兴,我的青年朋友们,在阅读我的文章时候,不是先肯定文章的内容,而是先怀疑文章的内容,都要经过独立思考,然后接受,不认为老年人阅历多,认识水平必然超过青年人。

　　独立思考是轻而易举的脑力活动,人类的一项先天本能。对于长期接受引导训练的青年们,如果一时失去独立思考能力,也只要正襟危坐,闭目静思,就能渐渐恢复正常的独立思考本能。因此,这本文集定名为《静思录》。

周有光

2011.3.19

时年106岁

卷 一

闲谈人生

人才学定律

韩愈(768—824)是"人才学"的鼻祖,他发现如下的"人才学定律":

定律一:"识则有"

"世有伯乐,然后有千里马。"识马然后有马,识才然后有才。

定律二:"辱则无"

"祇辱于奴隶人之手,骈死于槽枥之间,不以千里称也。"多智有罪,斯文扫地。

定律三:"食不饱,才不见"

"食不饱、力不足,才美不外见,且欲与常马等不可得,安求其能千里也。"

定律四:"意不通,才无用"

"鸣之而不能通其意,执策而临之曰天下无马!呜呼,其真无马耶!"

1995.1.20

【附录】

韩愈《杂说四》

　　世有伯乐,然后有千里马。千里马常有,而伯乐不常有。故虽有名马,祇辱于奴隶人之手,骈死于槽枥之间,不以千里称也。

　　马之千里者,一食或尽粟一石。食马者不知其能千里而食也。是马也,虽有千里之能,食不饱、力不足,才美不外见,且欲与常马等不可得,安求其能千里也?

　　策之不以其道,食之不能尽其材,鸣之而不能通其意。执策而临之,曰:"天下无马!"呜呼!其真无马耶?其真不知马也!

《〈伊索〉的舞台艺术》序

我上小学以前,就听过伊索寓言。上小学以后,我看过中文的伊索寓言。1959年,北京人民艺术剧院的话剧《伊索》在北京演出,我看了。1980年,这个剧院再度上演《伊索》,我又看了。

两次看《伊索》,感受不同。第一次看了以后,我惊叹!第二次看了以后,我悲叹!

惊叹什么?惊叹剧本作者的才华!伊索寓言在我的印象里,原来像是许多珍宝散乱在桌子上,彼此之间是没有联系的。那年去首都剧场看《伊索》之前,我想,把伊索寓言写成话剧是可能的吗?看完以后,我像是在无边无际的大海上,眼前出现了海市蜃楼!剧本作者把散乱的珍宝编织成一幅生动的图画了。图画中每一个人都在紧张地活动,每一只鸟儿都在歌唱,每一头野兽都在奔跑。古老的传说变成有温度、有脉搏的现实生活。这是多么令人惊叹的才华!

悲叹什么?悲叹奴隶社会的不幸!

文明古国的希腊,原来是必须在两种不幸之中选择一种的充满着"两难"（dilemma）的奴隶社会！奴隶伊索的选择是，追求自由就得死，保留生命就得做奴隶。女奴隶主的选择是，要想生活舒适就不能得到真正的爱情，追求真正的爱情就只有跟着奴隶去受苦。漫长的奴隶时代呵，这是多么令人悲叹的社会！

可怜的伊索！见到你背上累累的鞭痕，我禁不住泪如雨下！我知道，你心灵上的鞭痕比你背上的还要多，还要深！正因为你有知识，所以你受到鞭挞。如果你也一无所知，你不是可以像阿比西尼亚一样去鞭挞别人吗？但你怎肯去鞭挞别人而换取愚蠢呢？

伊索的话，句句是血，是泪！的确，舌头是最好的东西，又是最坏的东西。怎样分辨舌头的好坏呢？第一次看完了戏时我问自己，我没有回答，就把问题丢开了。当我再次看《伊索》时，我又问自己，我不能再丢开这个问题。我要回答："实践是检验好坏的惟一标准。"由于历史服从实践的检验，所以希腊终于走出了奴隶时代。

《伊索》这个话剧是真正的说话艺术。舞台上只有六个人，一种布景，几张桌椅。但北京人艺的演员们，使观众忘记了他们是中国人扮演外国人，是现代人扮演古代人。他们把观众带进了两千五百年前，使观众的心弦跟伊索一同紧张地跳跃。

很高兴听到说北京人艺要编辑出版《〈伊索〉的舞台艺术》，我对这个剧院很有感情，曾经看过她演出的许多戏，剧院的创作者、导演和演员都是我多年的老朋友。时光易逝，不少老朋友已经故去,但是能让我欣慰的是,他们在中国话剧舞台上所留下的一个个艺术形象,正如伊索追求自由的精神那样,永不磨灭。

  谨以这篇短序,表达我对《伊索》艺术和老朋友们的永恒怀念。

2008.7

时年 103 岁

跟林汉达一同看守高粱地

宁夏平罗的"五七干校"

在宁夏平罗的远郊区,"五七干校"种了一大片高粱,快到收割的时候了。林汉达先生(当时71岁)和我(当时65岁)两人一同躺在土岗子上,看守高粱。躺着,这是"犯法"的。我们奉命:要不断走着看守,眼观四方,不让人来偷;不得站立不动,不得坐下,更不得躺下;要一人在北,一人在南,分头巡视,不得二人聚在一起。我们一连看守了三天,一眼望到十几里路以外,没有人家,没有人的影儿。没有人来偷,也没有人来看守我们这两个看守的老头儿。我们在第四天就放胆躺下了。

林先生仰望长空,思考语文大众化的问题。他喃喃自语:"揠苗助长"要改"拔苗助长","揠(yà)"字大众不认得。"惩前毖后"不好办,如果改说"以前错了,以后小心",就不是四言成语了。

停了一会儿,他问我:"未亡人"、"遗孀"、"寡妇",哪一种说法好?

"大人物的寡妇叫遗孀,小人物的遗孀叫寡妇。"我开玩笑地回答。

他忽然大笑起来!为什么大笑?他想起了一个故事。有一次他问一位扫盲学员:什么叫"遗孀"?学员说:是一种雪花膏——白玉霜、蝶霜、遗孀……林先生问:这个"孀"字为什么有"女"字旁?学员说:女人用的东西嘛!

林先生补充说:普通词典里没有"遗孀"这个词儿,可是报纸上偏要用它。

"你查过词典了吗?"我问。

"查过,好几种词典都没有,"他肯定地告诉我。——他提倡语文大众化的认真态度,叫人钦佩!(编者注:许多年后,字典加进了"遗孀"。)

哲 理 和 笑 话

那一天,天上没有云,地面没有风,宇宙之间似乎只有他和我。他断断续续地谈了许多有哲理的笑话。"宗教,有多神教,有一神教,有无神教……"

"先生之成为右派也无疑矣!"我说。

"向后转,右就变成左了。"他笑了!

谈得起劲,我们坐了起来。我们二人同意,语文大众化要"三化":通俗化、口语化、规范化。通俗化是叫人容易看懂。

从前有一部外国电影,译名《风流寡妇》。如果改译《风流遗孀》,观众可能要减少一半。口语化就是要能"上口",朗读出来是活的语言。人们常写"他来时我已去了"。很通俗,但是不"上口"。高声念一遍,就会发现,应当改为"他来的时候,我已经去了"。规范化是要合乎语法、修辞和用词习惯。"你先走"不说"你行先"(广东话)。"感谢他的关照"不说"感谢他够哥儿们的"(北京土话,流气)。"祝你万寿无疆",不说"祝你永垂不朽"!林先生进一步说:"三化"是外表,还要在内容上有三性:知识性、进步性、启发性。我们谈话声音越来越响,好像对着一万株高粱在讲演。

太阳落到树梢了。我们站起来,走回去,有十来里路远。林先生边走边说:教育,不只是把现成的知识传授给青年一代,更重要的是启发青年,独立思考,立志把社会推向更进步的时代!

注:此文载《之江校友》1987年6月"特刊"和《群言》1990年5月号。林先生(1900—1972)曾任教育部副部长,1969年冬到1972年春跟我一同下放宁夏平罗"五七干校"。

刘香成《历史摄影集》序

人类的历史,可以用语言的声音记录,可以用文字的笔画记录,又可以用摄影的镜头记录。用摄影镜头记录历史是一门新学问,称为"摄影历史学"。

刘香成先生是一位杰出的"摄影历史学家"。

中国有一句古话:"行行出状元"。刘香成先生是摄影历史学的"全球状元"!

20世纪中,最最使人震惊的历史事件是苏联的自我消亡。20世纪中,最最使人震惊的摄影记录是刘香成先生的"苏联最后一秒钟"。

戈尔巴乔夫宣告苏联终止的讲稿,将永远"飘浮"在刘香成先生的摄影"空间",向全世界的观众,为苏联的反人类历史,作撕心裂肺的"忏悔"!

(2011.3.3,时年106岁)

【附录】

摘录整理记者葛军:《快门按下,苏联解体——访普

利策奖获得者刘香成》

苏联解体十五周年后的一天,我在北京采访获得普利策奖的美籍华人摄影家刘香成。

1991年12月25日晚,苏联莫斯科克里姆林宫的总统办公室,时任美联社驻莫斯科首席记者的刘香成,在苏联总统戈尔巴乔夫宣布苏联终止存在的瞬间,拍下了一张记录历史的照片。

刘香成说:"戈尔巴乔夫手里的讲稿只剩最后一页,我清醒地意识到,时间在一分一秒地过去,这关键的历史时刻不会重演。我等待着,最后按下快门。"

"我将终止我担任苏联总统这一职位所履行的一切行为。"照片上的戈尔巴乔夫刚刚发表完此番辞职演说,两眼低垂,无精打采地坐在办公桌前,身体向右侧微微倾斜,右臂支撑在办公桌上,左手将最后一页讲稿重重地甩向办公桌。为了表现讲稿下落时的动感,刘香成特意调慢了快门的速度,结果照片上的讲稿,浮在空中,充满了历史的现场感和运动感。得益于这张照片,刘香成获得了1992年度美国普利策奖,他本人也成为苏联解体的最后直接的见证人。

"就在我按下快门的一瞬间,我的后背被人重重地打了一拳;这一拳提醒我违反了事前与在场负责禁卫的克格勃人员不拍照的约定。"

"辞职演说后,戈尔巴乔夫要转场到另一房间接受CNN总裁的独家专访,我就想借此机会离开,赶回工作地发稿。"然而,禁卫人员告诉他,活动没结束,谁也不能离开。"我用英语和我那说得乱七八糟的俄语向他解释,我要去工作,不厌其烦地请求他让我出去。"迫于他的执着,禁卫终于推开了一人多高的笨重的大门,几乎是把他推了出去。

"在一条长长的通道里,我抱着照相机,沿着松软的红地毯,以百米冲刺的速度,向大门狂奔。"记者工作车就停在斯巴斯克钟楼下的大门口,刘香成跑到车前时,苏联的榔头镰刀国旗缓缓降下,俄罗斯的三色国旗徐徐上升,开始飘扬在克里姆林宫的上空。他见证了这具有划时代意义的历史时刻。第二天,全球三十多家报纸在头版刊用了刘香成拍摄的这张照片。

此后,刘香成又应邀去采访苏联人民代表大会最后一次会议。偌大的会议大厅空空荡荡,冷冷清清,直到会议开始,听众席上只有一个听众,还在打着瞌睡,另一个人则在主席台上宣布:"苏维埃社会主义共和国联盟解体。"(刘香成又把这位惟一听众的瞌睡姿态拍入历史镜头。)

窗外的大树风光

我在八十五岁那年,离开办公室,回到家中一间小书室,看报,看书,写杂文。

小书室只有九平方米,放了一顶上接天花板的大书架,一张小书桌,两把椅子和一个茶几,所余空间就很少了。

两椅一几,我同老伴每天并坐,红茶咖啡,举杯齐眉,如此度过了我们的恬静晚年。小辈戏说我们是两老无猜。老伴去世后,两椅一几换成一个沙发,我每晚在沙发上屈腿过夜,不再回到卧室去睡觉。

人家都说我的书室太小。我说,够了,心宽室自大,室小心乃宽。

有人要我写"我的书斋"。我有书而无斋,我写了一篇《有书无斋记》。

我的坐椅旁边有一个放文件的小红木柜,是旧家偶然保存下来的惟一遗产。

我的小书桌面已经风化,有时刺痛了我的手心;我用透明胶贴补,光滑无刺,修补成功。古人顽石补天,我用透明胶贴补书桌,不愧为炎黄子孙。

一位女客来临,见到这个情景就说,精致的红木小柜,陪衬着破烂的小书桌,古今相映,记录了你家的百年沧桑。

顽石补天是我的得意之作。我下放宁夏平罗"五七干校",劳动改造,裤子破了无法补,急中生智,用橡皮胶布贴补,非常实用。

林彪死后,我们"五七战士"全都回北京了。我把橡皮胶布贴补的裤子给我老伴看,引得一家老小哈哈大笑!

聂绀弩在一次开会时候见到我的裤子,作诗曰:"人讥后补无完裤,此示先生少俗情!"

我的小室窗户只有一米多见方。窗户向北,"亮光"能进来,"太阳"进不来。

窗外有一棵泡桐树,二十多年前只是普通大小,由于不作截枝整修,听其自然生长,年年横向蔓延,长成荫蔽对面楼房十几间宽广的蓬松大树。

我向窗外抬头观望,它不像是一棵大树,倒像是一处平广的林木村落,一棵大树竟然自成天地,独创一个大树世界。

它年年落叶发芽,春华秋实,反映季节变化;摇头晃脑,报告阴晴风信,它是天然气象台。

我室内天地小,室外天地大,仰望窗外,大树世界开辟了我的广阔视野。

许多鸟群聚居在这个林木村落上。

每天清晨,一群群鸟儿出巢,集结远飞,分头四向觅食。

鸟儿们分为两个阶级。贵族大鸟,喜鹊为主,骄据大树上层。群氓小鸟,麻雀为主,屈居大树下层。它们白天飞到哪里去觅食,我无法知道。一到傍晚,一群群鸟儿先后归来了。

它们先在树梢休息,漫天站着鸟儿,好像广寒宫在开群英大会,大树世界展示了天堂之美。

天天看鸟,我渐渐知道,人类远不如鸟类。鸟能飞,天地宽广无垠。人不能飞,两腿笨拙得可笑,只能局促于斗室之中。

奇特的是,时有客鸟来访。每群大约一二十头,不知叫什么鸟名,转了两三个圈,就匆匆飞走了。你去我来,好像轮番来此观光旅游。

有时鸽子飞来,在上空盘旋,还带着响铃。

春天的燕子是常客,一队一队,在我窗外低空飞舞,几乎触及窗子玻璃,丝毫不害怕窗内的人。

我真幸福,天天神游于窗外的大树宇宙、鸟群世界。其乐无穷!

不幸,天道好变,物极必反。大树的枝叶,扩张无度,挡蔽了对面大楼的窗户;根枝伸展,威胁着他们大楼的安全,终于招来了大祸。一个大动干戈的砍伐行动开始了。大树被分尸断骨,浩浩荡荡,搬离远走。

天空更加大了,可是无树无鸟,声息全无!

我的窗外天地,大树宇宙,鸟群世界,乃至春华秋实、阴晴风信,从此消失!

2009.3.11

有书无斋记

《开卷》主编董宁文先生要我写一篇小文章,参加纪念《开卷》三周年的"我的书斋"专栏。我勉强算个书生,可是没有书斋,只能写一篇《有书无斋记》充数。

1956年我从上海调来北京,住沙滩原北京大学内民国初年为德国专家造的一所小洋房里,占其中两间半房间,一间我母亲和姐姐住,一间我和老伴带小孙女住,半间做我的书房、客室、吃饭间,书橱留一半放菜碗。半间室内还放一张小双人床,给儿子和儿媳妇星期六回来住。

国外朋友听说我住在名胜古迹中,来信问我德国专家是哪位名人。小洋房年久失修,透风漏雨,已经破烂不堪。我在《新陋室铭》中写实:"卧室就是厨室,饮食方便;书橱兼作菜橱,菜有书香。""门槛破烂,偏多不速之客;地板跳舞,欢迎老友来临。"

改革开放之后,我们单位建造"新简易楼",这是北京建造住宅的开始。我分得两大两小四居室。我和老伴住一大间(15平方米);已经大学毕业的孙女住一大间(14平方米);保姆住一小间(8平方米)，附带放厨房用品；还有一小间(9平方米)做我的书房兼客室。我的书桌很小，只有90厘米长，55厘米宽，一半放稿纸，一半放电子打字机。拿开电子打字机，可以写字。

我的书桌既小又破。一次，我玩扑克牌，忽然一张不见了，找了半天，原来从桌面裂缝漏到下面抽屉里去了。我请木匠来整修桌面，同时把一个邮票大的破洞也补好了，焕然一新。一位副部长来访，他奇怪我的书桌为什么这样小。我说，大了就无法放小沙发和大书橱。书桌虽小，足够我写文章了。

上海老同事来北京，告诉我"反右运动"中自杀和劳改20年的多位老同事的惨事。大家羡慕我"命大"，躲开了反右运动，"在劫不在数"，有自由做研究工作。他们说，宁可无斋而有自由。我说，心宽室自大，室小心乃宽。

人事多变。孙女儿出国了。我的老伴去世了。我家的空间忽然扩大了。可是，我的心境反而空荡荡地无处安置了。

2003.3.9
时年98岁

《百岁新稿》自序

　　这本书里收集我在一百岁之前十年间写的部分杂文,题名《百岁新稿》。

　　八十五岁那一年,我离开办公室,不再参加社会活动,回到家里,以看书、写杂文为消遣。

　　我生于清光绪三十二年(1906),经历北洋政府时期、国民党政府时期、1949年后的新中国时期,友人戏称我四朝元老。这一百年间,遇到许多大风大浪,最长的风浪是八年抗日战争和十年"文化大革命",颠沛流离二十年。

　　抗日战争时期,我在重庆,一个日本炸弹在我身边爆炸,旁边的人死了,我竟没有受伤。"文化大革命"时期,我被下放到宁夏平罗"五七干校",跟着大家宣誓"永不回家",可是林彪死后大家都回家了。

　　我一生中最大的幸运是无意中逃过了"反右运动"。1955年10月,我到北京参加全国文字改革会议,会后被留在文字改革委员会工作,放弃上海的经济学教学职业。过了几年之后我才知道,"反右运动"在上海以经济学界为重点。上海经济学研究所所长,一位著名的马克思主义经济学家,自杀了。我的最优秀的一位研究生自杀了。经济学教授不进监牢的是例外。二十年后平反,一半死去了,一半衰老了。我由于改了行,不再算我过去的经济学旧账,逃过了一大劫难。"在劫不在数"!

常听老年人说:"我老了,活一天少一天了。"我的想法不同。我说:"老不老我不管,我是活一天多一天。"我从八十一岁开始,作为一岁,从头算起。我九十二岁时候,一个小朋友送我贺年片,写着"祝贺十二岁的老爷爷新春快乐"!

年轻时候,我健康不佳。生过肺结核,患过忧郁症。结婚时候,算命先生说我只能活到三十五岁。现在早已超过两个三十五岁了。算命先生算错了吗?算命先生没有算错。是医学进步改变了我的寿命。

2003年冬天到2004年春天,我重病住院。我的九十九岁生日是在医院里过的。医院送我一个蛋糕,还有很大一盆花。人们听说这里有一个百岁老人,就到窗子外面来偷偷地看我这个老龄品种,我变成医院里的观赏动物。佛家说,和尚活到九十九岁死去,叫做"圆寂",功德圆满了。我可功德圆满不了。病愈回家,再过斗室读书生活,消磨未尽的尘世余年。

老年读书,我主要读专业以外的有关文化和历史的书籍,想知道一点文化和历史的发展背景。首先想了解三个国家:中国、苏联和美国。了解自己的祖国最难,因为历代帝王歪曲历史,掩盖真相。考古不易,考今更难。苏联是新中国的原型,中国改革开放,略作修正,未脱窠臼。苏联瓦解以后,公开档案,俄罗斯人初步认识了过去,中国还所知极少。美国是当今惟一的超级大国,由于戴高乐主义反美,共产主义反美,伊斯兰教反美,美国的面貌变得模糊不清。了解真实的历史背景困难重重。可是旧纸堆里有时发现遗篇真本,字里行间往往使人恍然大悟。我把部分读书笔记改写成为短篇文章,自己备忘,并与同好们切磋。

先知是自封的,预言是骗人的。如果事后不知道反思,那就是真正的愚蠢了。聪明是从反思中得来的。近来有些老年人说,他们年轻时候天真盲从,年老时候开始探索真理,这叫做"两头真"。"两头真"是过去一代知识分子的宝贵经历。

我家发生过一个笑话。著名的漫画家丁聪,抗日战争时期常来我家。我们一家都很喜欢他,叫他小丁。我的六岁的儿子十分崇拜他。一天,我在家中闲谈,说小丁有点"左倾幼稚病"。我的儿子向他告密:"爸爸说你左倾幼稚病!"弄得小丁和我都很不好意思。多年以后,我的儿子到了七十岁时候,对我说:"其实那时爸爸的左倾幼稚病不亚于小丁。"

老来回想过去,才明白什么叫做"今是而昨非"。老来读书,才体会到什么叫做"温故而知新"。学然后知不足,老然后觉无知。这就是老来读书的快乐。

学而不思则盲,思而不学则聋。我白内障换了晶体,重放光明。我耳聋装上助听器,恢复了部分听觉。转暗为明,发聋振聩,只有科技能为老年人造福。

"朝闻道夕死可矣",这是最好的长生不老滋补品。

希望《百岁新稿》不是我的最后一本书。

2004.9.1

漫说太平洋

太平洋:中国的"外洋"

1983年我到檀香山参加东西方中心和夏威夷大学召开的"华语现代化会议"(全称:华语社区语文现代化和语言计划国际学术研讨会,1983.9.6/11)。东西方中心顺便邀请我参加另一个"太平洋国家语言和文化学术研讨会"(1983.9.1/3)。这个会议使我了解到太平洋上新独立国家的语言和文化的特点,以及他们的奇风异俗,特别是二次大战以后的变化。在我心中,他们跟中国离得很远,参加会议以后距离顿时缩短了。

太平洋很大,占地球面积的三分之一,有一万个岛屿,包括澳大利亚、新西兰、新几内亚岛和三大岛群:波利尼西亚(多岛群岛)、密克罗尼西亚(小岛群岛)和美拉尼西亚(黑人群岛),各有独特的语言和文化。这里也是多种语言正在消亡的地区。在航空时代,一些太平洋岛屿成了旅游胜地。英语是太平洋的共同语。

地球是个水球,海洋中有陆地,不是陆地中有海洋。谁能了解和利用海洋,谁就是地球的主人。西方国家争夺太平洋已经几百年了。中国只顾"四海之内",不顾"四海之外"。在中国人的眼光中,太平洋是"外洋"。

美国在夏威夷办了两所学院,专门培养太平洋上新独立国家的青年。一些原始岛屿已经现代化,短期内跨越了一万年的文化时差。太平洋上新独立国家都是我们的近邻,不是远不可及的远方。可是,不仅我们认为他们离我们很远,他们也认为我们离他们很远。

太平洋过于辽阔,岛屿多而小,相隔距离远,即使有了轮船仍旧是交通不方便的。非洲原始,由于历史原因。太平洋原始,由于地理原因。英国早期把澳大利亚作为流放罪犯的"自由"监狱,由大地看守罪犯。大洋洲内部往来方便,是航空时代、特别是"二战"之后的事情。

1946年我从上海到旧金山是坐轮船去的。当时中美之间只有军用飞行,还没有民用航空。我在太平洋上航行十四天,算是速度很快的了。有趣的是,过子午线后要重复一天,前一天是我的生日,后一天又是我的生日,我接连过了两个生日。我觉得太平洋很可爱。我忽然明白,太平洋不是"外洋",太平洋是"公海"。在"公海"上,中国应当开展自己的活动。

在太平洋上坐轮船航行,看海阔天空、波涛汹涌,这样的壮观景象有助于开拓我们的胸襟。民用航空开通以后,飞行速度一年年加快,中美之间可以朝发而夕至。人们飞越北极,几乎忘记了下面还有一个浩瀚的太平洋。地球缩小了,我们的胸襟不应当跟着缩小。不能用航海的景观来开拓胸襟,可以用航空的知识来开拓胸襟。

太平洋:美国的"内海"

"二战"之前,太平洋由日美两国分庭抗礼。"二战"之后,日本解除武装,军费限于国民总产值的1%。美国核动力航空母舰驻扎在日本横须贺军港。日本成了美国控制太平洋的根据地。太平洋成为美国一国的"内海"。

"一战"期间,日本夺取德国在太平洋上的多处岛屿;"二战"期间,日本又夺取其他有战略意义的岛屿。例如:帕劳群岛、马绍尔群岛、北马里亚纳群岛、密克罗尼西亚群岛等。美国反攻,日本退出,原来日本托管的岛屿改由美国托管。日美的太平洋战争非常剧烈。至今在所罗门群岛的瓜达尔卡纳尔岛等地,旅游者可以看到沉在海中的许多兵舰和飞机。

战后,联合国对这些岛屿采取民族自决政策,由当地居民自由投票,以大多数票决定独立与归属。美国宣扬这是和平和民主的政策。一家中文报纸的副刊说,这是如来佛的手心策略,都在如来佛的手心之中,还怕谁翻跟斗不成?太平洋中大小国家,包括澳大利亚,实际都在美国的保护伞之下。最近新加坡建成深水港,美国的核动力航空母舰立即前去访问。美国在太平洋四周进行经常的侦察,就是把太平洋作为"内海"来管理。

不久前,海南岛外上空,美国侦察机和中国战斗机相撞。评论家说,这是中国进入"四海之外"的一次接触。在美国侦察机还没有运回美国的时候,美国上演《珍珠港》电影,纪念六十年前日本偷袭珍珠港的惨痛教训。新闻说,电影十分逼真,海港残破,机舰摧毁,烈火冲天,骨肉横飞,一幕幕惊心动魄的镜头,唤起美国观众的愤激情绪,提高美国人民的备战意识。美籍日裔和华裔都惴惴不安。一位评论家问:这是否暗示美国必须有防御导弹?

有一本书上说:日本1941年12月7日偷袭珍珠港是计算错误。日本计算,摧毁珍珠港之后,美国至少要两年才能恢复太平洋舰队。想不到美国半年就恢复了。日本乘人之危,突然袭击,只用五个月时间轻而易举地占领整个太平洋,建成大日本帝国的东亚共荣圈。当时日本得意忘形,不可一世。可是好景不长,中途岛一战,大局倒转了过来。一位旅美朋友来信说,日本把美国当做纸老虎,撕破纸皮,一看是一头披着羊皮的真老虎。日本上当了。

在美国,有一次我去参观勒明顿打字机公司。客厅中央陈列一台小钢炮。我问公司的董事长:为什么陈列小钢炮?他说:美国没有兵工厂,一旦宣战,全国工厂都是兵工厂。我们工厂在战争期间制造小钢炮,所以陈列作为纪念。"美国没有兵工厂,一旦宣战,全国工厂都是兵工厂。"这句话在我的耳朵中不断回响!

最近看到斯塔夫里阿诺斯《全球通史》(中译本1999)中说:从1943年到1944年,美国每天生产一艘轮船,每5分钟生产一架飞机。"二战"中一共生产87,000辆坦克,296,000架飞机,5,300万吨船舰。支援苏联400,000辆吉普车和卡车,22,000架飞机(主要是战斗机),12,000辆坦克。又说:战争初期美国在太平洋只剩3艘航空母舰,两年后增加到50艘。从1941年到1944年,海军飞机从3,638架增加到30,070架,潜艇从11艘增加到77艘。从1941年到1945年,登陆艇从123艘增加到54,206艘。这些数字是"全国工厂都是兵工厂"的注解。

据说,美国估计,用常规战争占领日本,要牺牲20万军人。为了减少美国伤亡,缩短战争,决定施放原子弹。1945年8月6日,美国在广岛投下一颗原子弹。8月9日,又在长崎投下一颗原子弹。苏联在8月8日对日本宣战,进军满洲。8月14日,日本正式投降。日本的军国主义分子至今认为:海军战败、陆军没有战败;投降美国、附带投降中国。日本军国主义阴魂不散!

新闻说,《珍珠港》电影引起了太平洋各国的不安。人们悄悄地问:太平洋会再爆发一次"珍珠港事件"吗?下一次"珍珠港事件"将在什么地方、以什么方式爆发呢?一位历史学教授说:历史虽然有"轮回",但是人类的理智已经提高,能够化干戈为玉帛。苏联解体而没有发射原子弹。德法世仇而能共同组成"欧盟"。这都是超脱"轮回"的例子。人类在进化。

愿太平洋是"太平"洋。

2001.6.28

载《群言》2001年第9期

中国有三宝

长城、兵马俑和汉字

20世纪80年代,中国大陆开放旅游。外来旅游者抱着到"外空"去旅游的好奇心,来到中国大陆看看这地球上的"外空"。有几位外国科学家结伴而来,邀请我的朋友一位北京的科学家做伴。外国科学家说:中国有"三宝":长城、兵马俑和汉字。"长城"是伟大建设能力的象征。"兵马俑"是伟大组织能力的象征。"汉字"是伟大文化传统的象征。伟大的中国是"长城、兵马俑和汉字之国"。

事后,我的朋友对我说:外国人来看中国,不是来看我们的"现代化",而是来看我们的"古代化"。他们的"歌颂",从"现代化"来看,要另作头脑清醒的理解。我的朋友指出:

"长城"(外国人叫它"大墙")是"封闭"的象征。"长城之国"就是"封闭之国"。古代的中国,不但在北边有人造的砖石长城,在西边还有天然的高山长城,在东边还有天然的海岸长城,在南边还有天然的丛林长城。不但整个中国围在"大墙"之中,每一座房屋、每一个衙门、每一所学校,没有不是四面被高高的围墙围住的。有形的围墙以外,更多无形的围墙,围住了思想。

"兵马俑"是秦始皇专制暴政的形象化展览。中国的历史学家向来都把"秦始皇"作为"暴君"的代名词。"兵马俑"是"穷兵黩武、鱼肉人民"的见证。从艺术看,这是珍品。从历史看,这是暴政的遗迹。

在"三宝"之中,"汉字"是惟一有积极意义的一宝。但是,汉字是古代文明的结晶,不是现代文明的利器。

我的朋友说:文明古国的"现代化"是一场脱胎换骨的革命。"封闭"要改为"开放",开放要开放竞争和开放思想。"专制"要改为"民主",民主要废除政治特权和经济垄断。"教育"要摆脱"教条",既要摆脱古代教条,又要摆脱现代教条。这等于说,要拆除长城,打破兵马俑,否定汉字的神秘性。

听了他这一番话,我"闭目深思"者久之!

长城是封闭的象征

事物都有明暗两面。"三宝"的光明面,大家知道;"三宝"的阴暗面,有待认清。

从地缘政治来看,中国是一个天然的"封闭帝国"。古代没有轮船和飞机,"天马"是和平时期的汽车,战争时期的坦克。东面的海洋、西面的高山、南面的丛林,都是难于逾越的天堑。可是北面的沙漠不难骑马越过。"北筑长城",弥补了沙漠的封闭漏洞,使中国"固若金汤"。灿烂的"华夏文化",在这个封闭的暖房里安全地培育成长,蔚为大观。这要感谢以"长城"为象征的"封闭系统"。

"封闭"产生"安全","安全"产生"懈怠"。当塞北民族秣马厉兵的时候,关内皇朝一派歌舞升平。塞北民族一次又一次越过长城,破关而入。北京在一千年间是"辽、金、元、明、清"五个朝代的首都,其中四个朝代属于塞北入侵的民族。"长城"不能抵御关外的入侵,却能解除关内的戒备,北京是一再的历史见证。

"封闭"产生"自满","自满"产生"落后"。我们以"四大发明"而自豪,想不到"四大发明"的真正受惠者是西方帝国主义。"指南针"改进了轮船的航海术,"火药"提高了大炮的杀伤力,轮船和大炮使中国的"海岸长城"变成敞开的大门。当"乾嘉盛世"陶醉于"万物皆备于我"的时候,西方积极地进行工业革命,使中国从此由先进变为落后。

这个封闭系统远离西欧,被称为"远东"。英法先侵吞非洲、中东和南亚,然后进一步向东侵吞中国。他们一路上消化大片大片的殖民地,这需要很多时间。到达"远东",还没有来得及吞下整个中国,而帝国主义时代已经到尾声了。远东和西方之间的遥远距离,给中国换来了时间,幸免于像印度那样成为"全殖民地",而成了一个"半殖民地"。

西方历史学家说,古代有七个"文化摇篮",六个(苏末、埃及、米诺、希梯、米那、印度河)都在从地中海到印度河的

"西方",只有一个(华夏)在黄河流域的遥远"东方"。西方六个文化摇篮,彼此距离较近,不难相互吞并,一个个被历史浪潮消灭了。惟有"华夏文化"是独自孤立发展起来的,虽然也受到印度文化的影响,只发生了补充作用,没有动摇华夏的根本。地处遥远而封闭的东方,地广人众,难于被人一口鲸吞,居然"巍然独存"。可是交流不多、竞争很少,两千年来蹒跚前进,发展迟缓,还没有赶上工业化,已经到了"科技战争"的信息化新时代。在这个新时代中,我们还能继续依靠"封闭惯性"来生活吗?

秦 始 皇 模 式

"兵马俑"的发现,是考古史上的惊人大事,它使华夏文化"扬威"于原子弹的世界。提倡"星球大战"的美国总统里根,来到雄赳赳、气昂昂的"兵马俑"前面,竟显得十分渺小,好像是被解除了武装的"冷战失败者"!

秦始皇吞并六国,不仅建立了一个大一统的皇朝,还树立了一个"千古师表"的残暴独裁制度:"秦始皇模式"。"兵马俑"形象地、无误地告诉大家:"秦始皇模式"是"军国主义"。一个皇帝,百万军人,千万奴隶,这就是"秦始皇模式"。兵马俑"活着"的时候,在并吞六国的不断战争中,杀人之多、残暴之甚,罄竹难书。仅仅在"攻赵"的一次战役中就"斩首十万"。"西涉流沙、南尽北户、东有东海、北过大夏",所到之处血流成河!

秦始皇首创最严密的"保密制度",把自己跟臣民众庶彻底隔开。宫中的信息漏到外面,查不出泄密的人,就把左右全部杀掉。宁可错杀一千,不使漏网一个。鱼肉人民的帝王必然害怕人民,死了也离不开"兵马俑"的庞大保安队。

"兵马俑"告诉我们,秦始皇"马上得天下,马上治天下"。知识分子对他无用。"焚书坑儒",是后世"文字狱"、"语言狱"的先河。"以吏为师",废除了孔孟传下的教育制度。官吏成为传达皇帝命令和灌输教条的传声筒,任务就是实行"愚民政策"。

从秦陵一角看到的宏伟,可以想见"阿房宫"的百倍豪华。这"宏伟"和"豪华",全是奴隶的血肉堆成。

从七雄混战到四海统一,中国历史在动乱的阵痛中前进。废分封、设郡县,车同轨、书同文,是帝国统治的政绩。老百姓受不了的是:年年徭役、岁岁抓丁,"繁刑严诛,吏治刻深,赏罚不当,赋敛无度"。人人"不敢言而敢怒"。终于,民不聊生,揭竿而起,胡亥三年而死,子婴四十六日而亡。"朕为始皇帝,后世以数计,二世三世至于万世,传之无穷",成为历史笑话。深睡在地宫里的秦始皇,可能还在做梦,以为今天的统治者就是"传之无穷"的他的子孙呢!

唐章碣《焚书坑》诗云:"竹帛烟销帝业虚,关河空锁祖龙居;坑灰未冷山东乱,刘项原来不读书。""知识无用论"证明统治有用。

我的朋友建议,给每一位"兵马俑"的参观者赠送一份《秦始皇本纪》和《阿房宫赋》。

想做文化英雄吗?

这几位外国科学家走在北京的街道上,看到一路都是天书似的汉字招牌,觉得进入了一个神话世界,其味无穷!他们都不识汉字,从在北京留学的外国学生那里听到,汉字数以万计,是世界上最难但是最美的文字,谁能攻破这一关,谁就是"文化英雄"。我的朋友开玩笑地问他们:"你们想做文化英雄吗?"他们大笑说:"不敢作此妄想!"

1990.2.12

载《群言》1993 年第 10 期

陈独秀和胡适分道扬镳

《炎黄春秋》杂志(2008.1)发表邵建《胡适与陈独秀关于帝国主义的争论》(以下简称"邵文")。邵文说:1925年,陈独秀反对帝国主义,而胡适不承认有帝国主义。陈独秀说:"适之,你连帝国主义都不承认吗?"胡适说:"仲甫,哪有帝国主义?"这个八十年前的"旧闻",对孤陋寡闻的我来说,是一条闻所未闻的"新闻",其中有两个值得注意的历史掌故:一、最早的改革开放思想;二、反帝运动的历史来历。

八十年前的外交形势

第一次世界大战,中国参加协约国对德宣战,但是只派华工,不派军队。战后1919年举行"巴黎和会",订立《凡尔赛条约》。中国参加和会,派出的代表有北洋政府的陆徵祥、施肇基、顾维钧、魏宸组,以及国民党广东军政府的王正廷(当时南北两个敌对政府合作对外)。《凡尔赛条约》不顾中国的反对,规定把德国侵占的胶州湾、胶州铁路和山东各种权益,转让给日本。日本乘欧美无暇东顾,急于独吞中国,给北洋政府提出"二十一条"密约,强迫同意,内容有:日本继承德国在山东的一切权益,日本在南满和内蒙有广泛特权,中日合办警察和兵工厂,日本在中国有建筑铁路和公共工程的优先权等等。巴黎和会的不利消息,加上"二十一条"密约的泄露,激起中国人民的极大愤慨,全国罢课、罢工、罢市、大游行。这就是被称为中国文艺复兴的"五四运动"的高潮。中国代表在激昂的民气支持下,拒绝在《凡尔赛条约》上签字。

美国也对《凡尔赛条约》不满,美国代表签了字,美国国会拒绝批准条约。1921年,美国召开"华盛顿会议",解决远东和太平洋问题。1922年订立《九国公约》和中日《解决山东问题悬案条约》,限制日本太平洋海军,维持美国太平洋海军的优势;日本把胶州湾和德国在山东的权益归还中国,将胶州湾地区开辟为商埠,实行"门户开放、机会均等",各国有同样的通商权利;日本放弃"二十一条"密约,尊重中国的主权与领土完整。日本当然非常不满,但是当时日本无力反对。

关于华盛顿会议,有两种完全相反的评价。其一,认为门户开放便利美国侵略中国,使中国成为以美国为首的列强公共殖民地,这是美国的侵华策略。其二,认为门户开放,机会均等,列强放弃在中国划分势力范围,尊重中国的主权和领土完整,有利于中国。孰是孰非,今天能冷静思考了吗?

历史道路的崎岖曲折

国民党北伐胜利,统一了军阀割据的中国。但是,共产党势力日益庞大,日本占领东北、准备侵吞整个中国。内忧外患不能同时解决。国民党决定先消灭共产党,然后抗日,"攘外必先安内"。共产党和革命群众认为,大敌当前,怎能自相残杀,要求"全国团结、一致攘外"。国民党正在全力"剿共"的时候,发生"西安事变",张学良扣留蒋介石,逼迫国民党立即抗战。

亲美、亲苏,东西摇摆,一波三折。北洋政府和南京国民政府都亲美,美国在华盛顿会议上帮助了中国,抗日战争中美国给中国的帮助更大。1949年共产党建立新中国,大力宣传向苏联一边倒,"反对美帝国主义"的口号震耳欲聋,不仅政府反美,群众也在政府的号召下反美。斯大林死后,赫鲁晓夫作否定斯大林的秘密报告,中国以"九评"强烈批判"苏修",中苏几乎兵戎相见。尼克松来华,中美建交;改革开放之后,邓小平访美。留学以美国为首选,出口以美国为主要去处。

最早的改革开放思想

邵文说:华盛顿会议之后的1923年,共产国际给中国共产党的第三次全国代表大会发出指示,"要坚持我们早先采取的立场,即中国的中心任务是进行反对帝国主义及国内封建走狗"。陈独秀当然奉行共产国际的指示。胡适认为,当时外交形势好转,在这个时候提出反对帝国主义,并以美国为重点,无法理解。

邵文说:胡适在1922年《努力》杂志上发表《国际的中国》,提出了最早的近似"改革开放"的思想。胡适认为,"华盛顿会议之后,因帝国主义而造成的侵略危机不是更严重了,而是逐步向好的方向转化了。"他说:"老实说,现在中国已经没有很大的国际侵略的危险了。所以我们现在可以不必去做那怕国际侵略的噩梦。最紧要的是同心协力地把自己国家弄上政治的轨道上去。""我们觉得民主主义的革命成功之后,国际帝国主义的侵略有一大部分可以自然解决了。"

胡适赞成美国提出的门户开放,开辟商埠,发展中外贸易,欢迎外来投资。他说,"投资者的心理,大多数希望所在国家享有安宁与统一。我们并不想替外国的资本主义作辩护,但是我们要知道,外国投资者的希望中国和平统一,实在不下于中国人民的希望和平统一。"

邵文说:胡适这种思想跟六十年后的"改革开放"颇多近似之处。开辟商埠近似建立特区,欢迎外资近似接受外包,不谈反帝近似不谈姓社姓资。胡适的"哪有帝国主义"论,"国际的中国"论,可说是最早的"改革开放"论。可惜太早了,太超前了,在当时只是一声空谷长啸,没有回响。胡适超前了一个甲子。

反帝运动的历史来历

反帝主要是反美。中国原来有亲美传统而没有反美背景。新中国成立之后,突然变成激烈的反美国家。这是什么缘故?邵文初次提出这个问题,也初次给了答案。

第一次世界大战,俄国参加协约国对德作战,不幸惨败。1917年,列宁的共产党掀起"十月革命",夺取政权,退出战争,对德割地赔款。德国投降后,苏联不能参加"巴黎和会",因为它已经中途退出战争。苏联成立第三国际,掀起世界革命,企图消灭整个资本主义,但是在欧洲十分孤立,只有到亚洲来扩展革命。中国是最理想的对象,"国际帝国主义最薄弱的环节"。在中国,苏联一手联络共产党,一手联络国民党,推进了中国的不断革命。国民党北伐成功,共产党内战胜利,都得到苏联的重大援助。

邵文说:刚成立不久的中国共产党(共产国际的支部)接到共产国际的通知,派代表参加苏联召集的"远东被压迫民族国际大会"(1921年在莫斯科举行)。中共代表张国焘说:"(苏联驻华代表)马林正式通知我参加大会,反对列强的华盛顿会议。""确定了中国革命的反帝国主义的性质,反帝国主义成为中国革命的主要任务。"

张国焘说,"当时一般人还不知道帝国主义为何物,甚至像胡适这样的著名学者也认为帝国主义是海外奇谈。经过中共宣传和出席会议代表们的多方介绍,'反帝国主义'这个名词不久成为人所共知;不管后来中国革命起了些什么变化,这把'反帝国主义'的火放得确实不小,它烧遍了东方各地。"

邵文说:莫斯科会议是跟华盛顿会议对着干的,这是20世纪苏美对立在国际擂台上的第一次表现。在华盛顿会议客观上做出对中国有利的决议时,中国本土却掀起了反美的浪潮。

这次莫斯科会议,国民党也派代表(张秋白)参加。于是,苏联的反帝策略直接贯彻到国民党第一次全国代表大会的党纲中。邵文说:三民主义的民族主义,过去指排满,后来改按苏联意图作了新的解释。苏联驻中国代表加拉罕向苏联报告说,中国的民族主义已按共产国际申明的精神解释,一方面反帝,一方面容许少数民族自决,也就是让蒙古独立。

苏联的革命思想,逐步渗入中国青年。1920年,苏联西伯利亚当局在向共产国际的汇报中说:"我们的上海分部利用这种影响对学生革命运动实行思想上和组织上的领导;同时试图使学生运动从思想上跟资产阶级知识分子团体和商人团体划清界限,因为这些团体依靠民主美国;针对美国,我们提出了社会革命,面向劳动群众的方针;我们跟最激进的一部分学生一起,对在美国受教育的民主学生团体,做思想斗争。"

苏联代表索科洛夫给苏联的报告中说:"主要是广州政府可能被我们用作进行东方民族革命的工具;这场革命最终会把中国抛向协约国的敌人阵营。"邵文说:把孙中山的中国作为反美的工具;以所谓民族革命,使中国成为美国的敌人;

苏联操纵中国革命,说得如此赤裸裸,如此真实!

邵文说:我们要等到1990年代,在俄罗斯公开原苏共中央大量档案之后,才窥知其中有见不得人的秘密。当年的胡适、陈独秀、孙中山,都没有见到今天公开的苏共档案,他们不可能明白其中还有深藏的奥秘。

邵文说:历史的诡异在于苏联策动中国反帝,然而,1920年代,苏联对中国来说,本身就是最大的帝国主义。这一年,苏联红军进入蒙古,使蒙古脱离中国,成为苏联的殖民地。中国在领土上,回归了山东,丢失了蒙古。苏联成功了,美国成为中国一个世纪的敌人。

陈独秀和胡适的分道扬镳

胡适和陈独秀是"五四运动"的旗手。胡适首先发动文学革命,改文言为白话。陈独秀积极响应,并把文体解放扩大为思想解放。两人共同为中国的文艺复兴奠定"民主与科学"的基石。可是,从文化革命进入政治革命的时候,两人分道扬镳了。陈独秀皈依马克思主义,创立从属于苏共的中共,不幸坠入托派噩梦。胡适坚持美国式民主,孤立独行,百折不挠。他说的"哪有帝国主义"这个警句,是经过深思熟虑的。他认为,华盛顿会议保证了中国的主权和领土完整,不久废除领事裁判权(治外法权),收回租界以及海关和盐务的管理权;中国在二次世界大战之前,已经结束半殖民地的状态,这时候应当抓紧时机,建设国内的政治和经济,不应当去追随苏联搞世界革命。陈独秀认为,华盛顿会议是宰割中国的会议,中国面临进一步殖民地化的危险,反对帝国主义的革命更加紧张了。胡适的资本主义建国观,跟陈独秀的社会主义建国观,南辕北辙,迥然不同。历史的是非,久而愈明,真理等待时间来检验。

2008.1.16

日本文改的旗手村野辰雄

日本罗马字社理事长村野辰雄先生去世了。他不仅是日本罗马字运动的旗手,也是东方新语文运动的旗手。他的逝世是东方新语文运动的重大损失!我同村野先生认识整整二十年了。他跟罗马字运动的关系,是颇有些传奇色彩的。

1972年6月的一天,三和银行总裁村野辰雄先生来到北京的中国文字改革委员会,由我接待。村野先生说:"你们的文字改革工作,我非常赞成,今后我想同你们多多联系。"接着,他谈了他自己参加日本文字改革运动的遭遇。

村野先生在青年时代,任职三和银行,业余参加罗马字运动。当时日本政府把罗马字看做共产党活动。警视厅对三和银行的领导说,你们如果能够阻止他搞罗马字,并且为他作担保,我们就不逮捕他!

三和银行的领导对村野先生说:请你选择,留下来在三和银行工作,放弃参加罗马字运动,或者,离开三和银行,自己去继续搞罗马字运动。村野先生不得已只好答应留下。

后来,村野先生由于长期工作勤奋、策划妥善,一步一步上升为三和银行的总裁。中华人民共和国成立之后，三和银行首先代理中国的外汇业务，村野先生是人民币外汇结算方法的设计创始人。

村野先生说："现在我工作满年，就要卸职，改任三和银行的顾问了。此后，我不再受不搞罗马字运动的约束了。我将以我的余年实现我青年时代的志愿。"

这时候，村野先生已经成为日本金融界的要人。他离开总裁职务，担任顾问之后，就参加"日本罗马字社"，起初被社员们推举为理事，后来又推举为理事长。他出钱出力，为罗马字运动做了许多有意义的工作。

他第一次同我见面的时候，送给我一本他在 1938 年用罗马字翻译的 H. G. Wells 的名著《世界小史》，四十年后的 1978 年出版第三版，可见这本书受到广大读者的欢迎。他酷爱西洋音乐，从 1977 年到 1982 年用罗马字翻译和著作了四部有关歌剧的巨著。每部都有二三百页。决心之大，用力之勤，使人惊叹！

日本罗马字社理事橘田广国先生把我的《汉字改革概论》翻译成日文。村野先生邀请有名的几位学者对这个译本进行订正，经过三年之久的精心工作，然后出版。这种认真的学术精神，使人万分钦佩！

使我不能忘怀的是，1985 年我同中国文字改革参观团到日本，承村野先生和日本罗马字社各位先生们热情招待。特别是在三和银行的高楼上举行座谈。从那高高的楼窗里，可以俯瞰日本皇宫的花园。这使我想到，时代改变了，一个自由的学术时代来到了,罗马字运动可以不受限制地进行,东方语文的现代化可以有新的发展空间了。我从楼窗向外观看,看到一片美丽的景色,一片时代的光明!

村野先生去世了。他遗留下来给我们的是一个东方语文现代化的光明时代。

1992.12.28

注:本文由日本著名的罗马字运动者橘田广国先生翻译成为日文,刊登在《罗马字的日本》期刊第477期,1993.2.1。

巧遇空军英雄杜立德

汽笛长鸣

二次大战时候,1942年春天,我路过浙江金华,住在一个小旅馆里,等待长途汽车回重庆。一天晚上,汽笛长鸣,警告敌机来轰炸了。电灯全部熄灭。可是等了一晚,没有听到炸弹声。

隔了一天,我的同事的女婿,一位驻金华的青年军官,匆匆忙忙地来看我。他的丈人托他帮助我设法购买长途汽车票。他原来说,此事没有十分把握。这时候他告诉我:"好了,准备行李吧,明天你大致可以动身了。"我喜出望外!可是他说:"要请你帮一个忙。""帮什么忙呢?"我等待他的下文。

他说:"前晚,来的不是敌机,而是美国飞机。轰炸东京之后,飞来中国的轰炸机。这一批美国飞行员,今晚我们要宴请。没有合适的翻译,不得已想请你当个临时翻译。明天他们坐吉普车去桂林。你可以乘车同去，一路上为他们当临时翻译。可以吗？"

他深恐我不肯。我呢，觉得机会好极了。当天晚上我坐在贵宾的旁边，担任翻译，吃了一餐意外的晚餐。主人欢迎，客人答谢，都由我翻译。这时候，我弄清楚了，美军的领头人叫杜立德。第二天，我和杜立德一同坐一辆吉普车，一路担任翻译，开向桂林。

五 十 年 后

这件事，过去了刚好五十年。那天第一次轰炸东京是1942年4月18日。最近，《人民日报·海外版》连续报道："昔日营救结厚谊，今朝异地喜重逢，五位中国老人在美受热烈欢迎"；"布什总统祝贺中国老人和美飞行员重逢"；"美国防部长会见五位中国老人"。五位老人是当时曾营救跳伞落地的美国飞行员的中国老百姓。这些新闻使我想起五十年前我跟杜立德和美国飞行员巧遇的往事，依稀似梦。

我记得，杜立德告诉我，他已经四十多岁了，可是身体强壮。像小孩一样，他当我的面，蹦了两蹦，证明他的身体健康。我们一起拍了照片，在"文革"中遗失。

我记得，敞篷的吉普车，在崎岖的道路上奔驰，风沙很大。我吹了风，咳嗽起来了。杜立德脱下他身上的皮夹克给我反穿，以便挡风。

我记得，车队一路走了大约三天，经过的尽是小城镇，只有一个地方有小规模的招待所。其他地方都借住在天主教堂里。

他们告诉我：美国一艘小型航空母舰，载十六架轰炸机，每机五人，偷偷地开进东京湾。飞机起飞后，航空母舰就开走了，飞机不复飞回航空母舰。事前同中国约好，对东京轰炸后，飞到金华，降落机场，把轰炸机全部送给中国。不幸中国方面把"时差"算错了。友机当做敌机。灯火管制，无法降落。不得已放弃飞机，人员用降落伞下地。所幸人员全部安全，只有极少几个人降落时受点轻伤。（当时是这样说的。）

杜立德的全名是 James H. Doolittle，现在报纸翻译为"杜利特尔"。我曾同他开玩笑说：你的名字叫"做得少"（do little），可是你却"做得很多"（doing much）。

一到桂林，好像长夜漫漫，忽然天亮，什么都不成问题了。他们乘军用飞机去重庆（然后回美国，去欧洲）。我这个临时翻译也就向他们辞别，另乘长途汽车回重庆。

纽 约 重 逢

战争胜利结束后，我到纽约。杜立德复员后在纽约壳牌石油公司当董事长。我打电话给他。他邀请我到他的办公室叙旧，热情招待我。他的办公室用软木装饰墙壁，气派豪华。他对我说："时间真快，你见到的那些小伙子们，现在都秃顶了。"

第一次成功地轰炸东京，有重大的军事和政治意义。不久,他晋升为地中海联军空军总司令。五十年后的今天,他以九十五岁的高龄,住在美国加利福尼亚。我向他遥祝:万寿无疆!

1992.3.25

卷 二

静观波涛

从大同论到理想国

孔子作《大同论》

两千五百年前,孔子(前551—前479)作《大同论》,把历史分为两个时期,前期称"大同",后期称"小康"。《礼运》,孔子曰:

> 大道之行也,天下为公,选贤与能,讲信修睦。故人不独亲其亲,不独子其子;使老有所终,壮有所用,幼有所长;鳏、寡、孤、独、废疾者皆有所养;男有分,女有归。货,恶其弃于地也,不必藏于己;力,恶其不出于身也,不必为己。是故谋闭而不兴,盗窃乱贼而不作,故外户而不闭。是谓大同。

> 今,大道既隐,天下为家,各亲其亲,各子其子,货力为己。大人世及以为礼,城郭沟池以为固,礼义以为纪,以正君臣,以笃父子,以睦兄弟,以和夫妇,以设制度,以立田里,以贤勇智,以功为己。故谋用是作,而兵由此起。

禹、汤、文、武、成王、周公,由此其选也。此六君子者,未有不谨于礼者也。以著其义,以考其信,著有过,刑仁讲让,示民有常。如有不由此者,在势者去,众以为殃。是谓小康。

大同时期的建国理想

①国体:"天下为公",国家属于全体人民,不属于一个人或一个集团,实行民主制度;禅让传统,传贤不传子。
②官吏:"选贤与能",文官考试,学而优则仕。
③财产:"货不藏于己,力不为己";财产公有,义务劳动。
④福利:"老有所终,壮有所用,幼有所长,鳏、寡、孤、独、废疾者皆有所养";终身福利,从摇篮到棺材。
⑤家庭:"男有分,女有归";家庭幸福,无旷夫怨女。
⑥内政外交:"讲信修睦",对内立信,对外睦邻。

小康时期的国家状况

①国体:"天下为家";"大人世及以为礼";民主改为君主,传子不传贤。
②财产:"货力为己",财产私有化。
③国防:"城郭沟池以为固";"谋用是作,兵由此起";巩固国防,建军御敌。
④礼仪:"礼义以为纪,以正君臣,以笃父子,以睦兄弟,

以和夫妇";建设礼仪之邦。

孔子说:禹、汤、文,武,成王,周公,列代圣贤全部实行"小康",没有一人实行"大同"。

为什么?因为,"大同"是理想,可望而不可即;"小康"是现实,切实可行。

中国近代历史上有三位关键人物,都深受"大同理想"的启示:康有为提倡"维新",作《大同书》;孙中山创导《三民主义》,大书"天下为公";邓小平实行"改革开放",以"小康"为建设目标。

柏拉图作《理想国》

孔子之后一百多年,柏拉图(前428—前347)在前386年作《理想国》(Politeia),又译《共和国》、《国家篇》,运用推理研究国家的本源,要点如下:

①讨论什么是"正义"国家;国家起源于劳动分工:公民分为治国者、武士和劳动者。

②最高统治者应当由哲学家来担任;治国者和武士实行财产公有;终身教育,课程有音乐、体育、数学、哲学。

③正义国家堕落为:军人政体、寡头政体、群众政体、僭主政体。

(摘录于《中国大百科全书》精粹本)

孔子是"理想国学说"的创始人

人类有共同的思维规律,从神学思维到玄学思维到科学思维。孔子的《大同论》和柏拉图的《理想国》用意相似:

①道义:孔子从"大道之行也"说起;柏拉图从"正义国家"说起;"大道"和"正义"意义相同。

②财产:崇尚公有。

③政权:孔子"选贤与能";柏拉图提出"哲人为王";贤哲当权。

④等级:孔子分别"君臣、父子","君子、小人";柏拉图分别"治国者、武士和劳动者"。

⑤演变:孔子说"大道既隐",成为"小康":柏拉图说"正义堕落",沦为军人、寡头、群众和僭主政体;"既隐"、"堕落",慨叹社会演变背离了理想。

跟柏拉图的《理想国》相比,孔子的《大同论》在时间上早得多,意境崇高而远大。孔子是开创"理想国学说"的第一人。

我国改革开放,停止阶级斗争,建设小康社会,成效卓著。两千五百年前的《大同论》纠正了20世纪的荒诞学说。孔子伟大!

今天,全球化时代兴起"全球化历史学",抛弃成说,探索新知,深入研究"人类历史的发展规律"。这是"理想国学说"的继承和发展。

2010.10.18

走 进 世 界

2001年,21世纪的头一年,中国发生两件大事:1."入世"成功,中国将按照"世界贸易组织"(世贸,WTO)的章程扩大进出口贸易;2."申奥"成功,2008年北京将主办世界奥运会。这两件事所以称得上大事,因为它们标志着在21世纪中国准备走进世界。中国一向有"世外桃源"的美名,只顾"四海之内"、不顾"四海之外",现在改弦易辙,准备走出桃源,进入世界,这是中国的大事,也是世界的大事。

世外桃源的传统意识

《桃花源记》是一篇好文章,大家喜欢读,我也喜欢读。《桃花源记》的思想是出世,走出世界、安居古代。我的思想是入世,走进世界、追赶现代。《桃花源记》跟我的思想完全相反,为什么我也喜欢读它呢?其中道理直到最近我才明白。原来,我生活在传统思想之中,出世早已成为我的潜意识。我的入世思想是后来从书本中学来的,只是包在潜意识外面的一层薄膜,所以我虽然有入世思想而喜欢读出世文章。《桃花源记》文笔优美,只是吸引我的次要原因。

中国的出世意识来自三个方面:哲学传统、地理环境和历史背景。

哲学传统。我们的哲学受宗教影响极大。佛教,从西汉哀帝元寿元年(公元前2年)传入中国,已经有两千年历史;佛教在印度衰落之后,中国成为世界佛教的主要基地。佛教修行的最终目的是达到"涅槃"。"涅槃"的意思说穿了就是一个"死"字。"生"都不要,还要"入世"吗?道教,从东汉顺帝汉安元年(142年)的五斗米道算起,有一千八百多年。道教本来是中国的原始巫术,没有教祖就领来一个老子作为螟蛉教祖。道教修炼的最终目的是成仙。仙人不住在地上,而住在云端里,当然远离尘世。魏晋玄学,尊崇"三玄"(《老子》《庄子》《周易》),以道解佛,援儒入佛,讲玄虚、辩有无,清谈度日。宋明理学,是"儒道佛"的混合。理学的所谓"体用"和"理殊",皆出于佛教。"理学挂着儒家的招牌,其实是禅学、道家、道教、儒教的混合产品"(冯友兰)。中国的宗教和哲学都深藏着出世意识。只有儒家有入世思想,但是受佛道感染,儒冠而佛心,儒衣而道言,失去了孔孟的积极入世精神。

地理环境。东亚在欧亚大陆的东端,由喜马拉雅山隔开,自成区域。北有流沙,西有峻岭,南有榛莽,东有大海,一个天然的封闭天下。中国居东亚的中心,遗世独立。请到山东海边看看"天尽头"碑,这就是天下的极限。

历史背景。宋元明清,多半时间由入侵的外族统治。他们进入中国,犹如到了天堂,心满意足,不求发展,关起门来尽情掠夺。元代皇帝有一次问大臣能否杀尽汉人,把尸体运去肥沃蒙古草原。明代郑和下西洋,是去宣扬国威、不是去开拓疆域,是依照已知航道、不是去开辟航道。清代后期,英国要求跟中国建交通商。中国皇帝说,"万物皆备于我",不需要蛮夷之邦的东西。宋元明清各代都长期实行海禁。

　　传统力量束缚住历史,力量之大,远远出乎想象。"积重难返"不是一句空话。东方如此,西方也是如此。西班牙和葡萄牙到中南美殖民比英国到北美殖民早一百多年,为什么至今中南美落后于北美?学者认为,深层原因是伊比利亚文化的惯性在起作用。东西德合并到如今,东德仍旧无法赶上西德,成为西德难于放下的包袱。什么缘故?学者认为,深层原因是东德社会主义传统的惯性成为后遗症。由此可以了解为什么俄罗斯的经济改革如此之难。我们的传统包袱十分沉重,我们的潜在惯性还没有被自己发觉。两千年的出世传统阻碍着中国走进世界。

地球村需要村民教育

　　现在,中国将从"天下中心"变为"世界一员"。许多人会感觉很不舒服。怎么,泱泱大国变成了小小地球村的一员?孔子登东山而小鲁,登泰山而小天下。现代人登喜马拉雅山而小东亚,登月球而小地球。站得越高,看得越远,自己就相对地显得越缩越小。

参加"世贸"只是产品进入世界,不是人民进入世界。人民进入世界,才是真正的"入世"。人民"入世",就是成为世界公民。成为世界公民,不用写申请书,也没有公民证,但是要进行两项自我教育:扩大视野和补充常识。

扩大视野。我们有三个面向:面向现代化、面向世界、面向未来。三个面向,就是扩大视野。扩大视野要把本国观点改为世界观点。从本国看本国要改为从世界看本国,从本国看世界要改为从世界看世界。中国人民要改,世界各国人民都要改。例如,甲国占领乙国、夺取其油田。从本国观点来看,可能同情原来友好的甲国。从世界观点来看,要根据国际公法,支持被侵略的乙国。

《群言》杂志(2001.9)刊登两张照片。一张是1970年12月7日联邦德国总理勃兰特在"二战"被侵略国波兰烈士纪念碑前下跪。另一张是2001年8月13日小泉纯一郎以日本内阁总理身份,不顾被侵略国的抗议,悍然参拜纪念战争罪犯的靖国神社。勃兰特扩大了视野,有世界观点,认识了过去,能面向未来。小泉没有扩大视野,没有世界观点,不肯认识过去、不能面向未来。两张照片,对照鲜明!日本教科书美化侵略,引起被侵略国强烈抗议。国际评论说,日本不肯正视过去,坚持军国主义传统观念,绝对错误!同时,日本的邻国也要用世界观点查看一下自己的教科书,把歪曲的历史实事求是地纠正过来。否则你爱你的祖国、我爱我的祖国,亚洲就难于有持久和平。

德国在西欧,可是一向自立于西欧之外,企图凌驾于西欧之上;两次大战失败,不得不改弦易辙,从西欧的敌人改为西欧的友人,从西欧的客人改为西欧的主人;扩大视野,共建"欧盟";这不比再打一次世界大战好吗?一位俄罗斯学者说,俄罗斯也要考虑重新定位;可否从欧洲的客人改为欧洲的主人,从离开欧洲改为进入欧洲;扩大视野,参加"欧盟";这不比继续冷战好吗?扩大视野,面向未来,原来无法解决的问题就不难迎刃而解。

补充常识。常识就是自然科学和社会科学的基本知识,也就是"五四运动"所要求的科学和民主。某小学老师问:用烧饭的柴火能不能炼出钢铁来?学生答:不能。问:为什么不能?答:温度不够。在"大炼钢铁"的当年,我国大致还没有人具备这种常识。全民打麻雀、人民公社化、"反右运动"、"文化大革命"等等,都是违反基本常识的行为。今天我们的常识提高了,但是不能自满,应当自己再检查一下,是否仍旧缺少现代国际社会所公认的某些常识。一位英国学者说,治理国家就是按照国际公认的常识行事。常识不是静止的,而是不断更新的。

新闻说,斯诺告诉毛主席,美国农民只占人口的8%。毛主席停了一会说,请你再说一遍。斯诺又说,美国农民只占人口的8%。毛主席摇摇头:我不信!最近新闻说,美国农民现在只占人口的2%以下。不知道毛主席听了将作如何反应。新闻还说,美国工人现在只占人口的20%以下,十年以后将降到10%以下。技术发展,农民和工人不断减少,是世界各国的共同现象。不知道马克思听了会有怎样的反应。全世界的无产阶级不是越来越壮大,而是越来越缩小。历史变化出乎预言家的想象。社会的发展规律需要重新研究。某刊物说,专家们认为,在市场经济时代,对马克思的学说也不能搞"两个凡是"。

某报登出一道"算术题":送一封市内平信的成本为1.36元,现行邮资0.80元,亏损0.56元;送一袋250克的牛奶,收送费0.03元,还有钱可赚;能不能让送牛奶的去送信,实现扭亏增盈?这是市场经济提出的一道常识小问题。问题很小,意义很大。

2008年,北京将主办世界奥运会。在这个运动会上,没有国家能提出要求:给我们特别优待,踢足球的时候,我们可以手脚并用。国际公共的打球规则,就是我们要学习的常识。

别国参加"世贸",谈判半年、一年,至多两年、三年,就完成了。中国参加"世贸",谈判了十五年之久。一个初生婴儿已经长成十五岁的少年了。一个五十岁的盛年已经变成六十五岁的白发老头了。计划经济跟国际市场接轨如此之难!中国产品走进世界不容易,中国人民走进世界更加不容易。从"入世"之难,我们看到了自己离开世界还有多远。

在21世纪,人与人、国与国,正在重新定位。世界各国,原来各据一方,相互虎视眈眈。现在大家挤进一个小小的地球村,成为朝夕相见的近邻。今后早上见面是否可以说一声"嗨!"当然仍旧有敌对,可是敌对方式也跟过去不同了。走进世界，做一个 21 世纪的世界公民，无法再梦想世外桃源，只有认真学习地球村的交通规则。

2001.9.9

载《群言》2002 年第 12 期

两访新加坡

1987年和1988年,我两次应邀到新加坡做学术访问。在我到过的世界各地之中,新加坡给我的印象最为深刻。它引起我思考:思考中国的未来和亚洲的未来。

赤道上空的最亮星

亚洲南端的地形像是一个巨大的海蚌,马来半岛和苏门答腊是海蚌的两扇蚌壳,中间夹着一颗光彩闪耀的明珠:新加坡。华人称它为"星岛"。"星岛"是赤道上空的"最亮星"。1409年和1414年,中国郑和的远航船队曾两次访问此地。

这个花园城市之国,只有618平方公里的土地,不到北京市的1/10;人口250万,等于北京市的一个区。新加坡的朋友对我说:我们几乎没有土地、几乎没有资源、只有250万人的决心和努力。1965年独立,二十年来国泰民安,人民生活已经提高到发达国家的水平。

新加坡是旅游的有名地方。到新加坡去旅游的人数,多的年份超过新加坡的人口总数。据说到新加坡去旅游的目的之一是，想亲自看看这个新兴共和国快速起飞的"奇迹"。当然，新加坡的天然风景和游乐设施也有旅游引力。

新加坡有一个一望无际的植物园，种植热带植物三千种，储藏标本五十万件。植物园中间有个"胡姬花园"。"胡姬"是 orchid 的音译，它是品种繁多的热带兰花，终年盛开，五彩缤纷。胡姬花是新加坡的国花。花朵用电镀方法镀上黄金，变成金花，这是最好的装饰品和旅游纪念品。出我意料之外，在五彩缤纷的胡姬花中，看见许许多多五彩缤纷的新娘，正在各自忙碌地拍照。名花和美眷，彼此增光，胡姬花园成了新娘的天堂。

新加坡的飞鸟公园，哺育着三千种飞鸟，据说是世界第一。从山崖的顶部张开一个巨大的钢丝网，把大树、鸟儿和坐在小电车上环顾的游客都罩在其中。鸟儿和游客近在咫尺，陶然共乐，大家觉得自由自在，不知道都在钢丝网的笼罩之中。树上的录音机唱出鸟儿的情歌，鸟儿受骗，飞来应和，也唱起情歌来。真的情歌和假的情歌，鸟儿和游客都不知分辨，愉快倾听。另有一个蝴蝶花园也同样用钢丝网罩了起来，有翩跹飞舞的各种蝴蝶，在花丛和游客之间穿梭往来，几乎可以伸手接触。古人用顽石补天，今人用钢丝网补天。天然要经过人力加工，才成为更美好的天然。

新加坡还有"高与云齐"的过海缆车，可以通到圣陶沙岛游乐场，晚间有场面广大的音乐喷泉。博物馆、动物园、水族馆、鳄鱼场、蜡像馆、海水浴场，以及其他说不全的许多游乐去处,使游客目不暇接。佳节夜晚,整个城市披上灯光的彩衣,黑夜比白日还要光亮,疑是月宫举行宴会,盛况不亚于纽约或巴黎,而秩序胜过它们。中国城、阿拉伯街、小印度市,各有民族风光。吃喝玩乐,应有尽有。可是这一切都不是使新加坡成为"奇迹"的条件。

荒岛变宝岛

其实,新加坡也有天然资源,那就是它的地理位置:印度洋和南中国海之间的枢纽。

1869年苏伊士运河开通以后,它成为欧亚之间过往船舶的燃料补给站和国际贸易的转口港。19世纪后半叶,勤劳的华工络绎前来,开锡矿、种橡胶,成为当时人烟稀少的星岛移民。荒岛变为宝岛,是几代华工的血汗凝成的。

今天,新加坡站立起来了:有巨大的集装箱码头和造船修船厂、有先进的海上钻井设备工厂和炼油中心、有一百多家银行的东方金融中心和电信中心、有每分钟起落一架飞机的国际机场,成为以智力密集工业为主的先进工业城市,每年出口价值相当于半个中国大陆。

城市国家最怕人口爆炸。新加坡曾经希望一对夫妇只生一对儿女。二十年来,由于教育发展,文化和生活提高,人民自动节制生育,几乎不到两个儿女了。生育的多少,跟文化水平成反比例,全世界没有例外。新加坡现在有放松节育的意向。

一位英国老教授对我说,大英帝国瓦解,兴起几十个独立国家,只有新加坡创造了高速发展。新加坡是一个福利国家;例如它实行"住者有其房"的政策,使80%以上的住户有自己的公寓套房(组屋)或者独院住宅,但是它的人民没有成为"铁饭碗"的懒汉。新加坡政府有时很专断;例如在马路上吐痰一口要罚钱五千元,但是这里没有个人迷信。新加坡的起飞究竟有何秘密呢?这位教授说,他相信某些新加坡人的说法:"没有奇迹、只靠常规。"秘密就是要按照国际常规来办事。如果要找出基本的起飞原因,那就是两件不是宝贝的宝贝:教育和民主。

教育和民主

跟其他新独立国家一样,新加坡独立以后的首要工作之一是兴办教育,使原来得不到良好教育的广大人民走出愚昧的时代,成为有知识、有技能的现代国家公民。兴办教育首先遇到的问题是:用什么语言?新加坡规定四种官方语言:英语、马来语、淡米尔语、华语;实行以英语为主要语言、以民族语言为第二语言的双语言政策。目的是:促进经济发展、维持政治稳定、消灭种族摩擦。

英语是行政、法律、贸易、中等和高等教育的语言;通过这个事实上是"国际共同语"的英语,新加坡跟许多发达国家建立了密切的文化和经济联系。马来人占全国人口15%,马来语是东南亚的区域性通用语言;由于历史的原因,规定马来语为新加坡的国语,唱国歌用马来语:Majulah Singapura(前进吧,新加坡!)。淡米尔语是人口占5%的印度人的主要语言。华语是人口占77%的华人的语言。

但是,"广义的华语"是几种相互听不懂的方言。华人学校将用几种不同的方言上课呢,还是用一种统一的"狭义的华语"上课呢?新加坡决定用统一的"华语"。这个决定很不简单,需要用极大的努力使其实现。华语在台湾称为"国语",在中国大陆称为"普通话",名称不同,实质相同。

多说华语　少说方言

据说李光耀在竞选总理之前,用三年时间,努力学习华语;他竞选演讲用华语,受到华人选民热烈欢迎。1965年独立以后,推广华语是新加坡政府一项重要工作。不到十年,大见成效,做到:在学校里多说华语、不说方言;在社会上多说华语、少说方言。1979年之后,李光耀亲自主持的"华语运动月"有逐年不同的主题:1980年是"华语家庭讲华语",1981年是"在公共场所讲华语",1982年是"在工作场所讲华语",1983年是"在巴刹(市场)和小贩中心讲华语"。华人见面不能谈话的时代在新加坡从此结束了。

1987年我应"新加坡华文研究会"之邀,跟新加坡教育界探讨共同感兴趣的语文问题。我的讲稿都在《华文研究》杂志上发表。新加坡和东南亚国家,采用简体字,用汉语拼音字母作为学习汉字的注音符号。在新加坡郊区遇到路边卖菜的妇女,我问她:能说华语吗?她高兴地用华语回答:"能!"我问:你在家里讲什么话?她说:"厦门话。"简单的问答,说明了新加坡华语运动的成功。

1988年,我应邀参加在新加坡国立大学举行的"语言计划国际学术研讨会",有来自十一个国家的特邀发言人十九位,以及其他国家的参加者近百人。在东南亚和大洋洲,大战以后的语文发展有两个特点。一个特点是拉丁(罗马)化:例如印度尼西亚和马来西亚两国,规定采用相同的共同语和统一的拉丁化正词法;菲律宾采用拉丁化的"他加禄语"作为国语,称为菲律宾语。另一个特点是英语化:例如新加坡,菲律宾和其他一些国家都用英语作为行政语言(电视上可以听到女总统阿基诺讲英语)。他们认为,语言发展是教育发展的前提,教育发展是经济发展的前提。在语文、教育和经济方面,新加坡树立了东南亚的成功典型。

没有围墙的大学

新加坡国立大学有世界第一流的校园、设备和师资。它是一个开放国家的开放大学,名副其实的"没有围墙"的大学。我住在市区中心的阿马拉宾馆,每天进出于新加坡国立大学。真的没有找到大学的围墙。回到北京,看到大学围墙高耸、门禁森严,立刻感到精神的压抑。我们的大学也能有一天拆去围墙吗?更重要的是没有学术思想的围墙。各国学者来到新加坡大学讲学。东南亚和其他地区的青年以能来此求学为光荣。知识没有国界。

新加坡原来是一个英国殖民地。它明智地保留了英国人的优良传统，革除了殖民地的不良制度，树立了真正独立的共和国风格。人们说，新加坡、香港、台湾和韩国是东亚"四小龙"。新加坡人不乐意听这样的"恭维"；他们说，新加坡不是殖民地、不是一个省、不是半个国家，而是一个完整的独立国。这是傲慢吗？不是，这是认真对待自己！

为全世界华人争光

由于中国大陆长期封闭，我对新加坡的独立经过看不到详细的报道。近年来到美国讲学和探亲，看到旧杂志里讲，新加坡是被马来西亚赶出来的，因为"穷而且愚"的华人太多，不受欢迎，当时李光耀都哭了。我大吃一惊！后来在大英百科全书里看到，新加坡是被"请"退出马来西亚的，新加坡接受了这个"请"。修辞绝妙！不论是"赶"是"请"，当时新加坡的困难，可以想见。二十年后的今天，新加坡成了东南亚文化和经济的中心，"东盟"六国对它"马首是瞻"。"事在人为！"我的美国亲戚说，新加坡华人为全世界的华人恢复了名誉。

可是，新加坡有它脆弱的一面。"高精尖"的产品，主要出路是销售到美国。美国市价大起大落，使新加坡像是一叶小舟在波涛中航行。人们说，美国打一个喷嚏，新加坡就感冒了。弹丸小国，要想高速度发展经济，不能不依赖购买力强大的发达国家,而这种依赖也跟经济大国的经济波涛牵扯在一起。

不但出口要依赖外国,连水源也要依赖外国。新加坡的生活用水和工业用水,80％取之于邻国。水是生活和工业的生命,不能一刻缺少。只要邻国把水龙头一关,新加坡就要干渴而死!这不是生死掌握在别人手掌之中吗?是的,但是事实也并不像想象那样可怕。因为,只要邻国不失去理智,不至于做出损人而不利己的荒唐事儿。

如临深渊 如履薄冰

大家知道,中国内地的战后革命,引起东南亚历史上最大的一次反共反华风潮。万千华裔遭受难于形容的灾难。至今,新加坡余悸未消,在邻国没有全部跟人民中国恢复邦交以前,不敢先行建交。如临深渊、如履薄冰,这是新加坡的心境。也是由于有这样的心境,所以不会产生"夜郎自大"的狂妄,而只能是兢兢业业、谨慎前进。

近年来流传一种说法,认为日本和"四小龙"所以经济起飞,是由于"儒学"的恩泽。新加坡的确重视"儒学"的研究,"儒学"的确有它不朽的意义。可是,历史告诉我们,"忠恕之道"有助于创造和平而无助于防止战争。我看不出"儒学"对新加坡起飞的"直接效果"。我看,与其说日本和"四小龙"受了"儒学"的恩泽,不如说他们受了"竞争"的恩泽。"竞争"才是经济发展的动力和压力,它使懒惰者变成勤奋,守旧者向往革新，封闭者终于开放。竞争的前提条件是教育和民主。竞争而能创造革新，依靠教育；竞争而能公平合理，依靠民主。

旅游者都说，新加坡的公用建设是值得钦佩的。他们建国，不是"钢铁先行"，而是"交通先行"。公路交通可以跟最先进的国家媲美。小汽车相当普及。公共汽车非常方便。新加坡交通畅通，没有拥挤问题，目前并不需要地下铁道，可是已经开始建设地下铁道，为的是"未雨绸缪"。新加坡曾经考虑不办航空公司，因为国土太小，一飞就飞出国境了。后来从"远处"着眼，决定办理。"新航"成了国际第一流的航空公司。这是新加坡建设有远大眼光和长期规划的一二事例。

二次大战以前，上海胜过香港，香港胜过新加坡。现在反过来了：新加坡胜过香港，香港胜过上海。我坐"新航"回国，感觉到新加坡机场的爽朗，香港机场的忙乱，北京机场的清冷。

载《群言》1989年第2期

全球化时代的世界观

全球化时代的世界观,跟过去不同,主要是:过去从国家看世界,现在从世界看国家。过去的世界观没有看到整个世界,现在的世界观看到了整个世界。在全球化时代,由于看到了整个世界,一切事物都要重新估价(transvaluation)。

历史事实的理性认识

历史观是世界观的重要内容,称为世界历史观。在全球化时代,需要重新审视世界历史。历史要真实,不要伪造;认识要理性,不要曲解;这是全球化时代的头等大事。

这个要求德国人做到了。德国总理到波兰向万人冢下跪,深刻自责。人们说:一个德国总理跪下去,千万德国人民站起来了。

日本态度不同。进入中国,不是侵略中国!海军战败,陆军没有战败!败于美国,没有败于中国!军事战败,经济战胜!实力雄厚,卷土重来!首相不断祭拜战犯。

俄罗斯从苏联瓦解中独立出来,真是凤凰从火中起飞。俄罗斯学者们掀起大批判;苏联圣经《联共党史》受到强烈指责:伪造历史,曲解事实。

最近波兰、爱沙尼亚等国把苏军烈士纪念碑从市中心迁移到苏军墓地。俄罗斯提出抗议,认为这是无视苏军解放当地的功勋。当地人民认为,苏军侵略本国,不应当再崇拜下去了。希特勒是侵略者;苏联究竟是解放者还是侵略者呢?

抗美援朝时候,我们宣传朝鲜战争是美国发动的;现在承认,是北朝鲜发动的。过去我们宣传,抗日战争主要是共产党打的;现在承认,国民党的战区大,军队多,抗日八年,坚持到底,日本向国民党投降;八路军是国民党的军队编号,帽徽是国民党的党徽,不是五角红星。

国民党歌颂太平天国,因为他反对清朝;共产党歌颂太平天国,因为他是农民革命。2000年的电视剧《太平天国》,稍稍暴露一些太平天国的倒行逆施。《辞海》原称"太平天国革命",后来改为"太平天国运动"。全球化正在促使我们也重新认识历史。

阶级之间的矛盾和统一

资本主义社会包含不同的阶级。阶级之间,既有矛盾,又有合作。有矛盾,就有斗争;斗争方式主要是和平罢工,不是你死我活。

美国是资本主义最发达的国家,因此有最强大的工会。

工会认为工资不合理的时候,就举行罢工。罢工达到目的,立即复工。资本家改进技术,又获得超出原来的利润。如果赢利提高而工资不提高,可能再次罢工。罢工和复工,斗争和合作,周期往复,资本主义蒸蒸日上。如果美国的工会采取你死我活的斗争,美国在苏联瓦解之前早就瓦解了。

北京地震时候,我回苏州养病,病后去洞庭东山看看农村。公社主任介绍我去访问一位翻身的贫农老太太。她住在地主的大院里,一间很大的卧室,只有一张大床,什么家具都没有,临时借来一张长板凳给我坐。我们用家乡土话聊天,谈得很投机。临走我问她,究竟是解放前生活好呢,还是现在生活好呢?她的回答出乎我意料,她说,"那当然是解放前好呀!"这也说明,你死我活的土改斗争,不能造福于农民。

资本家不是只剥削,不生产价值。资本家有三种功能:创业功能、管理功能和发明功能。创业最难,美国工业发达,依靠不断培养优秀的创业者。管理是重要的生产力,这在今天已经成为公认的常识:生产力=科学技术×(劳动力+劳动工具+劳动对象+生产管理)。管理已经发展成为许多门学科。早期资本家都是发明家,后来才有专业的发明家。

马克思和恩格斯跟所有学者一样,不断研究,不断进步,晚年纠正早年的错误。他们晚年都认识到,阶级斗争可用和平方式在民主议会中进行。

马克思(1818—1883)去世太早,只看到资本主义初级阶段("一战"前)的前半,没有看到后半,更没有看到中级阶段(两战间)和高级阶段("二战"后)。他没有看到资本主义的全貌,因此《资本论》只可能是哲学推理,不可能是科学论证。

民主是人类的经验积累

民主不是某些国家的新发明或专利品,它是三千年间人类的经验积累。希腊城邦的直接民主,克利斯梯尼的民主改革,伯里克利的民主实践。英国的大宪章,清教徒革命,光荣革命确立议会,洛克提出两权分立。法国大革命,人权宣言,权利法案,卢梭的民约论,孟德斯鸠提出三权分立。美国的独立宣言,成文宪法,华盛顿不连三任的范例,妇女选举权,罗斯福的新闻发布会,晚近竞选的电视辩论、国际观察等等。许多国家,一代一代的政治家、思想家、革命群众,前赴后继,不断创造,达到今天的水平。今后当然还要继续完善。

陈独秀早期认为民主没有阶级性;后来服从第三国际,主张民主有资产阶级和无产阶级的分别;晚年冷静思考,纠正错误,重新肯定民主没有阶级性。

李慎之指出,民主不仅没有阶级性,也没有新旧之分。"新民主主义"是民主吗?"万岁万岁万万岁"是什么社会主义?他提倡"回归'五四',学习民主"。

孟子开创民本思想和革命理论。"民为本,社稷次之,君为轻";推翻残暴的"独夫"帝王,不是篡逆。民本思想不等于民主制度,民主制度是由古而今逐步发展的。

民主不是有利无弊的制度,但是历史证明,它是不断减少弊端的较好制度。在民主制度之下,发展了近代繁荣:新经济、新科技、新福利、新社会。先进国家无不尊奉民主制度。从神权到君权到民权是一条政权演进的路线，全世界的国家都在这条路线上竞赛。

社会主义是理想

"社会主义"说法繁多，有空想社会主义，有科学社会主义，苏联有共产社会主义，中国有特色社会主义，柬埔寨有红色社会主义，缅甸有军人社会主义，利比亚有民众社会主义，还有其他各种自称的社会主义。搞了一辈子社会主义革命的老革命家也说不清什么是社会主义。

陈毅副总理到摩洛哥，国王请吃饭，客人后面都站一位调味师；国王说，我们每人一盘菜，都是社会主义，可是各人的调味不同。

既然说不清什么是社会主义，为什么革命家还要自称社会主义呢？因为社会主义是一种崇高的理想，革命家不肯放弃这个崇高的理想。

苏联瓦解后，独立起来的俄罗斯放弃了社会主义路线。叶利钦宣称："结束共产主义思想体系和实践的统治"，"苏联瓦解是俄罗斯发展的必要前提"。

住在莫斯科的一位中国学者，听了苏联总统宣告苏联结束的电视讲话之后，十分惊讶，匆忙走去红场了解情况。只见稀稀朗朗不多一些人在走路，没有他所预期的群众聚会。第二天去看俄罗斯朋友：一位说，他没有看电视；一位说，这或许不是坏事;一位说,他们要走,就让他们走吧(他们指苏联的加盟国和卫星国)。全世界都在震惊,惟独苏联人民人人保持冷静!

斯大林宣称建成"没有阶级剥削的社会主义",勃列日涅夫宣称建成"发达的社会主义";苏联瓦解,全成空话。这也证明,社会主义是理想,没有成为现实。

理想和现实性质不同。把社会主义和资本主义相提并论,是把理想和现实混为一谈。

斯大林曾把世界贸易分为两个市场:一个是社会主义的实物交换市场,一个是资本主义的货币交易市场。冷战结束,社会主义市场自行消失。世界上只有一个"WTO"(世界贸易组织),既不姓资,也不姓社。

世界观的更新

全球化时代的世界观包含两个方面:

1. 自然世界观,就是宇宙观:人对天体构造的理解;古代认为天体是神,神有人性,主宰人类;现代科学证明天体的客观存在形式和宇宙的物理运行规律。

2. 社会世界观:人对人类社会的理解,核心问题是统治制度:古代认为君主和贵族统治人民的专制模式是永恒制度;现代社会学证明了人类社会的发展步骤和统治制度的逐步演进。

过去流行的世界观说法,来自苏联,认为:"人们的社会地位不同,观察问题的角度不同,形成不同的世界观;世界观具有鲜明的阶级性。"苏联瓦解之后,俄罗斯改正了这种说法。我们的辞典还来不及修改。自然世界观的根据是自然科学;社会世界观的根据是社会科学;科学没有阶级性,世界观哪来阶级性?

2007.8.16

人类历史的演进轨道

探索历史演进的轨道

人类历史从考古遗迹看有两百万年,从刻符记录看有一万多年。世界各国都在同一条演进轨道上竞走,有快有慢,有先有后,有偏离轨道、重又回归,有道外徘徊、终于上轨。先进和落后之间相差一万年。

学者们研究历史演进如何分期,形成不同的假说。流传最广的是五阶段论:原始社会,奴隶社会,封建社会,资本主义,共产主义(初级阶段称社会主义)。苏联瓦解,证明社会主义是理想,资本主义是现实,二者性质不同,不能相提并论。五阶段论要重新研究。

理想社会可以设想得天衣无缝,没有听说共产主义有这样那样的缺点。现实社会从野蛮渐进文明,一路充满荆棘,永远百孔千疮,任人挑剔。这说明理想阶段与现实阶段相提并论是不合逻辑的。把共产主义作为社会发展的最后阶段也不妥当。社会发展没有尽头，科学的历史观不预设最后阶段。

封建时期在中国长达两千多年，按照地租形式可以分为：（1）劳役地租时期；（2）实物地租时期；（3）货币地租时期。

资本主义有多种分期方法，有一种分为：（1）初级阶段，主要特点是机械化；（2）中级阶段，主要特点是电气化；（3）高级阶段，主要特点是信息化。

还有一种"三合一"分期法：经济，农业化、工业化、信息化；政治，神权统治、君权（专制）统治、民权统治；文化，神学思维、玄学（哲学）思维、科学思维。此说过于简略，但是便于实用。

孔子在二千五百年前提出大同论，把历史演进分为大同和小康两个时期。他不谈大同的实行者，只谈小康的实行者，包括"禹、汤、文、武、成王、周公"。为什么古代圣人全都实行小康，没有一个实行大同？不言自明：大同是理想，小康是现实。中国今天建设小康，志在大同。

苏联问题的再思考

苏联结束，档案公开，苏联研究开始。学者们恍然大悟，苏联走进了历史的误区。

消灭地主和富农，消灭资本家和旧知识分子，实行农业集体化和社会主义工业化，优先发展重工业和军火工业，这都违反历史常规，结果发生大饥荒和大清洗，自残自戕，自行灭亡。

"没有阶级剥削的社会主义社会"、"发达的社会主义社会",都是空中楼阁。

俄罗斯的新共产党书记久加诺夫说:苏联瓦解的原因是:一党专政,三大垄断:垄断政治、垄断经济、垄断真理。斯大林消灭全部革命元勋和陆海军官。苏联实际创造了"共产主义特权阶级",有七十万人,加上家属共三百万人,掌握党政军、企业、农庄。1989年苏联社会科学院发出调查问卷:"苏共究竟代表谁?"答案:(1)认为代表劳动人民的7%;(2)认为代表工人的4%;(3)认为代表官僚的85%。

苏联创造多种马克思主义"真科学",后来全都自己否定。

苏联违背经济规律:不许竞争,工商企业打哈欠;指令产销,全部废品有销路;实物交易,十万苹果一吨钢;暖房经济,冷风吹过尽枯萎。以空想为现实,以落后为先进。

新闻说,今天俄罗斯的农业只达到一次大战的前夜,制造业严重缺乏民生用品。一度盛传"欧洲第一"的工业大国,哪里去了?

学者们问:苏联瓦解,是谁失败了?是苏联失败,不是俄罗斯失败吗?是戈尔巴乔夫失败,不是列宁、斯大林失败吗?列宁、斯大林的失败,根源又在哪里呢?

北京奥运会举世欢腾的时候,俄罗斯突然进军格鲁吉亚!全世界哗然!

历史学者说,俄罗斯的历史包袱太重,进入全球化新时代,不可能不是一波而三折。

美国何以一枝独秀？

人们说，美国在美洲，有东西两洋保护，所以能够自由发展，成为超级大国。地理是一个条件，并非主要条件。拉美有同样的地理条件，为什么落后？

客观的解释是：美国一枝独秀，依靠民主和科学。民主制度，不断更新，电视辩论，国际观察。自然科学领先，社会科学也领先，科学全方位平衡发展。

美国不搞平均地权，实行大农场、机械化；不搞节制资本，发展大资本、新技术；反对劫富济贫，实行助富济贫；反对平均主义，实行共富政策。开创航空时代，开创网络时代。发明创新，美国居多。美国是从殖民地独立起来的，开创超越殖民的资本主义新时代。

西欧和美国都施行福利，为什么西欧停滞不前，美国欣欣向荣？这是一个分寸问题：福利过多，资本停滞；福利适度，劳资两利。英国实行私有化，扭转局面。美国没有坠入福利陷阱。

克林顿到西安看兵马俑。一个小青年问：你是克林顿吗？克林顿说：是啊！小青年说：你领导美国。克林顿说：错了，不是我领导美国，而是美国人民领导我。一句话，说明为什么两百年的美国超过了两千年的中国。

资本主义不是有利无弊，而是利弊共生，发展越快，流弊越大。波浪起落，周期往复。上次（1929—1933）发生经济大恐慌。梁启超看到欧洲惨状,认为资本主义已临末日。罗斯福实行"新政",挽狂澜于既倒,乌云散后,又见青天。今天(2008)又一次出现金融大海啸,资本主义能再次渡过没顶之灾吗?

中国如何给自己定位?

国外媒体重视报道中国。他们的报道往往隔靴搔痒。可是他山之石、可以攻玉。兼听则明,不妨姑妄听之。

他们说:中国引进外包,发展顺利。洋务运动的工业化之梦实现了。虽然人均 GDP 只有四小龙的 1/4,但是总产量巨大,举世瞩目。一党专政,放弃阶级斗争,实行开明专制。引进自然科学,抵制社会科学,经济学是例外。控制出版,不难偷看香港刊物。中国外包,有利于发达国家和周边地区,外国多赚,中国少得,中国自愿吃亏,重视起动发展,今后利得可能逐步平衡。外国学者认为,中国社会已经达到日本明治维新时代的发展水平。

他们说,中国军费仅次于美国,但是技术有差距,一时不足为虑。美国担心的是,中国是社会主义,主张多极世界,反对世界一体化。欧美的共同信念是,多极导致战争,只有世界一体化方能和谐共处,持久和平。美国希望中国走向民主,在世界一体化中共同建立国际互信和持久和平。

在欧美眼里,俄罗斯和中国都是专制,但是趋向不同。叶利钦声明:"结束共产主义思想体系和实践的统治","苏联解体是俄罗斯前进的必要条件"。普京提出主权民主,谋取长期在位,树立大国地位,不惜再次冷战,违背民主方向。中国改革开放,结束阶级斗争,有渐进民主的希望。

汶川地震,中国政府领导救灾,获得好评。奥运会显示中国改革开放的开明景象。布什总统分开体育和政治,偕同家属来看奥运会开幕式。全世界的眼光都投向北京,看奥运会,同时看中国在历史道路上将如何定位。

2008.11.9

漫谈"西化"

西方在哪里？

"西方"在哪里？不同的国家和不同的时代有不同的"西方"。对中国来说，主要有三个"西方"：第一个是汉代的"西域"，第二个是唐代的"西天"，第三个是近代的"西洋"。从这些"西方"取得知识、技术和经世济民的丹方，就是"西化"。

西汉的张骞、东汉的班超，前后出师西域，这是人所共知的历史。当时所谓"西域"指的是玉门关以西、葱岭以东的广大地区，后来又扩大含义，泛指亚洲西部、印度次大陆以及东欧和北非。

两汉时代的"西域"是人烟稀少、交通困难的荒漠地区。汉代同这个地区往来，是为了抵御匈奴、保卫中原，不是去做文化交流。可是交通一打通，两地之间的文化自然地发生交流。即使两国对阵，也会在交战的接触中不由自主地相互学习。"接触发生交流"，这是文化运动的规律。

汉代通西域，引进了西域的新事物。最重要的是大宛国的"汗血马"。这种被称为"天马"的骏马是古代战争和交通的利器，好比今天的坦克车和吉普车。从西域又引进了植物新品种：苜蓿、蚕豆、葡萄、胡桃、石榴等等，以及葡萄酒的酿制术。还引进了新的乐器和乐曲：琵琶、羌笛、胡笳、筚篥，以及各种胡曲。张骞传入《摩诃兜勒》曲，用作朝廷武乐。中国音乐西化最早。还有经过大月氏的媒介传入的印度佛教，后来在中国产生广大的影响。

汉代向西域输出了重要技术。大宛国在被围困中从汉人学到了"掘井法"，在地下穿井成渠，使沙漠变为良田。他们还从汉人学得炼钢术。西域各国的贵族子弟前来长安留学，河西走廊成了文化走廊。

汉文化是春秋战国以来多元文化的综合，到汉代成了一条"黄河之水天上来"的壮观洪流，在中国大地散布开来，从黄河流域流向长江流域和珠江流域，并向国外扩大，南方到越南，东方到朝鲜和日本。汉代同西域的文化交流只是军政接触的附带收获。

西 天 取 经

佛教从"西天净土"传来，由中国消化和发展成为汉文化的主要内容之一，这是中国文化史上的一件大事。

从东汉经三国、两晋到南北朝，这五百年是佛教在中国的移植时期；到了隋唐时代，茁壮成长，成为具有中国特色的佛教。只要观察一下观音塑像的演变就可以说明佛教的中国化。从敦煌一路东行直到兰州,观音塑像从八字胡须的男身逐渐变成怀抱胖娃娃的女身,观音和圣母"化合"成为"送子观音",这是中国人按照自己的多子多孙愿望而塑造的"中国观音"。

佛教不是只有几个泥菩萨,它还是一个文化体系,包含多方面的知识和技术。汉文化从它取得哲学、文学、艺术的新养料,从它取得建筑术、数学、天文学、医学、语言学、因明(逻辑)学的新养料。唐宋时代的佛教寺庙比帝皇宫殿和贵族邸宅还多。"天下名山僧占多"。中国大地"西天"化了。

儒学到了唐代,早已把先秦诸子熔化于一炉。儒家夸口说,一物不知、儒家之耻;这也说明儒学是兼收并蓄的,所以历久不衰,始终是汉文化的主流。但是时代在前进,同印度一比,儒学显得哲学贫乏、文学单调、科学落后,急需从"西化"中取得营养,恢复活力。东晋的法显、唐代的玄奘以及其他知识探险者,先后西行,留学天竺,还请来多位"客座"佛学大师。"唐僧取经"成为里巷美谈。中国以强盛的帝国而不耻去西天取经。江河不择细流,所以成其大。长安成了世界的文化中心。

不错,佛教也是麻醉人民的鸦片。可是当时的统治阶级自身也需要麻醉,祈求现世享受荣华富贵以后,来世升入"极乐世界"。老百姓自愿信仰佛教,他们现世受尽苦难,幻想救苦救难的观自在给他们来世的自由和平等。烧香念佛是精神镇静剂;朝山进香是健身的旅游。一箪食、一瓢饮、曲肱而枕之,这样的儒家清教徒生活,已经不能给人"乐亦在其中矣"的满足了。向佛教追求丰富的想象和活泼的生活成为不可抗拒的时代思潮。佛教在印度式微以后,中国成了佛教的大本营。

儒学本来不是宗教。"子不语:怪、力、乱、神。"孔子讲天命,只是顺应自然。但是,孔子是"圣之时者也",千年相传,顺时应变,到唐代居然形成了孔教。各地建造孔庙,拜孔一如拜佛。因此有人说,佛教是多神教、耶教是一神教、孔教是无神教;宗教和非宗教的区别不在有无上帝,而在有无不许怀疑的教条。儒、释、道并称"三教",不是没有道理的。

汉文化内含儒学和佛教两大体系,是"双子星座"文化。隋代一度崇佛而抑儒,向西天一边倒,实行全盘西化,这是隋代短命的原因之一。唐代儒佛并举,崇佛同时尊儒,重汉而不排印,使中印文化汇流成为东方的文化洪流。

不过,"西天取经"的收获以宗教为中心,对政治和经济没有根本性的影响。

从东洋学西洋

19世纪以前侵入中国的民族都是文化低于中国的游牧民族。从鸦片战争开始,情况大变。西方殖民主义者在军事技术上和生产技术上都远胜中国。清朝在兵临城下的危急形势中,为了自救而被迫学习西洋,开始"西化"。学习西域的西化是偶然的、是零星拾来的。学习西天的西化是主动的、是不伤脾胃的。学习西洋的西化是被迫的、是性命攸关的!

对帝国主义的侵略,清末的最初反应是鄙洋排外,想以"神拳"打退洋枪。失败以后,改变策略,"用夷技以制夷"。这是晚清式的"西化"。

用夷技以制夷首先成功的是日本。日本在成功以后立即变为侵略国,矛头对准中国。中国的"制夷"(反侵略)于是不得不以日本为主要对象。说来奇怪,日本同时又成为"用夷"(留学)的主要去处——从东洋学西洋。

清末的维新运动和辛亥革命都跟日本有密切关系。维新运动是模仿日本的明治维新。同盟会是在日本成立的。日本明治维新的要点是定宪法、开议会,以资本主义的政治制度保障资本主义的经济发展。这个要点在中国难于理会。

留日学生从东洋传来许多西洋的概念和名词。这或许是从东洋学西洋的主要收获。"社会学"这个日本译名代替了"群学";"物理学"这个日本译名代替了"格致学"。《共产党宣言》的最初译本也是从日文间接译来的。回顾历史,日本学中国一千年,青出于蓝;中国学日本一百年,未能登堂入室。

19世纪60年代开始的洋务运动是晚清早期的"西化"实践。指导思想是"中学为体、西学为用"。封建官吏办理工业,无不以亏本倒闭而告终。历史经验告诉我们,封建为体、科技为用,违反了生产关系必须适合生产力性质的规律。"五四运动"有鉴于此,提出了新的西化丹方,就是,邀请"德先生"和"赛先生"两位客座教授携手同来。可是"赛先生"受欢迎而水土不服,"德先生"没有拿到签证,被摒于门外。这个问题在封建主义这座大山没有推倒以前是无法解决的。

日本的"西化"是分两步走的。第一步是明治维新,君主立宪。第二步是战败投降,虚君民主。人们说,战前日本是半封建、半资本主义,二次大战打掉了前面一半,日本全盘西化了。这种说法并不完全符合事实。日本在进一步西化的同时,十分重视东方的文化和文物,没有自我进行破而不立的毁灭。现在的日本是"西方"七个发达国家之一,"西方七国会议"曾在东京举行,东方和西方的界线已经从太平洋中心移到黄海和日本海中心了。据说,日本经济起飞的秘诀是西化加竞争。西化是技术,竞争是动力;没有动力,技术发挥不出作用来。

"西化"众生相

文化像水,是流体,不是固体,它永远从高处流向低处;如果筑坝拦截,堤坝一坍,就会溃决。文化有生命,需要不断吸收营养,否则要老化,以至死亡。古老的文化摇篮一个个化为乌有了,只有中国巍然独存,但是处于第三世界。文化有磁性,对外来文化,既有迎接力,又有抗拒力;是迎是拒,由主观和客观的因素来决定。文化像人,有健全、有病态、还有畸形。

文化交流有各种模式。例如:太平洋中一些岛屿国家抛弃了他们的本土语言和本土文化,全盘西化,这是文化的替换。生物学家到礼拜堂去做祷告,既信进化论,又信上帝创造论,这是文化的重叠。佛教和西藏固有宗教结合成为喇嘛教,这是文化的嫁接。日本明治维新是封建和资本主义的半化合。某些民族统治中国几百年以后,失去语言,同化于汉族,这是全化合。

文化有图腾现象,又有禁忌现象。用头饰和帽形代表民族和宗教是文化图腾。为维护唯物主义而不敢演鬼戏是文化禁忌。图腾和禁忌交织,产生种种文化奇景。反对信佛而香火大甚。禁听邓丽君而邓丽君之风流行。简化汉字而繁体字复活。停止发行的小说一抢而空。传得最广的消息是小道消息。塞之而流,禁之而行,这也是文化运动的一种规律。

西化是五光十色的。建造洋式塔楼而没有十三层和十三号,把希特勒曾经破除的迷信也"化"来了,这是囫囵吞枣的西化。友谊商店不友谊,是名不副实的西化。洋大人处处受到特别优待,不少去处"犬与华人"不得入内,自尊一变而为自卑,这是堂吉诃德式的西化。在"五七干校"的高粱地里侈谈"身居茅屋、胸怀世界"的国际主义,这是阿Q式的西化。还有瞎子摸象式、皇帝新衣式、州官点灯式、移花接木式等等,格式繁多,恕不细谈。

站在着衣镜前看看我的服饰。头戴鸭舌头帽子,这是西洋工人的便帽,瓜皮小帽久已不戴了。剪短的头发是从东洋间接学来的西洋发式,既不同于明朝的发结,也不同于清朝的辫子。人民装是西洋制服的翻版,跟中式长袍马褂大不相同。西装裤不同于宽腰布带的中式裤子。袜子是洋袜,鞋子是西式皮鞋。解放后这种普通城市男性老百姓的服饰,还有哪一样是周公孔子传下来的?我自己也大吃一惊!从头到脚"西化"了!

从农业化到工业化再到信息化是历史的三部曲。我们正在同时学习第二和第三乐章,这是艰巨的历史任务。

载《群言》1987年第8期

东洋变西方

世界最发达的七个国家,每年举行"西方七国首脑会议"。七国是:美、加、英、法、德、意和日本。"西方七国"中有日本,而且有时在日本的首都东京开会。日本是"东洋",怎么变成了"西方"的呢?我想找一位了解这个问题的人问问,一直没有机会。

不久前,来了一位日本朋友。在家常便饭外加一杯薄酒以后,他的"话匣子"打开了。

新发现的历史道路

"东洋"怎么变成了"西方"?我问。

"这要感谢日本打了败仗!"他哈哈大笑。

"败仗,打掉了军阀,打掉了财阀,打掉了出身和身份,逼迫人民作知识和技能的竞争。这样,东洋就变成了西方。

"打掉军阀,不仅打掉了一个专横跋扈、危害人民的集团,还省出了占预算最大部分的军费,转作工商业的资本。打掉财阀,不仅打掉了最大的剥削人民的集团,还开放了工业和商业的真正自由竞争。

"更重要的是,打掉了出身和身份。找工作,没有人再问你是否贵族出身,有没有某种特权身份,只问你的知识和能力。从政治到工商业,庸碌之辈让位于贤能之士。一个完全不同于过去日本封建贵族的新的领导阶层形成了。这样就开辟了历史的新的一章:军事战败国成为经济战胜国。日本如此,德国也如此。这是一条战后新发现的历史道路。"

竞争是动力

"日本不是还有天皇吗?"我表示对他的谈话将信将疑。

"那跟英国的女王一样,装饰品。"他摇摇头说。

这时候,我想起,若干年前,北京举行日本工业展览会。我拿到一份说明书,其中有一篇文章说:日本工业的发展,经过了几个竞争阶段:在国内同国内的产品竞争,在国内同进口的产品竞争,在国外同国外的产品竞争,在国外同国外的技术竞争。竞争是日本发展经济的原动力。

"战前不是也有竞争吗?"我问。

"大不相同,"他说,"战前,日本是一个半封建半资本的军国主义国家。凡是不利于贵族、军阀和财阀的竞争,都是事实上不容许进行的。现在,日本成了真正的资本主义民主国家,有无限制的竞争自由。这就是东洋和西方的分别。"

送客以后,我细细思考他所谈的话,哪些是香花,哪些是毒草。

"极东"最接近"西方"

几天之后,我在图书馆里看国外旧报,偶然看到议论"东洋和西方"的文章。文章说:日本战败后,在军事上成为美国的保护国,站在大西洋公约一边。这是它成为西方的政治条件。日本完全按照资本主义经济原则处理经济,在水平上达到最发达国家的高度。这是它成为西方的经济条件。"东洋"成为"西方",不是玩弄字眼,而是说明事实。

原来,地球是圆的。东洋是东方的东方,是"极东"。"极东"最接近"西方",只要把分界线向西移一步,就成为"西方"。东西方的分界线已经从太平洋的中部,移到日本海和黄海的中部了。

我想起,二次大战后看到关于日本投降以后的新闻。日本吐出了40%的土地,包括朝鲜和台湾。遣返了相当于全国人口四分之一的国外侨民,包括侵略军。美国限制日本的进口税,不许采取保护关税。人民大批大批失业。一时间整个国家笼罩在失望和阴霾之中,看不到前途有一丝光明。失业大军天天上街游行,高呼共产主义口号。新闻记者说:他们面有菜色,心无主张。

后来,朝鲜战争开始,日本成了美国的军需供应国,失业问题意外地迅速解决了。日本经济的起飞,朝鲜战争是一个偶然的重要原因。美国打仗,日本赚钱。机会太好了。

教 育 是 基 础

日本的经济起飞还有更深远的原因。明治维新(1868)以来,日本革新教育,以持久不变的政策,一贯重视教育。他们认为,教育是获得合格兵源的必要条件,因此军阀都对教育十分重视。甲午战争(1895),日本战胜。日本政府认为,小学教师立了大功,他们给军队输送了有基础知识而又勇于牺牲的大量士兵。今天,知识型士兵,变成知识型工人。这一传统,成为日本工业能有优良劳动大军的有利条件。

日本朝野花在教育上的经费,按人均计算,据说超过了美国。日本义务教育只有九年,到初中(中等学校)就结束了。在此期间,一切学习费用都由国家负担。初中毕业后,有97%的青年自动自费升学进入高中(高等学校)。升学率之高,学习之认真,可说是世界第一。惟一的不良副作用是小青年个个都戴上了眼镜。

战后,美国管制日本,强迫实行"教育平民化"。公文改革:从日本式的文言,改为口语式的白话。文字改革:简化汉字,规定常用汉字1945个,法律和公文用字以此为限,此外用假名字母。理由是:法律和公文应当使人民大众看得懂。

知 识 是 资 源

人民大众的知识化是发展科技的基础。发展科技是发展现代化工业的基础。日本不惜巨资,从美国和其他国家引进尖端技术。引进之后,全力以赴,加以研究和改进,很快变成日本的新技术出口了。日本的知识分子,在得到比战前更高的社会地位之后,付出了惊人的劳动,得到了惊人的收获。他们是日本知识产品蓬勃发展的知识资源。

日本物质资源十分贫乏。可是,知识资源得到不断的开发、扩充和提高。知识资源是用之不尽的资源。只要用法合适,它就会发挥巨大能量。日本原先用于军事侵略的大量精力,现在用来从事经济和技术竞争。这就是军事战败国变成经济战胜国的秘密。

现在,日本货已经不是战前的被称为"劣货"的"东洋货"了,而是资本主义世界各国的百货公司都满满地陈列着的价廉物美的"Made in Japan"(日本制造)了。"东洋"就这样变成了"西方"。

1992.2.19

载《群言》1992年第5期

传统宗教的现代意义

伊斯兰教的历史进程

伊斯兰教创始人穆罕默德(570—632)生于阿拉伯半岛的麦加。幼年贫苦,未学文字。曾随伯父的骆驼队到过叙利亚和耶路撒冷,大开眼界。后为一富孀经商,不久跟富孀结婚,成为麦加的活跃人物。610年他宣称在梦中得安拉传授,创立伊斯兰教。当时阿拉伯半岛处于原始部落后期,盛行灵物崇拜,各部落有各自的崇拜偶像,彼此战斗不休。穆罕默德以一神教统一信仰,团结向外,这是一大进步。但是受到麦加偶像崇拜者的迫害,不得不在622年出奔麦地那,在那里得到许多信徒,组成武装力量,迫使麦加捣毁"克尔白"古庙(天房)中的偶像,只留一块黑石头作为共同的礼拜灵物。

"伊斯兰"意为"顺从",教徒称"穆斯林"(顺从者),教典名《古兰经》(背诵)。信徒奉行五功:念功(念"除安拉外别无真主"),拜功(每天拜五次),课功(向教会纳捐),斋功(每年禁食一月),朝功(朝觐麦加)。教义源出基督教而经过简化;保留许多阿拉伯部落时代的传统。

伊斯兰教是政教合一的军事组织,信徒以"圣战"为天责,一手持经,一手持剑,传教杀敌,战死升天。穆罕默德去世(632)时候,半岛统一成伊斯兰教的神权国家。此后一百年间,半岛的游牧部落一跃而成跨越亚非欧三大洲的大帝国。

阿拉伯伊斯兰教帝国(632—1258,共626年,相当于中国唐代到元代)

四大哈里发时期(632—661)。穆罕默德的继承人称为哈里发。最初四位哈里发开始军事扩张,占领拜占庭帝国的叙利亚(636)、巴勒斯坦(637)和埃及(641);击败波斯帝国(642),占领伊拉克、高加索和大部分波斯本土;灭亡波斯东北的萨珊王朝(651)。在北非从埃及推进到大西洋。

倭马亚王朝时期(661—750),首都大马士革。继续扩张,征服中亚的布哈拉、撒马尔罕、信德、旁遮普部分地区,到达印度河流域和中国唐朝边境。在北非,渡过直布罗陀海峡,占领安达卢西亚(西班牙)。但是入侵法兰克王国(732)战败,从此不再越过比利牛斯山。

帝国统一货币(695),阿拉伯第纳尔和堤尔汗取代拜占庭金币和波斯银币。统一语文,阿拉伯语成为伊拉克、叙利亚、埃及、北非等地的通用语言,阿拉伯文取代波斯文、希腊文和科普特文,当地原有语文大都消亡。

阿拔斯王朝时期(750—1258),首都巴格达。当时,中亚大部分地区由唐朝安西都护府管辖。阿拔斯入侵入河外地

（阿姆河和锡尔河之间，又称河间地）。751年（唐天宝十载）在怛罗斯（今哈萨克斯坦的江布尔）大战，唐安西节度使高仙芝战败，死伤七万人。阿拉伯俘获唐造纸工匠，造纸术传入西方。唐朝遇安史之乱，无力出兵讨伐。当地突骑施人（Turgish）和吐蕃人挡住了阿拉伯的东进。今高加索和中亚突厥国家，以及阿富汗、巴基斯坦、中国的新疆，从佛教改信伊斯兰教。

阿拉伯帝国在8世纪达到全盛。9世纪起逐渐衰落。有一位哈里发是突厥女奴所生，他为保护自己，雇佣突厥人组成近卫军，从此大权旁落。此后帝国分裂成多个王国，著名的有：西班牙后倭马亚王朝（756—1031），首都科尔多瓦；北非法蒂玛王朝（909—1171），首都开罗。帝国鼎足三分。1055年塞尔柱突厥人侵入巴格达，哈里发封塞尔柱首领为苏丹，掌握国家实权，哈里发只留宗教领袖的虚名。1258年蒙古人旭烈兀攻陷巴格达，杀死哈里发，阿拉伯帝国灭亡。

印度的穆斯林商人把伊斯兰教传到阿拉伯帝国之外的东南亚，包括印度尼西亚、马来西亚、文莱和菲律宾。（菲律宾城市现在主要信基督教）。北非阿拉伯商人把伊斯兰教传入漠南非洲的广大地区。

奥斯曼突厥伊斯兰教帝国（1299—1922，共623年，相当于中国元代中期到民国初年）

突厥人原来游牧于阿尔泰山以南。552年，建国于今鄂尔浑河流域，后来疆域扩大，东至辽海，西至里海。582年分裂为东突厥和西突厥。奥斯曼人是西突厥的一支，较早信奉伊斯兰教,13世纪初西迁小亚细亚,附属于罗姆苏丹国。1299年独立建国,14世纪末统一小亚细亚,侵占巴尔干半岛的大部分。1453年灭拜占庭帝国,迁都君士坦丁堡,改称伊斯坦布尔,成为伊斯兰教世界的中心。1517年灭埃及马穆鲁克王朝。此时版图超过阿拉伯帝国。19世纪初,属国纷纷独立,英法俄等国蚕食其地。一次大战(1914—1919),奥斯曼帝国与德国结盟,战败后帝国瓦解。1922年发生革命,在小亚细亚建立土耳其共和国(土耳其是突厥的变音),奥斯曼帝国结束。

从阿拉伯帝国到奥斯曼帝国,前后有1290年。这期间,欧亚大陆分为三大部分:西部是西欧,东部是南亚和东亚,中部是伊斯兰教帝国。中部最大,也最为发达,成为东部和西部之间的文化桥梁。《天方夜谭》中的豪华生活就是这时候的宫廷写照。今天人们经常谈论东方和西方,忘记了中间还有一片广大的世界。阿富汗战争提醒人们别忘了这片广大的中间世界。

中世纪(600—1500)在西欧是黑暗时期,在伊斯兰教帝国,尤其在阿拉伯帝国,是光明时期。黑暗会变成光明,光明会变成黑暗。在19世纪,奥斯曼帝国成为西亚病夫,中国成为东亚病夫。

今天全世界以伊斯兰教为主要信仰的有五十四个国家(其中阿拉伯国家二十个),分三类:1.政教分离,信教自由,民间信奉伊斯兰教;2.政教合一,伊斯兰教为国教,不支持原教旨主义;3.政教合一,伊斯兰教为国教,或明或暗支持原教旨主义,这样的国家是极少数。

原教旨主义主张一切按照一千三百年前的《古兰经》办事,对现代文化进行圣战。伊朗的原教旨主义夺权成功,阿富汗的原教旨主义统治失败。

以凯末尔为首的土耳其革命是伊斯兰教国家现代化的开始。1922年废除哈里发和苏丹制度,政教分离;文字拉丁化,阿拉伯字母改为拉丁字母;解放妇女,读书就业;废除妇女从头盖到脚的罩身大黑袍,露面自由;废除伊斯兰教的教帽,戴帽自由;穆斯林原来有名无姓,改为有名有姓(群众送给凯末尔一个姓,Ataturk,土耳其之父)。这在伊斯兰教国家是惊天动地的改革,但是主要是社会改革而不是宗教改革,宗教惯性积重难返,冰山还未见开始融化。

伊斯兰教国家的开明程度彼此差别很大。有的国家很开明。有的国家跟部落时代离得太近,跟全球化时代离得太远。

基督教的时代适应

基督教是犹太教的分支,公元1世纪形成于巴勒斯坦,相传为耶稣所创立,信仰上帝创造并主宰世界,认为人类从始祖起就犯了"原罪",将永远受苦,只有信仰上帝及其独生子耶稣基督才能得救。耶稣(Jeshua),人名;基督(Christos),救世主,敬称。罗马帝国占领犹太人的故乡巴勒斯坦。犹太教徒宣传,上帝将派弥赛亚来做犹太人的"复国救主"。基督教徒说,耶稣就是弥赛亚(基督,救世主)。基督教有两部圣经:

《旧约》承继犹太教;《新约》主要是耶稣和门徒的言行录。"约"是人民对上帝约定的诺言。

奴隶的宗教

初期的基督教徒大都是贫民和奴隶,抵抗压迫,反对剥削。巴勒斯坦犹太人起义,遭到残酷镇压。耶稣以谋叛罪被罗马总督钉死在十字架上。

1世纪末,基督教传到叙利亚、小亚细亚、马其顿、希腊、罗马和埃及。基督教传入罗马帝国初期,只有底层社会秘密接受,希望现世受苦、来世得救。

帝王的宗教

罗马帝国长期对基督教徒残酷迫害。后来改变策略,利用基督教控制群众。313年认可基督教;380年定基督教为国教。基督教从被压迫者的宗教变为压迫者的宗教。

起初帝王利用基督教,后来基督教控制帝王。教皇凌驾于帝王之上。476年西罗马灭亡,基督教继续为后继政权服务。6世纪到10世纪,教会成为最大的封建领主,垄断文化教育,用神学控制政治、法律、哲学和道德。1054年东西分裂,东部称东正教,西部称公教(天主教)。13世纪,教皇权力达到全盛。

1220年罗马教皇通令天主教各国设立宗教裁判所,镇压反教会和反封建的异端,打击目标主要是自由思想,科学,进步书刊。1490年成立的西班牙宗教裁判所最为凶残,1483—1820年间迫害三十多万人,十多万人用火刑烧死。教廷的倒行逆施,使中世纪成为西欧的黑暗时代。

宗教改革

16世纪,掀起宗教改革,抗议教廷的腐败和专横,分为三派,统称新教(抗议宗)。1.路德宗:教廷在德国兜售赎罪券,1517年马丁·路德张贴《九十五条论纲》,抨击赎罪券的荒唐,揭发罗马教廷的腐败,提出信仰得救,不必经过教廷;主张建立廉俭教会,改革文化教育,简化宗教仪式,废除圣像圣物崇拜,只保留洗礼和圣餐两项;牧师可以结婚;各国用本国语言做礼拜(原来只用拉丁语)。改革得到德国和北欧国家的支持。2.加尔文宗:1536年加尔文出版《基督教要义》,否定教皇权威,主张信仰得救,要求建立民主教会;以日内瓦为宣传中心,得到大陆各国响应。1598年法国宣布天主教仍旧是国教,但是人民有信仰新教的自由。3.英国圣公会(安立甘宗):1543年英国国会宣布,英王为英国教会的首脑,不受罗马教廷节制;1571年实行信仰得救,以《圣经》为惟一准则。宗教改革为民主革命开路。

宗教和科学的矛盾

宗教一成不变,科学日新月异,差距扩大,矛盾激化,《圣经》说太阳绕地球转;一位天文学家证明地球绕太阳转,被教会烧死在罗马广场。《圣经》说上帝取一条男人的肋骨造出女人;一位解剖学家数清男人的肋骨不比女人少,被教会处死。但是科学不怕死,新学说层出不穷。心理学家提出,宗教是人的幻想,上帝是人按照自己的形象创造的幻影,天国是地上王国的美化。历史学家用客观考据研究《圣经》,发现内容充满想象,不符事实。耶稣并非生于耶历第一年。生物学家发现人类是从猿类进化而成的。科学造反,神学无法招架。

后来,苏联曾大规模宣传无神论,"宗教就是鸦片",教堂一律封闭。苏联瓦解之后,一夜之间,教堂满座。生物学家平日在实验室里研究进化论,礼拜天到教堂去做礼拜。许多科学家是教徒。这是什么道理呢?原来,宗教不是逻辑思维的结果,而是直觉感应的境界。知识的已知空间扩大,未知空间不是缩小,而是更加扩大。科学永远不能填满未知空间。逻辑无法否定不受逻辑支配的宗教。科学只知道现世,宗教开辟了另一个世界,来世。人类不满足于现世,想往一个更美好的来世。人类需要宗教。

宗教为社会服务

民主思潮迫使宗教退出政治,科学思潮迫使宗教退出科学。可是宗教的宇宙不是缩小了,而是更加宽大和自由了。宗教的本职是精神寄托和社会服务,这里有广阔无比的驰骋天地。经过自我革新的基督教会,从反对科学改为提倡科学,从抵抗民主改为支持民主,从阻碍进步改为促进进步,从离开世界改为进入世界。诵读《圣经》,取其精义,不拘泥于过时的字句。用历史观点来解释《圣经》,《圣经》就更有历史价值。通过方式多样的社会服务,证明了自身存在的价值,得到群众爱护。基督教适应了时代。

传统宗教的现代意义

在全球化时代,一切国家的文化都包含两个部分:一部分是世界共同的现代文化;另一部分是各国不同的传统文化。现代文化包含自然科学和社会科学,以及共同的现代生活,例如电灯、电话、电视、电脑等的利用。传统文化包含本国的文史哲,以及艺术和宗教。宗教是传统文化的重要组成部分,跟现代文化应当并行不悖,不应当彼此排斥。宗教能执行世俗制度所难以完成的任务,例如道德的教化、人格的升华。但是宗教控制政治阻碍社会进步的时代必然要结束。传统宗教理应得到尊重,以不妨碍世界和平和人类进步为限度。超过限度就不可避免地要发生历史的碰撞,而历史的车轮是不可抗拒的。宗教为来世服务之前,先为现世服务,使人们看到,世俗社会能建设得如此美好,更相信天国一定是无比完美。这就是传统宗教的现代意义。

2001.12.9

载《群言》2002年第2期

美国社会的发展背景

美国是一个超级大国,我们需要对美国社会的基本特点有一个全面的客观了解。我翻看几本美国的历史书,尝试了解一点美国社会的发展背景,特别是这个从殖民地独立起来的只有两百年历史的乌合之众国家,是依靠什么建设成为超级大国的。下面的笔记是瞎子摸象,一定错误百出,敬请读者指正。

北美榛莽　开发殖民

1. 北美榛莽　另辟蹊径

北美分三部分:北部加拿大,中部美国,南部墨西哥。人们说北美,往往指美国和加拿大,有时只指美国。从墨西哥到中美南美称拉丁美洲,因为曾经是拉丁民族西班牙和葡萄牙的殖民地。公元1500年时候,有印第安人一百五十万,分为许多氏族部落,说四百多种语言,散居于北美大地,人烟稀少,榛莽未辟。

1492年哥伦布发现美洲之后,西班牙立即建立美洲殖民帝国,速度之快,区域之广,史无前例。只用三十年(1511—1541)时间,完成占领美洲大部分地区。首先占领古巴(1511),接着是墨西哥(1521),厄瓜多尔(1532),秘鲁(1533),阿根廷(1535),哥伦比亚(1536),巴拉圭(1537),玻利维亚(1538),智利(1541),后来有委内瑞拉(1567),乌拉圭(1777),加勒比海诸岛。每到一处,恣意杀戮,尽情劫掠,一船一船金银财宝运回西班牙。西班牙政府设"印度等地事务院"(1524,当时称美洲为印度),统辖美洲殖民帝国的"四大总督区":新西班牙总督区(1535,首府墨西哥城),秘鲁总督区(1542,首府利马),新格拉纳达总督区(1718,首府波哥大),拉普拉塔总督区(1776,首府布宜诺斯艾利斯)。当时的墨西哥(称新西班牙)比现在大得多,包括加利福尼亚等许多地区。

1607—1733年间,英国在北美东北大西洋沿岸陆续建立十三个殖民地。第一个据点是詹姆斯敦,建立于1607年。美国独立以后,土地扩张也很快。原来十三个殖民地合起来只是一个小国。经过武力兼并和金钱购买,在七十年间(1783—1853),从大西洋伸展到太平洋,成为两洋大国。

西班牙殖民开始于1511年占领古巴。英国殖民开始于1607年建立詹姆斯敦。前后相隔一个世纪。在这一个世纪中,已经占领北美南部墨西哥的西班牙,没有向北扩张到随手可得的北美中部(今天的美国)。

有人说,西班牙殖民帝国已经肚子饱胀、消化不良、不能再吞咽更多土地了。有人说,西班牙专拣已经积聚大量财富的居民集中地区,便于迅速掠夺,不稀罕人烟稀少、榛莽未辟的北美,那里要自己花大力去开发。不论原因是什么,北美中部和北部,西班牙弃之,英国取之。罗马教皇曾为西班牙和葡萄牙两国平分地球,西班牙得美洲,葡萄牙得巴西、非洲和亚洲,没有特别提及北美中部和北部。迟来一个世纪的英国人和后来的美国人,在这块人烟稀少、榛莽未辟的原始土地上,人弃我取,另辟蹊径,两百年后成为世界的超级大国。

2. 开发殖民　两条道路

西班牙殖民和英国殖民,时间相差一个世纪,侵略意图彼此不同。西班牙是"掠夺"殖民,发展种植园,奴隶劳动,走封建和奴隶社会道路。他们是来运走美洲的财富,不是来建设一个比西班牙更美好的国家。英国和后来的美国是"开发"殖民,发展工业,自由劳动,走资本主义道路。建设美国不是为了英国,而是为了美国自己,要把美国建设成比英国更美好的国家。天下乌鸦一样黑,可是有的乌鸦只顾"抢巢",有的乌鸦还能"筑巢"。抢巢乌鸦也筑巢,筑巢乌鸦也抢巢。但是,重点不同,方向各异。

美国独立后内部发生两条道路的斗争。北方实行工业化,自由劳动。南方推广种植园,奴隶劳动。矛盾导致南北战争(1861—1865)。1860年林肯当选总统。南卡罗来纳等十一个州组成"南部同盟",另立政府。1861年爆发内战,起先北方受挫。1862年林肯发布"(奴隶)解放宣言",任命格兰特将军为北方总司令。1863年葛底斯堡(Gettysburg)一役,北方大捷,扭转战局。林肯纪念阵亡将士,作《葛底斯堡演说》,成为历史名篇。林肯强调"人生来平等",提出"民有、民享、民治"三大民主原则。1865年南方主将李投降。胜利后,林肯再次当选总统,在剧院观剧时被刺客刺死。

南北战争决定美国的发展方向:统一还是分裂,工业化还是农业化,自由劳动还是奴隶劳动,资本主义还是封建主义。方向确定,发展加快。如果南方胜利,美国今天将是拉美第二。

今天看来,把资本主义进行到底是美国的第一决策。可是当时还没有资本主义这种说法。走什么道路没有预定计划,没有现成模式,需要别出心裁,别开生面。美国就是这样在有勇气、无先例的情况下开创出来的。

欧洲的启蒙思想,美国的《独立宣言》,传来拉美。西属美洲的留欧学生,新兴商业阶层中的知识分子,成立团体,宣传革命,要求跟宗主国西班牙平等。1808年拿破仑占领西班牙,消息传到美洲,殖民地纷纷起义。经过十八年的残酷斗争(1808—1826),全部西班牙美洲殖民地取得独立。但是,这是反宗主国的独立战争,不是反封建和奴隶制度的社会革命。黑奴照样在种植园和矿山中被迫劳动。直至今天,北美和拉美两种社会,依旧形成鲜明的对比。

抛弃皇冠　争取自由

1. 抛弃皇冠　人人平等

"五月花号"是第一艘来到北美的英国移民船。船上有一百零二名由清教徒带头的移民。1620年冬天到达美洲,圣诞节后第一天上岸,建立最早的普利茅斯殖民地。上岸前,他们在船上议定一个"五月花号公约",要组织公民团体,制定公正的法律、法令、规章和条例。这是后来美国民主的萌芽。清教徒是英国新教的一个革命教派,主张教徒一律平等,反对教阶分等,反对国王和主教专权,赞许现世合法财富,提倡节俭、勤奋和进取。他们相信"成事在神、谋事在人"。他们的思想和作风对美国历史有深远的影响。

英国人头上有一顶统治皇冠,限制人民的自由,榨取人民的财富。清教徒移民美洲,逃避盖在头上的皇冠,可是皇冠跟着来到美洲。为了摆脱头上的皇冠,不得不宣布独立,开创第一个从殖民地叛变而成的独立国家。抛弃皇冠,人人平等。

抛弃皇冠,人人平等,会不会变成一盘散沙,倒退到原始社会?人人平等的社会需要用法律来作为黏合剂,使自由成为有规律的活动,自由绝不是胡作非为的别名。美国独立后的第一件大事是制定宪法。

1776年7月4日,"大陆会议"通过《独立宣言》,这一天定为美国的国庆日。宣言继承和发展天赋人权和社会契约的理论,宣布一切人生而自由,上帝赋予生存、自由和追求幸福的权利;任何政府损害这些权利,人民有权更换,建立新政府。马克思赞美它为"第一个人权宣言"。《美国宪法》(1787)是世界上第一部成文的民主宪法,规定行政、立法、司法三权分立的民主共和政体。《人权法案》(1789)是十条宪法修正案,宪法的构成部分:人民有言论、出版、集会和信仰自由;非依法律不得扣压人、逮捕人、搜查及没收财产;刑事诉讼案中的被告有权要求迅速公审和律师辩护;确认民主共和、三权分立、人民的权利和自由。此后的修正案有:废除奴隶制(1865),妇女选举权(1920),选举年龄定为十八岁(1971),男女权利平等(1972)等。这些都是西欧的革命思想,首先在美国得到实行。美国的宪法是实用品,不是装饰品,两百年的历史证明,行之有效。

"五月花号"不仅向往精神自由,还向往物质富裕。来到美洲,是奔赴富裕,不是奔赴贫穷。财产问题在"五月花号"上就提出来了。财产是罪恶的,还是道德的?封建帝王自己穷奢极欲,教导人民安贫乐道。清教徒相反,他们肯定财富有积极意义,当然要取自正道,不能取自贪污。肯定财富,保护财富,是美国的一条基本法律。今天美国有几百万个百万富翁,还有富可敌国的超级巨富。美国成为既被嫉妒、又被诟骂的金元帝国。

2. 争取自由　发明创造

一位朋友来跟我聊天。他说,中国内地的大城市已经电气化。家用电器超过三十种。他一口气说出"电灯、电话、电视、电脑、电铃、电炉、电冰箱、洗衣机、空调机、暖水器、微波炉"等等三十多种名称!他问,你能指出哪一种不是美国的发明吗?为什么十样倒有九样是美国的发明?他的话引起我思考。

南北战争之后,美国的工业化发展迅速。1876年贝尔发明电话;1886年爱迪生发明电灯;1892年杜里雅(Duryea)兄弟发明汽车(有争议);1903年莱特兄弟发明飞机。1880年美国工业超过农业。1896年美国工业跃居世界首位。

学者提出一条"发明链条"假说:"政治自由导致经济繁荣,导致教育发达,导致科技提高,导致发明众多"。这条假说值得思考。一言成祸,动辄得咎,还有什么发明创造的余地呢?发明创造是在自由土壤中萌发出来的鲜花。"自由就是动力"。这一点没有疑问。发明创造是不能用政府命令来催生的。政府所能做的是保护专利,保护知识产权。

自由一般指的是政治自由。此外还有"自然自由"。鸟能飞,很自由。人不能飞,不自由。发明飞机,人就能飞,就自由了。发明创造使人得到突破自然限制的自由,这在人定胜天的时代,成为头等重要的发展目标。

美国不仅物质发明多,非物质发明也多。例如电脑硬件是物质,软件是非物质,软件已经成为美国的重要财富。一瓶可口可乐行销全世界,一家麦当劳开遍全世界,这是物质,还是非物质?与其说是物质,不如说是非物质。他们推销的实际不是一瓶水和一个汉堡包,而是一种服务技术,一种无中生有的非物质的发明创造。使美国成为超级大国的不是军事力量,而是发明创造。

中产阶级　中庸之道

1. 中产阶级　经济源泉

社会财富是层次性的,贫富两极之间有中间阶层。在封建社会和早期资本主义社会,中间阶层人数少、力量小。社会结构像茶壶盖,上层是少数富有的特权者,下层是绝大多数的贫民,这种结构不稳定。资本主义发达以后,中间阶层渐渐壮大,成为社会的主要人群。社会结构变成陀螺形,中间很大,上下很小,结构稳定。

在美国(1990年代),一个家庭(四口)的年收入除去纳税之后有两万五千到十万美元,一般认为属于中产阶级。这样的家庭占美国人口的80%,是人口的大多数。他们的职业是各种管理工作、各种技术工作和各种自由职业,包括软件设计者、机械工程师、通过文官考试的公务员、小工业家、小商店主、手工业者、教师、医生、律师、会计师、新闻记者、文学写作者等。资产阶级和无产阶级之间产生了一个新兴的中间群体:中产阶级。

农民原来都是体力劳动者,后来分为体力农民和脑力农民。工人原来都是体力劳动者,后来分为体力(蓝领)工人和脑力(白领)工人。脑力农民和脑力工人不断增多,体力农民和体力工人不断减少。今天美国的体力农民只有全国人口的百分之一点几,体力工人只有全国人口的百分之十几。农民阶级和工人阶级有逐步消失的趋势,这是所谓后资本主义现象。

教育发达、科技提高,农工生产技术发生革命。科学化、机械化、自动化、电脑化、机器人化,出现没有农民的农场,没有工人的工厂。这个趋势还在向前发展。

中产阶级人口众多,文化水平较高,是社会经济的力量源泉。他们有技术,产品的技术更新主要依靠他们。他们有购买力,产品的国内销售主要依靠他们。美国产品的出路主要是内销,内销不旺就经济萧条。

美国人民的生产能力和消费能力比别国大许多倍。美国的进出口贸易占全世界进出口贸易的主要部分。经济起飞的新兴国家和地区都依靠美国的投资和购买,由此外汇储备得以猛增。美国经济发生波动,新兴国家和地区立刻受到影响。新加坡说,美国打一个喷嚏,新加坡就感冒了。新兴国家和地区实际是美国的经济卫星。

2. 中庸之道　稳步前进

美国有两大政党,形成所谓两党制度。民主党是1828年杰克逊创立的,以"驴"为标记。共和党创立于1854年,以"象"为标记,最著名的党员是林肯。两党都没有固定的纲领,政治主张随时改变,跟创党原意没有关系。美国还有许多小党。1980年代,我在纽约旁观总统选举,当时纽约有五位总统候选人,其中一位是共产党的候选人。选举依靠得票多少,不依靠党员多少。得票少的党被新闻报道所忽略,只说成两党。两党纲领彼此相近,特点不明显,被嘲笑为轮流坐庄,甚至比作"出恭"的"坐派"和"蹲派"。

竞选有自身的规律。一条规律是"趋中"("从众")。大家想得到最大多数的票,必须迎合最大多数群众的要求。另一条规律是"二元化"。许多党都得不到多数票,就联合起来,成为两党或两个党派的联盟。

美国不是没有左翼和右翼的政党,有时还有极左和极右的政党。可是他们在选举中只能得到少数或极少数的选票,而且左派和右派相互对垒,相互抵消,往往不久就自行解散了。抓住中间多数,跟着主流走,不理会左派和右派,这是选举的"趋中"策略。

中产阶级不仅经济力量大,政治力量也大,因为他们是人口的大多数,对选举起决定作用。他们的政治主张是各色各样的,但是大家希望稳步前进,害怕大起大落。这个共同心理被说成是中庸之道。中庸之道有三种含义:1.平庸无能,不讲原则,不求进取;2.消极折中,调和妥协,按中线行事;3.积极中庸,不偏不倚,可左可右,度时审势,选择最佳的中间道路。中产阶级的中庸之道是后一含义。

教育第一　化敌为友

1. 教育第一　世界大学

发明创造需要人才。人才不是从天上掉下来的,而是教育培养出来的。美国的小学和中学(高等学校)教育早已普及。美国有四年制大学一千四百所,两年制学院九百所(2002世界年鉴)。新闻时常报道,亚洲国家的青年都争着到美国去留学,欧洲国家的青年也争着到美国去留学。美国成了一所"世界大学"。

美国教育突出发展是到20世纪后期才明显起来。教育促进科学,科学促进教育。日本学者提出"科学中心转移说"。科学成果超过全世界25%的国家就是科学中心。文艺复兴以来,科学中心不断转移。16世纪在意大利(1540—1610)。17世纪在英国(1660—1730)。18世纪在法国(1770—1830)。19世纪在德国(1870—1920)。20世纪在美国(1920—现在)。在世界知识竞技场的竞赛中,美国后来居上。

科学包括自然科学和社会科学(人文科学)。自然科学和社会科学在美国得到同样重视。美国认为,美国的建国得益于西欧在文艺复兴和启蒙运动之后发展起来的社会科学。后来,社会科学的高峰转移到了美国。政治学、法律学、经济学、教育学、社会学、其他社会科学,是使社会健全发展的必要知识。社会发展不健全,自然科学也难于发展。学术自由,科学平等,是美国发展教育的基本原则。

美国通过"世界大学"对世界施展影响。新科技改变了外国留学生的生活,新理论改变了外国留学生的思想。留学生回国以后又去影响他们的同胞。电视深入到世界各个角落。电脑把全世界知识分子联系起来。吸收留学生之外,还到外国去办学。例如美国以庚子赔款的一部分在中国办理留美预备学堂,后来成为清华大学。"世界大学"是美国潜移默化改造世界的远大政策。

2. 化敌为友　助人助己

两次世界大战使美国成为军事大国。一次大战(1914—1918):美国起先中立(1914—1917),出售军火,谋取大利。德国实行"无限制潜艇战",击沉美国船只,美国被迫在1917年对德宣战。赴欧军人200万,支持英法军备100亿美元。

1918年德国投降。二次大战(1939—1945):美国起先中立(1939—1941),出售军火,要求"现金自运",后来改行《租借法案》,拨款70亿美元,帮助英法。法国战败,向德国投降。1941年底,日本偷袭珍珠港,摧毁美国太平洋舰队,只剩3艘不在港内的航空母舰。美国被迫对日德意宣战。1944年美军和盟军从英国渡海到诺曼底登陆,有军队287万人,舰船6500艘,战斗机11000架,运输机2700架。1945年德国投降。1944—1945年,美国飞机轰炸日本14569架次;1945年在日本广岛和长崎投下两颗原子弹。日本天皇广播投降,美军登陆东京,占领日本,至今美国的航空母舰停在日本横须贺军港。

两次大战,美国都是先中立,后参战,被迫宣战,后发制胜。后发制胜能激励士气,所谓哀兵必胜。但是像珍珠港那样挨打,损失惨重。"9·11"之后,美国提出要改变策略,先发制胜。在"9·11"之后(不是之前)提出先发制胜,仍旧是后发制胜。

一次大战后,以法国为首的盟国对德国实行"消灭军备、限制经济"的政策。要求德国付出无法负担的巨额赔款,迫使德国狗急跳墙,刺激"纳粹"(国家社会主义)抬头,发生二次大战。法国的"马其诺防线"被耻笑为地下"柏林墙"。二次大战后,以美国为首的盟国对德日改行"限制军备、发展经济"的政策。军费不得超过国家总产值的1%,经济可以自由发展。德日经济都得到大发展。德国融入欧洲,德日成为美国的坚定盟友。化敌为友,政策成功。

战后美国对西欧和南欧十七国实行"马歇尔计划"（1948—1951），拨款一百三十亿美元，大规模援助工农业、稳定金融和扩大贸易，使这些国家的生产总值增长25%—50%。资金大部分回流美国，购买生产资料，带动了美国经济的繁荣。战后经济由此迅速恢复。援助计划表面上帮助别人，骨子里帮助自己，助人助己，双方得益。这个助人助己政策也是成功的。

最近在美国，有雄鹰已老和雄鹰仍健两种不同看法。前者说，美国实力不足以指挥世界，威信得不到世界的服从和尊敬；事前不能预防恐怖袭击，事后抓不到恐怖分子的头目。这算什么世界领袖？西班牙帝国衰落了，法帝国衰落了，英帝国衰落了，现在轮到美帝国了。后者说，科技第一，经济第一，军事第一，未见逊位。海湾战争，南斯拉夫战争，阿富汗战争，不断更新战术。国力没有衰退，需要自惕，不必自馁。

看来，雄鹰还在飞翔，不过显然疲劳了。

2002.7.15

苏联历史札记
―――成功的记录和失败的教训

苏联解体已经十多年。苏联既有成功的记录,也有失败的教训。苏联历史是当代知识分子不能不读的必修课。我阅读苏联历史十多种,包括周尚文等《苏联兴亡史》(2002)、陆南泉等《苏联兴亡史论》(2002)、曾严修《半杯水集》(2001)、约翰根瑟《今日俄罗斯内幕》(1958,英文)、美国驻苏大使马特洛克《苏联解体亲历记》(中译本,1996)、纽约时报通信集《苏联帝国的衰亡》(1992,英文)等。下面的读书札记是苏联的一幅素描。

俄罗斯历史素描

俄罗斯历史分期:(1)基辅罗斯:公元862年北欧瓦朗人在诺夫哥罗德建立政权,882年成立大公国基辅罗斯。(2)金帐汗国(1243—1502):1237年蒙古人成吉思汗的孙子拔都占领伏尔加河下游,建立金帐汗国;16世纪初斯拉夫人摆脱蒙古统治。(3)沙皇帝国(1547—1917):1547年伊凡雷帝(1533—1584在位)自称沙皇;1721年彼得大帝(1689—1725

在位)改称帝国,实行西化,扩张疆土。一次大战惨败,帝国覆灭。(4)苏联(1917—1991):1917年成立苏维埃俄罗斯共和国(苏俄),1922年成立苏维埃社会主义共和国联盟(苏联),1991年苏联解体。(5)俄罗斯联邦,1991年独立,放弃专制,改行民主。

苏联领导人:列宁(在职7年),斯大林(在职29年),赫鲁晓夫(在职11年,政变下台),勃列日涅夫(在职18年),安德罗波夫(在职2年),契尔年科(在职1年),戈尔巴乔夫(在职5年,政变下台)。共74年,7任领导,5人死后卸任,2人政变下台。斯大林在职最长,有29年,树立苏联模式,被称斯大林主义。

苏联历史轮廓:一次大战,俄军惨败,沙皇退位,杜马(国会)组织民主临时政府。1917年俄历十月,列宁党人杀死沙皇及其家属,推翻临时政府,建立苏维埃政权,实行军事共产主义。1918年3月3日列宁签订"布列斯特·立托夫斯克和约",退出对外战争,割让给德国土地一百万平方公里,赔款六十亿马克。内战结束后,改行新经济政策(1921—1928),经济恢复到战前水平。

1924年列宁逝世,斯大林继任,提出苏联一国可以建成社会主义。1928年开始社会主义工业化,在短期内农业国变成工业国。1936年斯大林宣布建成"社会主义社会",消灭了人剥削人的制度。1928—1937年,实行农业集体化,消灭富农,由中农和贫农组织农业公社,后改集体农庄。发生大饥荒。

1930年代,斯大林强化独裁,排斥党政军内异己,发动大清洗。

1939年8月23日,苏联和德国订立互不侵犯条约,附有密约,瓜分波兰。德国在1939年9月1日侵入波兰,发动二次大战。苏联在1939—1940年间侵占波兰、芬兰、罗马尼亚等国大片土地,吞并波罗的海沿岸三个国家。1940年6月14日法国投降。1941年6月22日德军侵苏,1941—1945年间苏联进行卫国战争。1944年6月6日美国、英国和加拿大同盟军从英国渡海在法国诺曼底登陆,1945年4月25日苏联和美国军队在德国易北河会师,德国投降。

1941年日本偷袭珍珠港,美国对日德意宣战。1945年8月6日美国在日本广岛投下原子弹,8月9日又在长崎投下原子弹,8月14日日本正式投降。苏联8月8日对日宣战,占领中国东北。

1964年勃列日涅夫发动政变,夺得政权;1967年宣布建成"发达的社会主义社会"。

1985年戈尔巴乔夫担任苏联总统,提出透明性和民主化,准备进行大规模改革。1991年,副总统和部长们发动政变,囚禁总统。俄罗斯联邦总统叶利钦反对苏联政变。政变领袖派去逮捕叶利钦的军人不服从命令。政变失败。总统戈尔巴乔夫回到莫斯科,辞去苏联共产党总书记。俄罗斯、乌克兰、哈萨克等宣布独立。苏联解体。

苏联的经济

成功的记录:高速工业化,农业国变成工业国

斯大林实行"社会主义工业化":(1)1926年—1928年,改建和扩建多个原有工业,三年内投资33亿卢布。(2)第一个五年计划期间,新建工业企业1500多个,投资248亿卢布,重工业占86%。1932年宣布四年三个月完成第一个五年计划。(3)第二个五年计划期间,新建工业企业4500多个,实行机械化技术改造,投资538亿卢布,重工业占83%,轻工业占17%。十来年间,改建和新建工业企业9000多个。苏联一跃成为欧洲第一工业国,世界第二工业国。农业国能够高速变成工业国,不走资本主义道路,当时认为开辟了人类历史的新境界。

失败的教训(一):计划经济

七十年的实践证明,苏联的计划经济弊大于利:

1. 僵硬。上面指令,下面听命。只可竞赛,不许竞争。效率低下,创新无能。

2. 挥霍。私营浪费,公营挥霍。官办企业,无不亏损。产品粗劣,废品惊人。

3. 贫穷化。社会主义工业化,能使国家强大,不能使人民富裕。优先发展重工业和军事工业,工业越多,人民越穷。欧洲有一条贫穷倾斜线,从西欧到中欧到东欧,越往东越穷,到苏联最穷。

消灭大小资本家的结果是,消灭了发展经济的一代管理人员。管理技术是发展经济的必要条件。苏联统治集团消灭剥削阶级,自己变成新的剥削阶级。学者对比:苏联的剥削率高出于资本主义国家。

东德西德原来相差无几,分为一社一资之后,西德参加六国共同市场、经济突飞猛进,东德在计划经济的束缚下、生产停滞,东西两边高低不平。东德工人经柏林逃往西德,十年间走了六百万人。东德建筑一道挡不住自由的柏林墙。

失败的教训(二):农业集体化

农业集体化是苏联工业化取得资金的重要来源。农民贡赋分实物上缴和余粮征购。实物上缴多达40%。余粮征购,定价低于成本。第一个五年计划期间,取自农民的资金占工业投资的33.4%。这就是工农联盟。

另外从一般人民节约取得资金:第一个五年计划期间,增税2.3倍,增发公债4.4倍,两项资金在1929年占苏联预算20.2%。裤带太紧,民怨沸腾。

1929年强迫2500万农户加入集体农庄和国营农场。1937年有93%农户加入集体农庄。国营农场和集体农庄的耕地达到全部耕地的99.1%。

消灭富农:1930年消灭的富农分三等:第一等,6万多户,处死;第二等,15万户,流放;第三等,80万户,扫地出门。三等共100多万户,平均每户7.3人,合计730多万人。

发生大饥荒,饿死人数以千万计。著名粮仓乌克兰饿死600万人。

失败的教训(三):大清洗

工业化,集体化,工农骚动,干部愤懑,政权发生危机。为了稳定政权,实行大清洗。

1934年12月1日,苏联领导人之一基洛夫被暗杀。斯大林认为国外敌人勾结国内异己进行颠覆,"阶级斗争越来越尖锐"。1934年12月到1938年12月,处死140万人。仅1938年11月12日一天,斯大林和莫洛托夫批准枪决的就有3167人。

第17次党代表大会选出的中央委员71人,有51人处死,2人自杀;候补中央委员68人,有47人处死。列宁建立的第一届人民委员会,连列宁自己共15人,有8人处死,1人驱逐出苏联。大清洗前有6位元帅,4位处死;有195位师长,110位处死;有220位旅长,186位处死。海军舰队司令员只留1人。航空国防委员会和化学国防委员会的领导人全部清洗。

列宁遗嘱提到的6人,除斯大林自己外,5人(托洛茨基、季诺维也夫、加米涅夫、布哈林、皮达可夫)都被处死。1929年斯大林放逐托洛茨基,1940年派人到墨西哥把他刺死。

苏联早期来华的重要人物,除一二例外,都被杀害。越飞,苏联驻华代表,1923年签订国共合作的《孙文越飞宣言》,被迫自杀。达夫强,接替越飞任驻华代表,1938年处死。杨明斋,山东人,十月革命加入俄共,1925年带领第一批留学生赴苏,1938年处死。加拉罕,1923年苏联驻华大使,1937年处死。鲍罗廷,苏联驻国民党总代表,1951年死于流放。加伦将军,苏联元帅,任孙中山顾问,1938年处死。罗明那则,1927年共产国际驻华代表,处死(一说自杀)。拉狄克,1925年任莫斯科中山大学校长,1939年处死。米夫,继拉狄克任校长,1939年处死。鲍格莫洛夫,1933年任驻华大使,1937年处死。布勒洛夫,十月革命人物,1927年前在中国,1940年处死。

斯大林的第二个妻子劝说斯大林无效而在1932年自杀,他们的女儿在斯大林死后移居国外,在回忆录中透露了这个惨剧。斯大林死后,1956年赫鲁晓夫作斯大林暴行秘密报告,暗示正是斯大林自己暗杀基洛夫,作为发动大清洗的借口。

历史学家估计,劳动营、强迫集体化、饥荒和处决而死亡的有2000万人,此外有2000万人成为监禁、流放和强迫迁移的牺牲品。

俄罗斯独立后为苏联冤案平反。《消息报》(2003.2.18)说:军事总监察院对1930年代和1940年代镇压案件重审,已审16万件人民公敌案,为9.3万人平反,有6万人维持原判,其中有贝利亚、叶若夫及其亲信;全部30万个卷宗将移交联邦档案馆。

俄罗斯总统叶利钦重新埋葬沙皇及其家属的骨灰,申言"革命不等于残暴",后来在处死沙皇的遗址上修建"鲜血教堂"。

苏联的政治

成功的记录（一）：苏联大帝国

历史惯例，大帝国的建立，都被看做是历史的重大事件和成功的记录，不论建立过程是残暴的，还是仁慈的。苏联内层有十五个加盟国，外层有七个卫星国，遥控亚非拉美几个飞地国。从中欧到东亚，从波罗的海到太平洋，横跨两大洲，威震全世界。不入于美，即入于苏。这是人类历史上诸多大帝国中非常突出的一个。苏联帮助国外被压迫民族起来革命。孙中山在民主革命一再失败之后说，"欲达此（革命）目的，必须联合以平等待我之民族（苏联）。"

成功的记录（二）：卫国战争

苏联抵抗希特勒侵略的卫国战争，规模之大，牺牲之惨，史无前例。

斯大林信守1939年的德苏互不侵犯条约，相信希特勒会同样信守德苏互不侵犯条约。德军攻苏前一周的1941年6月14日，塔斯社奉命辟谣，否定德军可能攻苏，申明这是帝国主义离间德苏的谣言（延安《解放日报》）。

1941年6月22日，德军从波罗的海到喀尔巴阡山，宽广1500公里，闪电侵苏。头五个月，苏军伤亡700万人，全线崩溃。斯大林惊惶失措，躲进别墅，避不见人。一些回忆录说，他垂头丧气，不知所措，左右请他担任最高统帅，他拒不接受，后经再三劝驾，方才勉强担任。

德军一举深入苏联腹地,老百姓为生存而拼死搏斗,以血肉抵抗炮火,靠严冬困扰敌寇,经过无法形容的悲惨牺牲,扭转了局面。

后期,苏军集结兵力550万人,德军调集217个师和20个旅共600万人,以斯大林格勒为中心,从1942年7月到1943年2月,两军殊死决战。德军大败。1944年6月5日,美英盟军288万人,从英国渡海,在诺曼底登陆。1945年4月25日,苏方乌克兰军在易北河与美军会师。最后,苏军250万人进攻柏林,在1945年4月27日突入柏林市中心。1945年4月30日,希特勒自杀。

二战期间,苏联生产火炮490,000门;坦克104,000部;飞机137,000架。美国支援苏联吉普车400,000辆,坦克12,000部,飞机22,000架。苏联人民死亡2700万人,苏军和盟军阵亡870万人。德军及其盟军阵亡670万人。

失败的教训:专制制度

苏联解体的深层原因是专制制度。

一次大战之后,马克思主义在欧洲分为两派。西欧一派主张民主社会主义,组成松散的第二国际,历史背景是西欧已经民主化。东欧一派主张专制社会主义,组成严密的第三国际,历史背景是东欧(俄罗斯)尚未脱离专制传统。俄国的社会民主工党分为两派,一派以列宁为首、主张武力夺权,另一派以马尔托夫为首、主张民主竞选。专制社会主义在苏联长期当政,直至苏联解体。苏联解体之后,欧洲没有了专制社会主义当政的国家,但是仍旧有不少民主社会主义当政的国家。

列宁主义的理论基础是《无产阶级革命论》(无产阶级战胜资产阶级,统治世界)和《帝国主义论》(没落的、腐朽的、垂死的资本主义,最后成为垄断帝国主义,即将消亡);政策要点是:反对多党制、反对议会民主、反对三权分立,主张巴黎公社式的立法和行政合一;社会主义就是消灭商品和货币,不要市场交易;实行无偿义务劳动。列宁临终前想研究市场问题,不幸两度中风,随即去世。斯大林主义是列宁主义的继承和具体化,基础理论一致,政策要点相同,只是专横和残暴发展到了顶点。

苏联模式被人诟病的畸形特点,都是专制制度的表层现象,来源于沙俄奴隶封建专制的帝国。个人崇拜(个人迷信)是帝王的光荣。斯大林跟沙皇相比,小巫见大巫。残暴是专制的工具。秘密警察,集中营,大屠杀,是沙皇的传家宝。"伊凡雷帝杀掉大批异己贵族和亲生的儿子";"彼得大帝镇压反对改革的贵族、僧侣以及皇后和皇太子";"叶卡捷琳娜二世杀掉丈夫彼得三世而登上女沙皇之位"。对外残暴更无顾虑。斯大林秘密屠杀波兰两万多名军官,伪称德国所杀。军国主义是专制制度的基石。1974—1984年间,苏联石油收入多达2700亿—3200亿美元,勃列日涅夫几乎全部用于扩军。侵略扩张是帝国的常规。苏联大帝国的扩张速度十分惊人。沙俄在兴盛年代每天扩张领土800平方公里。莫洛托夫说,"社会主义就是苏联统治世界,而且全世界都说俄语,用俄文。"赫鲁晓夫在联合国大会上脱下皮鞋,敲打桌子,大声宣扬要埋葬帝国主义。对苏联的专制制度来说,透明性和民主化不是福寿膏,而是催命羹。

苏联的文化

成功的记录(一):人造卫星,开辟外空

1957年10月4日,苏联首先发射人造地球卫星。1961年4月12日,苏联首先发射载人宇宙飞船,第一个宇航员是尤里·加加林。在陆界、海界、空界三界之外,开辟第四界,外空界(天界)。

成功的记录(二):普及教育,改革文字

1958年,义务教育从7年延长为8年。1961年全国有739所高等学校,分布在247个城市,在校学生260万;有3300所中等专业学校,22.4万所普通学校,在校中小学生共3620万人。1977年,大专程度的公民有9450万,其中职员(企业、机关、党政)3200万,脑力劳动者(工程、文艺、财会、通信)3750万,经济部门工作者2500万。当时全国人口25800万,知识分子占36%,加上高等学校在校学生500万,将近占40%。

苏联改革俄文正词法,在少数民族中推行拉丁化。1928年,土耳其放弃伊斯兰教的阿拉伯字母,改用拉丁字母,实行文化解放。苏联六个伊斯兰教共和国(阿塞拜疆、土库曼、哈萨克、乌兹别克、吉尔吉斯、塔吉克)继起效法,形成苏联的拉丁化运动。列宁说,拉丁化是东方的伟大革命。后来斯大林把拉丁字母改为斯拉夫字母,但是没有改回阿拉伯字母。

失败的教训（一）：禁锢思想，控制新闻

尼古拉一世（1825—1855在位）规定办学宗旨："培养上帝和沙皇的忠实臣民。"沙皇提倡发展国民教育，"却又极力主张不应该让平民受太多的教育，因为等到他们懂得跟我们一样多的时候，他们就不会像现在这样服从我们了。"苏联普及教育，同时禁锢思想。老百姓说：《真理报》上无真理，《消息报》上无消息。

1986年11月5日，国家安全委员会向中央报告（密）：《当前大学生思想行为》（要点）：选读课程，出路第一；社科废话，马列无用；党委落后，高干愚蠢；心中英雄，美国牛仔。领导批示：加强意识形态教育。

1946年—1949年，掀起"意识形态批判运动"。文学、戏剧、电影、哲学、经济学、社会科学、自然科学，无不遭殃。1946年，左琴科作讽刺小说《猴子奇遇记》，"猴子在苏联旅行，看到城市生活艰难，诸多丑陋现象，决意返回森林"，定罪"反党"。阿赫玛托娃作诗歌，"独自沉浸在对祖国、对历史、对个人命运的思考中"，定罪"异端"。二人被开除出作家协会，禁止发表作品。索尔仁尼琴，经受十二年无辜折磨之后，无罪释放。1962年发表《伊凡·杰尼索维奇的一天》，描写劳改生活，引起轰动。1965年遭受批判。1968年苏黎世出版他的《癌病房》，巴黎出版他的《第一圈》，反应强烈。苏共认为他是帝国主义冷战工具，1969年把他开除出作家协会。1970年，瑞典要给他诺贝尔奖，苏联大使对瑞典说，苏联公众将认为这是不友好行为，但是瑞典不理。巴黎又出版他的《1914

年8月》和《古拉格群岛》，影响更大。1974年苏联褫夺他的国籍，驱逐出境。1974年瑞典隆重地为他举行诺贝尔颁奖仪式。

我在一本书中看到，高尔基被否定了，大吃一惊！书中说，斯大林叫他去看一个劳改营，犯人一人一件新衣，一人一份报纸，但是报纸都故意颠倒着看。高尔基给他们把报纸转了过来，可是回去以后写的文章美化劳改营，讨斯大林的喜欢。我的朋友说，他一早就知道高尔基被否定了，因为以高尔基命名的地名都改掉了。

赫鲁晓夫不许得诺贝尔文学奖的著作在苏联出版，后来赫鲁晓夫自己的《回忆录》也不得不偷运到意大利去出版。赫鲁晓夫的儿子，过了六十岁之后，申请移民美国，在入籍考试的二十个题目中，答对了十九个，可是一个答错了：他不知道美国是"三权分立"，闹了笑话。这不能怪赫鲁晓夫的儿子，要怪苏联的政治教科书上不许谈"三权分立"。

失败的教训（二）：伪造历史，摧残科学

几乎吹捧成圣经的《联共（布）党史》，苏联解体后被批得体无完肤，认为理论僵化，历史伪造。俄罗斯开放苏联档案之后，历史学家根据档案，重写历史，这需要时间。暂时翻译一部法国人写的俄罗斯历史，作为代用课本。俄罗斯教育部长说：我们的历史也要进口。

苏联摧残科学，创造马列主义"真科学"、对抗资本主义"伪科学"。李森科创造米丘林生物学，认为后天获得可以遗传。马尔创造马尔语言学，认为语言有阶级性，无产阶级语言将取代资产阶级语言。这些都是显赫一时的官方科学。结果,"真科学"变成"真正的伪科学"。

苏联的解体

1991年8月5日,苏联总统戈尔巴乔夫去克里米亚度假。

8月19日:副总统亚纳叶夫、国防部长亚佐夫、克格勃主席克留奇科夫、内务部长普戈等共八人,组成"紧急状态委员会",宣布总统因健康原因不能视事,由副总统依法接替。软禁总统于克里米亚,切断电话电视,总统不得不用他身边的小收音机偷听美国之音。在莫斯科方面,调动坦克师、摩托化师、空降师和其他部队,包围俄罗斯政府办公大楼"白宫"。控制信息渠道,但是未能全部封闭。群众五万人聚集"白宫"广场,支持俄罗斯政府。坦克兵态度友好,叶利钦走出"白宫",登上坦克,向群众演讲,坚持改革,反对政变,要求放回戈尔巴乔夫。电视实况传播全世界,反响强烈。吉尔吉斯、乌克兰、白俄罗斯、乌兹别克等共和国总统宣布反对政变。美国总统布什起初观望,后来宣布不承认政变政权。

8月20日:空军、空降、海军、战略火箭等司令,反对政变。莫斯科军区空降师奉命去逮捕叶利钦,不执行命令。塔曼摩托化师,掉转枪口,保卫"白宫"。

8月21日:国防部给集合在"白宫"前的军队下达命令:凌晨攻占"白宫"。但是,负责领先进攻的特种部队"阿尔法"

小组,不听命令,按兵不动。空降兵、内务部部队等,也都按兵不动。攻占"白宫"流产,政变三天失败。

戈尔巴乔夫由叶利钦派人接回莫斯科。政变首犯八人,内务部长自杀,七人被捕,以叛国罪起诉。戈尔巴乔夫辞去苏共总书记,苏共解散。1991年12月25日,戈尔巴乔夫宣布停止苏联总统职务,苏联结束。

俄罗斯联邦改用十月革命前的"三色旗"为国旗。列宁格勒改回旧名圣彼得堡。叶利钦声称,"结束共产主义思想体系和实践的统治"。西欧记者问叶利钦:你搞垮了苏联,后悔不后悔?叶利钦说:苏联的解体是俄罗斯前进的必要条件。

历史学家说,俄罗斯一千二百年的历史分为如下阶段:(1)游牧社会;(2)游牧—奴隶社会;(3)奴隶—封建社会;(4)封建—社会主义社会;(5)资本主义社会。理论是资本主义结束之后发展社会主义,事实是社会主义解体之后发展资本主义。

2003.6.9

暖房经济效应

冷战时期,美苏之间也有友好往来。

新闻说:一位美国部长应邀访苏,带去一件价值连城的礼物:小儿麻疹的预防疫苗,这是当年美国的新发明。这位部长在演说中高度评价苏联的计划经济。

他说:"美国按照自由竞争发展工业,苏联按照计划经济发展工业。苏联工业发展之快,规模之大,达到欧洲第一、世界第二,仅次于美国,在人类经济史上开辟了一条全新的道路,这是历史奇迹!"

在结束语中,他说:事物不能有利而无弊,只能利多而弊少。自由经济的弊端是周期恐慌。1929—1932年的经济大恐慌,几乎使资本主义一命呜呼。后来经过艰难的"新政",才挽救过来。

计划经济时间还短,经验不多,要当心"暖房经济效应"。

什么叫做"暖房经济效应"? 当时没有人注意。

多年以后,一位中国机械工程师谈他的经验,提到"暖房经济效应"。他说:他所在的机器厂从苏联引进一台高档工作母机,仿照生产,销路不错。可是,年代长了,被新技术所淘汰。中国消息不灵,经济计划规定我厂照旧生产,统购统销,超额完成还有奖励。我们奉命盲目生产。改革开放之后,工厂都要自己找寻市场。我们的产品没有出路,生产别的产品也没有可能,只好关门大吉!硕大一个工厂,刹那间烟消云散了!这就是"暖房经济效应"。

在暖房里,鲜花盛开,一出暖房,不能适应气温变化,花儿顷刻之间枯萎了。

这位工程师又说:东北三省是我国的重工业基地,计划经济优先发展重工业。东北工业,兴旺发达,举国无双。改革开放之后,重工业也要自己找寻市场,整个东北就忽然萧条了,至今还有后遗症。这也是"暖房经济效应"。

2008年1月下旬,本文作者生病住院,每天在病床上看《参考消息》。

看到一条有趣的消息:俄罗斯一位国际贸易官员说,2007年俄中贸易比上年增加了一倍,原来俄罗斯出超,现在变为入超了;俄罗斯输出木材和石油,中国输出机器和生活用品。俄罗斯官员说:以自然资源换取中国的工业产品,这是殖民主义模式的国际贸易!

"殖民主义模式的国际贸易"?这几个字使作者大吃一惊!他是在说笑话吗?

北京秀水街、雅宝路等地的大众化市场,热闹非凡。那里可以看到,每天有许多俄罗斯商人,选购生活用品,用大皮箱运回俄罗斯贩卖。北京商人欢迎这些顾客。

有人问:秀水街、雅宝路等地的大众化市场,为什么俄罗斯商人特别多?苏联的欧洲第一、世界第二、仅次于美国的庞大工业,哪里去了?是否俄罗斯继承下来,改进成为现代化大工业了?还是"暖房经济效应"大暴发,跟着苏联帝国一同蒸发掉了?

《参考消息》上还看到另一条有趣的新闻:印度西孟加拉邦的"马克思主义共产党"正式决定:发展资本主义经济。因为,按照马克思主义,必先发展资本主义并达到高度水平,才能建设共产主义。过去在不发达的资本主义国家发展共产主义,实践都失败了。必须改正错误,认真学习中国和越南的成功经验。

2008.2.4

资本主义的发展阶段

资本主义的发展阶段

什么是资本主义?

(1)资本主义是"资本家占有生产资料和剥削雇佣劳动的社会制度"。(《辞海》2000)。

(2)资本主义,又称自由市场经济,生产资料大都为私人所有,生产引导和利益分配决定于市场运作。(《不列颠百科全书》1993)。

资本主义以国家垄断的"重商主义"(mercantilism)为前奏,发展成为以市场供求为主导的商业资本主义、工业资本主义和国家资本主义。资本主义依靠工业化而发展成为一种社会制度和一个历史时代。从1733年发明"飞梭"开始纺织机械化算起,到今天(2006)已经有二百七十多年的历史,可以分为五个发展阶段:

(1)第一阶段(1733 - 1785 = 52 年),从1733年发明"飞

梭"和1765年发明蒸汽机,到1785年建成第一座"近代炼钢厂",主要成就是纺织机械化。人类走出了手工业时代。

(2)第二阶段(1785-1867=82年),从1785年建成"近代炼钢厂"到1867年发明"发电机",主要成就是发展钢铁工业,以及利用钢铁的机械制造、轮船、铁路。工业化国家成为世界强国。

(3)第三阶段(1867-1919=52年),从1867年发明"发电机"到1919年第一次世界大战结束,主要成就是发展被称为第二次工业革命的电气化。人类生活,焕然一新。

(4)第四阶段(1919-1945=26年),从1919年第一次世界大战结束到1945年第二次世界大战结束,这期间发生经济大萧条,实行"新政"大改革。资本主义陷入困境,自救更生。

(5)第五阶段(1945-现在=60年+),从1945年第二次世界大战结束到现在(2006),主要成就是新科技突飞猛进,信息化,全球化,出现没有工人的工厂,被称为后资本主义。

另一种分期方法:

(1)第一次世界大战之前是资本主义的初级阶段(1733—1919);

(2)两次世界大战之间是资本主义的中级阶段(1919—1945);

(3)第二次世界大战之后是资本主义的高级阶段(1945年之后)。

发明举要:(动力)1765年蒸汽机,1867发电机,1885内燃机,1910汽轮机,1939喷气发动机。(纺织)1733飞梭,

1738珍妮纺纱机,1769水力纺纱机,1779走锭纺纱骡机,1785自动织布机;1940发明尼龙,各种合成纤维。(炼钢)1785近代炼钢厂。(交通)1807轮船,1829铁路,1886汽车,1913汽车大规模生产,1903飞机,1939喷气式飞机。(照明)1879电灯。(通信)1837电报,1876电话,1903无线电,1920广播,1941年电视,1945电脑,1986互联网,1990手机。

全世界的国家,按资本主义化的水平高低,分为资本主义国家、半资本主义国家和非资本主义国家。人均GDP在230年间(1750—1980)的增长:(1)资本主义国家:$180(1750年代)——>$780(1930年代)——>$3000(1980年代)。(2)非资本主义国家:$180(1750年代)——>$190(1930年代)——>$410(1980年代)。

科学中心的转移:16世纪中心在意大利,17世纪中心在英国,18世纪中心在法国,19世纪中心在德国,20世纪中心在美国,21世纪可能仍旧在美国。

认识的提高:万有引力的发现改变了宇宙观,进化论的发现改变了生物观。"人"发现了自己:发现个人,发现妇女,发现儿童。

经济萧条和新政改革

自由竞争,供求失衡,周期起伏,终于发生经济大萧条(1929—1933),又称经济大恐慌。

1929年10月开始,美国股票猛跌40%,损失260亿美元。此后三年间,经济全面崩溃:银行破产101家,企业破产10万家,工业生产下降53%,农业总产值从美元111亿降到50亿,进口从40亿降到13亿,出口从53亿降到17亿。失业工人1700万,农户破产10万家,国民总收入从878亿降到402亿,商品消费下降67%。美国人口的28%无法维持生计,200万人流浪街头,125万失业工人罢工大游行。工业、农业和信用危机,同时并发,波及整个资本主义世界,世界工业生产总值下降36%,世界贸易减少2/3。

资本主义如野马脱缰,面临困境,惶惶不可终日!

"新政"(New Deal,1933—1939)

为了克服大萧条,美国实行一系列改革措施,称为"新政":

(1)改革金融制度:放弃金本位,实行有节制的通货膨胀,美元贬值。由联邦储备银行增发钞票,解救钞票匮乏,借以提高物价,刺激生产,鼓励出口,减轻负债人的负担。由复兴金融公司购买银行的优先股票,使银行有流动资金可以活动。由财政部整顿和资助银行业,禁止储存和输出黄金,管理证券的发行和交易,把投资银行和商业银行分开,防止银行用储蓄者的资金进行投机。成立联邦储蓄保险公司,对小额存款实行保险。建立联邦储备委员会管理银行的贴现率、利息、兑换率、储备金额和市场活动。增加财产税,把公司所得税改为累进制。

（2）兴建公共工程：其中最大的工程为田纳西流域整治工程，防止洪水，发展航运，保护环境，生产化肥，提供廉价电力。管理和资助各地的公共工程，为失业者提供就业机会。

（3）开创福利国家：实行失业保险和老年保险，包括老年免费医疗。整顿住房问题，指导青年就业，走上福利国家的道路。

（4）改进劳资关系：成立复兴管理局，指导劳资双方订立公平竞争的契约，劳工有同企业主签订集体合同的权利。加强工会地位，保证工会通过自选代表与资方集体谈判的权利。规定最低工资和最高工时。

（5）调整农业生产：用政府津贴，鼓励农民缩减耕地面积，提高农产品的价格和农民的购买力。农业总收入在短期内快速增长。

（6）救济贫苦人民：成立联邦紧急救济署，提供紧急和短期政府援助，救济失业和贫民。

"新政"挽救和推进了资本主义，这是一场不流血的自我革命。临崖勒马，转危为安，资本主义重新焕发出生机。"新政"原理后来成为资本主义各国的共同政策。

2006.9.25

卷 三

思入风云

端午节的时代意义

今年(2008)端午节,成为法定节日。这是晚近复古思潮悄然兴起的一种表现。

二十四个节气是天文节日。端午节是人文节日。

民俗学认为,端午节来源于古越人的图腾祭祀,插艾蒲,饮雄黄,挂香囊,禳灾异,都是公共卫生的原始防疫。

但是中国人民代代相传,端午节是纪念屈原投江的受难日。龙舟是到水中去找寻屈原,粽子是给屈原的灵魂祭奠。屈原是中国知识分子的受难象征,正像耶稣是以色列人的受难象征。

屈原(前339—前278),战国时期的楚国贵族,才思超逸,辅佐怀王。秦楚争霸,"横则秦帝,纵则楚王"。屈原主张联齐抗秦。怀王轻信谗言,放逐屈原,与秦结盟,被秦俘虏,客死于秦。顷襄王即位,继续亲秦,再度放逐屈原。屈原流放,辗转沅湘,哀吟苦忆,目睹亡国。秦将白起破郢都,灭楚国。屈原无法再活下去,自沉于汨罗江,以死殉国,时为(前278年)阴历五月初五。"端、初"同义,"五、午"相通,端午节即初五节。

屈原之死，震动了中国知识分子的灵魂。端午节从纪念屈原受难的节日，经过二千三百年的绵延，发展成为尊重知识的节日，解放知识分子的节日。

怀念古代为的是教育今日。阅读古书而不知"以古鉴今"，读书何用？纪念端午节，自然地从屈原受难，联想到秦始皇焚书坑儒，历代的文字狱。

秦始皇焚书坑儒：（前213年）下令焚烧《秦纪》以外列国史纪，谈论《诗》《书》者处死，以古非今者灭族，禁止私学（控制教育），以吏为师（干部传达）；次年，将四百六十多名方士儒生坑死于咸阳。

屈原被否定，放逐异乡，心力交瘁，投水自尽，这跟反右运动中知识分子的被否定，下放劳动改造，折磨而死或失望自尽，历史轮回，何其鲜活！田汉的自沉，老舍的自沉，储安平的失踪，一代知识精英被摧残，虽然近年来不再谈论，可是老百姓心中没有忘记历史。言论可以控制，记忆无法禁止。中华民族的特色就是有历史记忆。勿忘过去，警惕未来，历史才能正道前进。

端午节成为法定节日，是复兴传统文化的信号。全球化时代是双文化时代，世界各国都在实行国际的现代文化，同时发扬本国的传统文化，以本国的传统特长增益国际的现代文化，以国际的先进制度改进本国的传统文化，这就是端午节的时代意义。

2008.6.9

补正：《炎黄春秋》2009年第2期：郭道晖《毛泽东发动整风的初衷》："根据解密的中央档案，全国打击的右派达3,178,470人，加上中右分子1,437,562人，两者相加共461万多人。"

【附录】

谭如为：读周有光《端午节的时代意义》有感

黄钟毁弃，雷鸣瓦釜；
文人噩运，鱼肉刀俎。
每临端阳，瓣香瑶圃；
思接千载，徜徉江浒。
靳尚媚上，郑袖善舞；
台榭山丘，屈平不腐。
长吟离骚，诗魂翘楚；
美人香草，比兴媚妩。
后昆垂范，前贤踵武；
砺我精神，生气虎虎。
浩然正气，流芳千古；
佳节永志，屈子风骨。

启 蒙 运 动

了解过去、开创未来

人类历史从封建主义到资本主义,中间经过一个漫长的转变过程。转变过程分为两个阶段,前一阶段称为文艺复兴,后一阶段称为启蒙运动。文艺复兴开始于14世纪西欧经济和文化中心的意大利,启蒙运动开始于17世纪西欧经济和政治发展较快的英国,后来传播开来成为欧洲和整个世界的历史前进运动。

文艺复兴导致思想解放,启蒙运动导致社会改革,西欧发生根本性的变化:从迷信到理智,从奴役到自由,从特权到平等,从幻想到科学。今天世界上最发达的西方七国(英美加法德意日)都是在这个历史前进运动中先后成长起来的。

1917年俄罗斯掀起"十月革命",建立苏维埃社会主义共和国联盟(苏联),根据马克思主义的理想,创造没有阶级剥削的共产主义社会。苏联贬低文艺复兴和启蒙运动的历史意义,认为这不过是发展资本主义的需要,而资本主义已经到了没落的、腐朽的、垂死的时期,即将被全新的社会主义所代替。1991年苏联瓦解,理想变成空想。

历史学家于是重新研究历史,认为文艺复兴和启蒙运动的历史作用没有结束,而是在继续前进,在民主和发达的国家需要进一步解放和改革,在封建和发展中的国家需要补上这一历史基础课。社会发展不可能不打基础而先造高楼。在今天了解过去、开创未来,历史进退、匹夫有责。理解文艺复兴和启蒙运动的历史意义,是知识青年的时代需要。

文 艺 复 兴

文艺复兴(Renaissance,原义"再生")是西欧14—16世纪开始于意大利的文学和艺术的创新运动,逐渐传播到法国、英国和其他国家。内容从文艺创新扩大到宗教改革、科技探索、地理大发现。主导思想是反抗宗教神学和封建专制,提倡尊重人格尊严的人文主义。人文主义反对神权和神性,宣扬人权和人性;反对蒙昧和神秘,发展理性和科学;反对来世和禁欲,重视现世和幸福;反对封建等级特权,提倡自由平等友爱。

(1)希腊学术的复兴

中世纪的西欧不学习希腊文,古希腊的学术已经遗忘。后来住在西班牙和西西里岛懂得阿拉伯文的犹太人,把希腊的学术著作从阿拉伯文译本转译成为拉丁文。1260年有亚里士多德的著作译本,不久又有欧几里得、加伦、托勒密等的著作译本。但是一直没有柏拉图的著作译本,因为阿拉伯文中也没有。

13世纪中期,通晓希腊文的英国学者格罗西特斯特(1168—1253),把亚里士多德的《伦理学》译成拉丁文,并介绍了其他古希腊的哲学和科学著作。1423年,一位从君士坦丁堡回到意大利的旅行家带来二百三十八册手抄本,其中有柏拉图以及古希腊戏剧家和历史学家的著作。1453年,信奉伊斯兰教的奥斯曼帝国占领君士坦丁堡,东罗马的学者们纷纷逃往意大利,带去西欧失传已久的古希腊典籍。希腊学术在意大利开始复兴,首先在文艺方面出现活跃景象。

希腊学术复兴的主要收获是,思维方法从迷信教条变为按照逻辑进行独立思考。

(2)民族文字的诞生和民族文学的勃兴

创造民族文字是唤醒民族文化的前提条件。在长达一千年的中世纪,西欧各民族学习跟本民族语言完全不同的拉丁文而没有自己的民族文字。到9世纪加洛林时期开始了民族文字的最初萌芽,直到文艺复兴时期民族文字才成熟起来。他们在拉丁文之外,采用本民族的主要方言作为民族共同语的基础,用拉丁字母写成本民族的文字,主要有罗曼语族的意大利文、法文、西班牙文,日耳曼语族的英文、德文等。

民族文学的勃兴开始于意大利。但丁(1265—1321)是意大利民族文字和民族文学的开创人。他的《神曲》("神的喜剧")以寓言方式叙说自己被逐出故乡佛罗伦萨,经历地狱、炼狱和天堂的磨难,借宗教神话控诉天国的荒唐。彼特拉克(1304—1374)著《我的秘密》,提倡人文主义,颂扬现世生活。他说:"我是凡人,只求凡人的幸福。"薄伽丘(1313—1375)著《十日谈》,讽刺教会贵族,赞扬市民群众;反对压制情欲,揭露不结婚的传教士们的七情颠倒。

英国的乔叟(1340—1400)著《坎特伯雷故事集》,描绘14世纪英国社会生活,是英国最早的人文主义作品。莫尔(1478—1535)著《乌托邦》,虚构一个岛屿上的理想社会,居民未受基督教启示而能把社会治理得井井有条,反照现实社会的不合理。他拒绝承认亨利八世为英格兰教会首领,1535年被处死刑。莎士比亚(1564—1616)创作喜剧、悲剧、历史剧等多种不朽作品,谴责封建暴政,提倡婚姻自由。

法国的蒙田(1533—1592)著《随笔录》,强调自由思考,反对禁欲主义。拉伯雷(1494—1553)著《巨人传》,提倡人性教育,批斥封建思想。他说:"请你们畅饮知识,畅饮真理,畅饮爱情。"

西班牙的塞万提斯(1547—1616)著《堂吉诃德》("奇情异想的绅士堂吉诃德"),描写一个绅士,学习剑客,出马游侠,成为可笑而又可怜的悲剧英雄。故事滑稽而荒唐,讽刺当时社会的不合理现象,使读者笑出眼泪,在眼泪中领悟人生。

民族文字诞生的主要收获是以活的白话文代替死的拉丁文;民族文学勃兴的主要收获是文学摆脱教会和教条的束缚。

(3) 艺术的创新

意大利的乔托(1276—1337)跟但丁齐名,都是文艺复兴的开创人。他的壁画人物,呈现空间效果,有鲜明的立体感,成为后世的艺术楷模。达·芬奇(1452—1519)的肖像画《蒙娜丽莎》表现女性的内心活动,被誉为世界美术杰作之冠。他的壁画《最后的晚餐》描绘典型人物的不同性格,成为文艺复兴时期的绘画典范。米开朗琪罗(1475—1564)在建筑、雕刻、绘画、诗歌等方面都留下不朽杰作。他在罗马梵蒂冈西斯廷礼拜堂的巨幅屋顶壁画,被称为世界最宏伟的艺术作品。他也是伟大的雕刻家,他说:"雕刻家可以像上帝一样再现人体形象,但是只有有灵感、有创见的天才才能赋予雕刻的人物形象以生命感。"看到罗马雕刻家把坚硬的大理石雕成肌肤柔软的裸体女像,人人都说,叹观止矣!

艺术创新的主要收获是,只用手不用脑的艺术,变为既用手又用脑的艺术。

(4)宗教改革

基督教宣称,人人有罪,婴儿出生就有原罪,必须向上帝做出奉献,祈求赎罪,否则死后不得进入天堂,还要到炼狱去受罪。罗马教皇出卖赎罪券,从西欧各国搜刮钱财。1517年,德国的马丁·路德(1483—1546)发表《95条论纲》,揭露教皇出卖赎罪券的荒谬,认为教徒自己阅读《圣经》,能直接与上帝相通,无须教会作中介,不承认教会对《圣经》解释有垄断权。1536年,法国的加尔文(1509—1564)发表《基督教原理》,认为人们得救与否全由上帝决定,教会无权过问。1534年,英国国王亨利八世(1491—1547)宣布脱离罗马教廷,自立英国圣公会,北欧各国相继效法。基督教于是分成三部分:罗马天主教、东正教(希腊正教)、新教。

宗教改革不是否定宗教,而是反对罗马教廷的专横和腐败。宗教改革的主要收获是,信教自由,信教不妨碍科技探索和民主建设。

(5) **科技探索**

哥白尼(1473—1543)在1530年完成《天体运行论》,违反《圣经》所说耶和华命令太阳静止不动。后世把这一发现称为"哥白尼革命"。布鲁诺(1548—1600)研究日心说,提出无限宇宙论,1600年被教皇判为异端,在罗马广场上被烧死。开普勒(1571—1630)提出地球和其他行星沿椭圆形轨道绕太阳旋转,太阳和行星之间的引力使行星沿其轨道运转,预示了万有引力原理。伽利略(1564—1642)为日心说辩护,用自制的放大三十倍的望远镜,发现木星的卫星,土星的光环,太阳的黑子;1616年,罗马异端裁判所指斥他的日心说"愚蠢、荒谬",逼迫他公开认错,判他终身监禁。他喃喃自语:"不论发生了什么事,地球仍在旋转。"

塞维图斯(1511—1553)发现血液的肺循环。维萨里(1514—1564)发表《人体结构论》,开创解剖学和生理学。

15世纪中叶,西欧改进了大炮,炮兵成为重要的作战兵种。1500年后,火枪改成滑膛枪,结束了骑士和长矛的时代。科技探索的主要收获是开辟了通向科学和技术的发展道路。

(6) **地理大发现**

中世纪时候,地中海经红海通往印度洋的航路,被土耳其人和阿拉伯人控制,地中海区域的中介贸易被切断,引起西欧经济恐慌。西欧急于找寻不经过地中海而直接通往东方的航路。

文艺复兴时期,造船术的进步,地理知识的积累,地圆说的传播,加上发明了钟表,改进了罗盘针,造出了多帆的航海大船,使远洋航海成为可能。

1488年迪亚士(约1450—1500)到达非洲南端好望角。1498年达·伽马(1460—1521)经好望角到达印度。1492年哥伦布(1451—1506)到达美洲。1519—1522年,麦哲伦(1480—1521)和他的伙伴环航地球。1642—1643年,塔斯曼(1603—1659)到达澳大利亚和新西兰。

地理大发现的主要收获是改变了宇宙观,天人合一变为天人无关。

启 蒙 运 动

启蒙运动(Enlightenment,原义"发光")是17—18世纪西欧在文艺复兴之后又一次推进民主和科学的思想解放和社会改革运动,开创于英国,蓬勃于法国,实践于美国,扩大到整个世界。康德(1724—1804)在他的《什么是启蒙》(1787)中说:"启蒙就是使人们脱离未成熟状态。"

启蒙运动不是简单地继续文艺复兴,而是发展和提高了文艺复兴。这时候,西欧和整个世界对民主和科学的认识提高了,理论变为行动,改良变为革命。社会结构开始改革,阶级关系、政治权力和政府组织都发生了前所未有的变化。

关于宗教神学,文艺复兴只求去除教廷的贪婪腐败和教仪的繁缛虚伪,摆脱精神枷锁,争取信教自由;宗教改革没有触及宗教的基本原理和教会的存在价值。启蒙运动开门见山,怀疑人格神的存在,提出自然神论、乃至无神论,动摇了宗教和教会的根本。

关于封建专制,文艺复兴只想减轻帝王的横征暴敛,给人民以喘息的空间,甚至希望加强君权,约束地方割据,借以保护市民的经济活动。启蒙运动不再卑躬屈膝,而是直截了当进行夺权斗争,矛头指向封建制度;启蒙学者提出了建设民主制度的理论和实施方案。

(1) 启蒙运动在英国

启蒙运动时期,英国是西欧经济发展最快、社会改革最早的国家。英国的社会改革,不是先有理论,后有革命,而是先有革命,后有理论。英国是孤悬海外的岛屿国家,封建势力比欧洲大陆薄弱。君主被迫把权力一步一步交出来,最后只保留礼仪性的权力。形式是君主立宪,实质是虚君民主。

a. 英国的启蒙思想

地理的发现,经济的上升,神权的破灭,王权的削弱,人民群众的思想活跃起来了。人人都发生一些跟过去大不相同的想法。出现了一群先进的知识分子,代表群众的要求和思想,把时代思潮组织成系统的启蒙理论。

弗·培根(1561—1626),现代实验科学的始祖,认为自然界是物质的,物质与运动不可分离。"知识就是力量"。一切知识来源于感觉,掌握知识的目的是认识自然,以便征服自然。科学是运用归纳、分析、比较、观察和实验的理性方法来整理感觉的材料。他对归纳法作了系统的论述。反对教条和权威,因为它阻碍人们获得真正的知识。

霍布斯(1588—1679),主张用力学和数学说明一切现象,建立机械唯物主义。哲学的目的是认识自然、征服自然、造福人民。开创功利学派和利己主义心理学。国家起源于人民通过契约把权力交给政府,换来政府对人民幸福的保障。反对君权神授,抨击教会凌驾于国家之上。

洛克(1632—1704),继承和发展培根和霍布斯的学说。建立唯物主义经验论和知识起源于感觉的学说。反对天赋观念论,认为心灵本是一张白纸,后天获得的经验是认识的源泉。反对君权神授说,拥护君主立宪。提出政府分权学说,主张立法机关应当是一个经选举产生的机构,而执行机关则是单个人或君主,立法权与行政权必须分立(两权分立)。政府是人民对统治者的一种信任,统治者的权力是有条件的而非绝对的,人民是最终的主权归属;如果政府失去人民的信任,人民有权撤回他们的支持,推翻这个政府。人民最初享有自然自由,后来订立契约进入社会,享有社会自由,社会自由须受法律约束。法律的目的不是废除或限制自由,而是保护和扩大自由,哪里没有法律,哪里就没有自由。

牛顿(1643—1727),建立经典物理学,发现万有引力定律。创制反射望远镜,考察行星运动规律,解释潮汐现象,预言地球非正球体,说明岁差现象。采取观察、实验和推理方法,用精确的机械观点解释整个自然界,使上帝失去指引星辰的能力,不再能命令太阳静止不动。

b. 英国的社会改革

在启蒙运动期间,英国的社会结构发生了重大的变化,涉及阶级、政治和政府各个方面。英国的宪法内容是逐步积累起来的,没有写成综合文件,称为不成文宪法。

1215年《大宪章》("英国人民自由大宪章")。这是英王被迫签订保障贵族和平民的权利的文件,人类历史上绝对皇权受到限制的开始,成为欧洲许多国家反对专制的战斗旗帜。共有六十三个条款,包括:保障教会、贵族、骑士的各种权利;保障城镇、贸易和商人的各种权利;关于法律和司法改革的许多条款;关于限制皇家官吏行动的条款;规定国王必须遵守宪章,未经合法裁判,对任何人不得施行逮捕、监禁、没收财产、放逐出境。在当时,这是破天荒的革命。后来英国的"权利请愿书"(1628)直接来源于大宪章;美国的"联邦宪法"含有大宪章的思想、袭用了大宪章的词句。今天,大宪章仍旧是英国宪法的基本组成部分。

1640年"英国革命"。历史学家把1640这一年作为世界近代史的开始,因为它开辟了一个民主化的新时代。这次革命又称"英国内战"或"清教徒革命"。清教徒,英国新教的一派,只信奉《圣经》,不服从教会,主要由中下层受压迫的人民所组成,是1640年英国革命的主要力量。当时,英国经济快速发展,但是土地占有、行会控制、贸易垄断、苛捐杂税等封建制度阻碍经济发展。1628年,英国议会通过限制王权的"权利请愿书"。英王查理一世不同意,下令解散议会。1640年,查理一世被迫重开议会。1642年,查理一世挑起第一次内战,议会胜利,查理一世被囚禁。当时,议会中一派坚持君主立宪,另一派提出《人权公约》,主张废止国王,成立共和国。1648年,发生第二次内战,次年查理一世被杀,议会正式宣布英国为共和国。后来,1688年发生政变,国会中的保皇党派联合起来重新建立君主立宪制,保留国王,但是缩小了王权。

1688年"光荣革命"。这次革命推翻企图扩大王权的英王詹姆斯二世,历史学家称为不流血的"光荣革命"。议会迎接詹姆斯二世的女婿、信奉新教的荷兰执政威廉来英国。1688年威廉兵不血刃进入伦敦,1689年议会宣布威廉为英王。同时,议会向威廉提出《权利宣言》,经正式通过成为1689年《权利法案》("宣布臣民权利和自由与确定王位继承办法的法案")。内容规定:国王未经议会同意不得停止任何法律,未经议会同意不得征收赋税,国王不得干预议会事务,议会必须自由选举,议员有充分的言论自由。这个进一步限制王权的法案,成为英国宪法的基本文件之一。

英国君主立宪制。1263年,国王和贵族发生战争,贵族获胜,1265年召集会议,这是英国议会的开端。14世纪以后,议会分为上下两院。1689年议会通过《权利法案》,议会制君主立宪政体确立。君主是世袭国家元首,实际是统而不治的虚君。上院不经选举,由各类贵族组成。下院经选举产生。议会有立法权、财政权、对行政的监督权,主要由下院行使。议案程序是:议会辩论,三读通过,送交上院,英王批准。英王从未否决。内阁由议会多数党组成,多数党领袖为首相。

启蒙运动是工业化的前奏。英国首先掀起启蒙运动,工业革命开始于英国。

(2)启蒙运动在法国

法国的启蒙思想,深受英国影响。在法国,参加启蒙运动的学者有两百多人,启蒙时期长达一个世纪,涉及哲学、政治学、经济学、文学艺术、科学、教育各个方面。

a. 法国的启蒙思想

孟德斯鸠(1689—1755),曾游历英国,研究洛克等人的著作,赞美英国议会制度。1734年发表《罗马盛衰原因论》,认为兴盛由于实行共和制,衰败由于专制暴政。1748年出版《论法的精神》("论法律和各国政府体制、风尚、气候、宗教、商业等的关系")(严复译作《法意》),彻底否定神学史观,指出国家的目的在于保护政治自由,每个公民有权去做法律所许可的事情。批判封建专制暴政,痛责宗教迷信和奴隶贸易,宣扬人权、政治自由和信仰自由。他把政权分为立法、司法、行政三个部分,彼此分立,相互约束,(补充了两权分立,成为三权分立),立法权必须操在人民代表手中,行政权则归属世袭君主,司法权由选举产生的常任法官掌握。

伏尔泰(1694—1778),曾用讽刺诗抨击封建统治,触犯王室贵族,两次入巴士底狱。旅居英国,深受牛顿和洛克的影响,归国后宣传英国社会制度和自由思想。揭露天主教会黑暗残酷,号召粉碎这种无耻罪恶。主张改造法庭,建立陪审制度,禁止任意逮捕,废除酷刑。著作涉及自然科学、哲学、历史、戏剧、诗歌等方面。为狄德罗主编的《百科全书》撰文。他说:"我不同意你说的每一个词,但是我愿意誓死保卫你说话的权利。"

狄德罗(1713—1784),认为自然是一个永远流动的统一系统,其中存在时间、空间和物质。提倡唯物主义的感觉论,肯定知识来源于感觉,而感觉是外界事物刺激人们感官的结果。宣传"社会契约论",君主的权威来自政治契约,君主的职责是保卫公民不受他人欺凌;抨击封建社会中神权和政权的干扰。大力提倡自由,包括政治自由、贸易自由以及学术研究自由。他的最大成就是主编《百科全书》,在他周围聚集了伏尔泰、达兰贝尔、霍尔巴赫、格里姆、卢梭等一批卓越思想家,宣传理性主义,反对宗教愚昧。《百科全书》多次被禁,他克服重重阻力,坚持达二十年之久,毕生为真理和正义而奋斗。

卢梭(1712—1778),从自然神论者发展为无神论者。认为人生而自由、平等,随着私有财产的出现,富人获得合法奴役穷人的自由,穷人失去自由的权利,只有消灭暴君才能获得新的自由。既反对无政府主义,又反对封建专制主义。著《社会契约论》(旧译《民约论》),提出人民主权学说,国家是人民通过社会契约所组成,国家主权来自人民,不能分割或转让,人民有任命、罢免和监督行政首领之权,有决定国家统治形式之权,有推翻专制制度的起义之权。设计民主共和国的具体方案。又著教育小说《爱弥尔》(1762),主张保护儿童的自然本性,听其身心自由发展,开创近代的启发式教育。著作被取缔,本人被迫害,不得已流亡瑞士和美国。

b. 法国的社会改革

18世纪,法国经济向上发展,但是受到封建行会、工业法规、赋税关卡等的束缚。资产阶级处于无权地位,联合城市平民、手工业工人和农民,组成革命力量。启蒙运动之前,法国是欧洲的封建堡垒,改革特别困难,斗争特别猛烈。

1789年"法国大革命"。国王路易十六代表第一等级(僧侣)和第二等级(贵族),跟广大人民的第三等级(农民、城市平民、资产阶级)之间,矛盾尖锐。1789年5月,国王被迫召开已经一百七十五年没有召开的三级会议,继而改为国民议会和制宪议会。7月14日,巴黎人民起义,攻占囚禁政治犯的巴士底监狱,后来这一天定为法国的国庆日。同年,制宪议会通过《人权宣言》,制定君主立宪的《1791年宪法》,召开立法议会。1792年8月10日,巴黎人民第二次起义,逮捕秘密政变的路易十六,次年送上断头台。9月21日,召开普选产生的国民公会,成立法兰西(第一)共和国,废除国王。1793年5月31日,巴黎人民第三次起义,推翻执政的吉伦特派,由罗伯斯比尔的雅各宾派实行革命专政,颁布共和国的《1793年宪法》。

1789年《人权宣言》("人权与公民权宣言")。1789年国民议会通过,1793年法国宪法用作序言。受英国《人民公约》和美国《独立宣言》的启示,以洛克和卢梭的"自然法"和"社会契约"为哲学基础。要点:人民生来而且始终是自由的,在权利上是平等的;人民有自由、财产、安全和反抗压迫的自由;

主权来自国民,任何团体或个人不得行使未由国民明确授予的权力;所有公民都有权亲自或经过代表参与制定法律,法律面前人人平等;未经法律规定,不按法律手续,不得控告、逮捕或拘留任何人;一切公民都有言论、著作、出版的自由;财产是神圣不可侵犯的权利。

1793年《法国宪法》。法国从1792年到1958年,建立了五个共和国(从第一共和国至第五共和国),制订了十三部宪法。其中,从封建专制变为民主共和的宪法,是法国大革命的果实:1793年《法国宪法》。这是法国第一部比较完整地体现资产阶级政治要求,并在一定程度上反映小资产阶级和工人农民利益的宪法。全文分为人权宣言(序言)和宪法正文。主要内容:保障公民的平等、自由、安全和财产;公民有言论、出版、和平集会、宗教信仰的自由;有受教育和受社会救济的权利;有选举立法会议议员和复决法律的权利;法律面前人人平等,公民不受非法控告、逮捕和拘禁;承认财产私有制;确立立法、行政和司法三权分立制度;取消选民的财产资格限制。由于内外动乱,这部宪法没有付诸实施。但是它的民主原则被后来的法国宪法慎重遵守,并对许多国家的宪法发生影响。

(3)启蒙运动在美国

美国的启蒙思想来自英国和法国。美国的独立和建国是英法启蒙运动的扩大实践。美国的反英独立战争开始于1775年,结束于1783年的巴黎条约。

a. 美国的启蒙思想

富兰克林(1706—1790),早年编印《可怜的理查德历书》,宣传新的哲学、科学、文学和艺术,传播启蒙思想,畅销欧美各国。北美独立战争中,参加起草《独立宣言》。1778年,利用英法矛盾,签订《美法同盟条约》,促使法国、西班牙、荷兰先后参战,加快独立战争的胜利。1787年参加制宪会议,主张废除黑奴制度,将人民权利列入宪法。

潘恩(1737—1809),曾任《宾夕法尼亚杂志》的主编,发表《美洲的非洲奴隶制》,痛斥奴隶贸易。1778年出版《常识》一书,猛烈抨击英国政府对待殖民地的暴政和君主专制政体,主张北美殖民地独立,采用共和制。《常识》一书,通俗易懂,充满革命激情,深受北美殖民地人民的欢迎,成为独立战争的重要思想武器,其中的民主思想在《独立宣言》中得到了充分的反映。1791年发表《人权论》,表述天赋人权的思想,尖锐地批评专制制度和等级特权,论证被压迫者有权推翻专制统治。

杰斐逊(1743—1826),美国第三届总统。1767年选入殖民地议会。1774年发表《英国美洲权利概述》,指出英国国会无权为殖民地制定法律。1775年出席第二届大陆会议,1776年主持起草《独立宣言》。他认为个人生来就有权得到维持生活的财产或职业,每个人都有受教育的权利,都有不可侵犯的自由。他制定宗教信仰自由的法案,取消宗教上的特权和歧视。他反对奴隶制度,1782年提出美国在1800年以后完全消灭奴隶制度,未获通过。他遵循华盛顿的民主先例,不连任三届总统。

麦迪逊(1751—1836),美国第四届总统,1787年《美国宪法》的主要起草人。1776年选入弗吉尼亚代表会议,起草关于宗教信仰自由的文件。1787年在制宪会议上提出的方案,成为制定宪法的指导原则。在《联邦党人》发表论文多篇,对宪法作了权威性的阐述。在国会中提出宪法修正案,强调宗教信仰、言论、出版自由的重要性。

华盛顿(1732—1799)担任两届美国总统(1789—1797)之后,群众推举他担任第三届。他说,我不能树立连任三届的不良先例。这是华盛顿的启蒙思想。其后两百年间,除罗斯福在战争时期担任第三届之外,没有人担任第三届。这一优良传统影响到其他一些国家。

b. 美国的社会改革

1776年《独立宣言》。英属北美殖民地人民发动独立战争之后,举行"大陆会议",由杰斐逊主持起草《独立宣言》。1776年7月4日通过这个文件,这一天后来确定为美国国庆日。主导思想继承和发展了天赋人权和社会契约的理论,宣布一切人生而平等,上帝赋予他们生存、自由和追求幸福等不可让与的权利;任何政府损害这些权利,人民有权更换它,另立新政府。《独立宣言》第一次以政治纲领形式确立"人权原则",推动了后来欧洲各国的革命,特别是法国大革命及其《人权宣言》。

1787年《美国宪法》和1789年《人权法案》。《美国宪法》,1787年制定,1789年生效,这是世界上第一部民主共和的成文宪法。1789年国会又提出宪法的"十条修正案",1791年成为宪法的一部分,称为《人权法案》;内容有,保护个人的自由权利,如言论和出版自由,宗教信仰自由;抗议政府的和平集会权利;享受正当的法律程序及公正的陪审团的审判的权利;不受残忍和不寻常的刑罚和扣压的权利;人身和财产不受无理搜查和扣压的权利;政府权力来自人民的基本原则。后来又补充:1865年废除奴隶;1920年妇女选举权;1971年选举年龄降为18岁;1972年男女权利平等。

"三权分立"。这个原则,美国最先订入成文宪法。立法、行政、司法,三种国家权力分别由不同职能的机关行使,相互制约和平衡。分权思想源出古希腊的亚里士多德。近代明确阐述分立学说的是英国的洛克;1748年法国的孟德斯鸠在《论法的精神》中发展了洛克的学说,系统地提出三权分立原则,立法权由议会行使,行政权由总统或内阁行使,司法权由法院行使。后来民主国家普遍实行三权分立制度。

历史进退　匹夫有责

18世纪结束了。启蒙运动没有跟着结束。文艺复兴和启蒙运动是历史前进运动的潜在规律。

历史是一种基础知识。不论从事哪一行专业,如果有了必要的历史知识,就会增进人生的动力和人生的意义。一个社会中如果有适当的一部分人达到这样的境地,就能把社会建设成比较理想的状态。

今天,世界上存在着差异极大的各种社会。从不知道穿衣服的部落到口袋里装着移动电话的人群,并立于同一个地球上。报纸刊登亚马逊热带雨林中的裸体部落照片和印度洋安达曼群岛上的裸体部落照片,提醒我们还有不少一向没有往来的邻居。人群之间的"文化时差"有一万年。只有历史能说,我们站在时间的什么地方,应当向什么方向前进。历史进退,匹夫有责。

2000.12.24
载《群言》2001年第2期

分久必合　合久必分
——"二战"后世界大国的"大分大合"

"话说天下大势,分久必合,合久必分。"《三国演义》的开场白发人深思。地壳有板块运动,历史也有板块运动。"分久必合、合久必分",就是历史的板块运动。二次大战之后,世界大国"大分大合",历史的板块运动进入高潮期。回忆往事,寻思得失,这是我青年时代参加读报小组的经常活动。

英帝国的瓦解

历史板块的大规模分裂。

1588年,英国以一群小战舰击败西班牙的无敌舰队,夺得海洋控制权。从1607年在北美建立第一个殖民地詹姆斯敦算起,到1997年把最后一个占领地香港归还中国为止,前后390年间英国建成人类历史上最大的全球性帝国,号称"日不落的大英帝国"。前后共有殖民地69处:欧洲2处,美洲15处,大洋洲11处,非洲22处,亚洲19处。这些殖民地加起来等于125个英国。较大的殖民地,除首先独立的美国外,有加拿大、南非、印度、澳大利亚等。

中国的海关、财政、银行、盐务等曾由英国管理,中国一度成为英国的半殖民地。

二次大战之后,英国殖民地一个个都独立或归还原主,剩下十二处小岛,原来是无主荒岛或人烟稀少。

英伦三岛,小小国家,怎么能建立起这样庞大的帝国? 又为什么忽然整个瓦解了?

英国孤悬海外,活动自由比欧洲大陆多,封建束缚比欧洲大陆少。自由是发展的动力。英国经过不断奋斗,超过了欧洲大陆。1640年发生限制君权的"英国革命",这一年被历史学家定为世界近代史的开始。1688年发生"光荣革命",次年订立《权利法案》,开创了虚君民主制度。这是人类从封建进入民主的首次飞跃。

海上交通和国际贸易刺激技术革新。18世纪初期,英国的手工业变为机械工业,开始了工业革命。民主制度和工业革命是英国对人类的两大贡献,首先得益的是英国自己。英国成为当时的超级大国。

英国有许多意义深远的格言,例如"诚实是最好的政策"、"反对意见是必要的"、"不能欺骗众人于永久"等,老百姓口头常说,政治家铭记在心。这是潜移默化的智慧力量。

英国对国内实行民主,对殖民地实行专制。起初杀鸡取蛋,后来发现养鸡取蛋更为有利。养鸡取蛋要做两件事:

一、推行自治。英国在殖民地实行英国控制下的自治,被民主运动者称为"假民主"。英国培养殖民地精英为英国服务，后来很多变成独立运动的带头人。

二、发展经济。殖民地经济越发达，越有油水可以榨取。这导致殖民地经济的逐步发展，并带动了临近地区的经济发展。

从动机看，"假民主"应当否定；从效果看，"假民主"比没有民主好。剥削中有促进，这是辩证法的矛盾规律。

西欧帝国所以能够以少胜多、以小治大，武器优势是一个重大关键。英国以一份海军，灵活运用，控制多处殖民地。英帝国时期，殖民地的军费负担比较少，独立以后军费反而增加了。

英帝国的瓦解，一方面由于战争的外力破坏，另一方面由于殖民地的内力发展。二次大战彻底削弱了英国。殖民地纷纷掀起全体人民的独立运动，势不可当。英国不是像法国那样必须在战场上惨败然后狼狈地放弃殖民地。英国接受了无可奈何的大帝国的瓦解。众多的英国殖民地在较短期间内得到独立，没有引起重大的战争。

大英帝国缩回英伦三岛，退居二等国家。一个英镑原来等于八个美元，后来变成不到两个美元，这就是英国的缩小尺度。英国人口大多数分散到从殖民地独立起来的国家，主要是美国、加拿大、澳大利亚和新西兰。这些国家都以"英裔"为基本人口。

苏联的瓦解

历史板块在黏性较差的地方分裂。

俄罗斯在10世纪建立"基辅罗斯"(Kiev,在今乌克兰)。13至15世纪成为蒙古大帝国的一部分,称为"金帐汗国"(又称钦察汗国,1243—1502)。这时候,中国也成为蒙古大帝国的一部分,称为"元朝"(1271—1368)。

伊凡雷帝(lvan, The Terrible, 1533—1584在位),第一位自称沙皇。彼得大帝(1689—1725在位),改名换姓,微服察访西欧,归国后实行西化,改变半游牧、半奴隶、半封建状态。1689年帝俄同清缔结《尼布楚条约》,规定以外兴安岭为界,黑龙江和乌苏里江两流域属满清;帝俄毁约,强行东扩,侵占沿海州和海参崴(1860)。俄罗斯成为从波罗的海到太平洋的海洋大国。

一次大战,帝俄损失惨重。1917年列宁夺取政权,退出大战,1922年成立苏联(苏维埃社会主义共和国联盟)。起初有四个加盟共和国,二战之后扩大到十五国,同时控制七个邻国,组成华沙条约集团,跟北约(北大西洋公约)集团进行冷战。

1958年赫鲁晓夫试行改革,被政变推翻。1985年戈尔巴乔夫试行改革,又被政变推翻,并导致苏联瓦解。

1991年,戈尔巴乔夫到克里米亚休假。他的下属部长们把他软禁,成立政变委员会,派遣坦克兵包围俄罗斯加盟共和国的"白宫"、捉拿改革派总统叶利钦。想不到坦克兵同情改革,叶利钦走出"白宫",登上坦克,向士兵和群众讲话,大受欢迎。各地群众纷纷游行,声讨政变。戈尔巴乔夫被软禁后,不能打电话,从一个小收音机中偷听美国之音。政变只维持了三天,不得不自行撤销。1991年,苏联十五个加盟共和国都宣告独立。

苏联瓦解,原因何在?全世界纷纷议论。简单归纳,表层原因是军备太多、民生太少,深层原因是专制太多、民主太少。苏联违背了马克思主义的按比例发展的原理,违背了马克思主义的生产关系要适合生产力性质的原理。

苏联行政,在政府机构之外,另配备苏共机构,以党监政。这个办法同样行之于军队、企业、学校,以及控制华沙条约集团。结果是,效率低、摩擦多、开支庞大。苏联经济被称为"暖房经济",五年计划、没有竞争,实物交换、贸易委靡。苏联能首先把地球卫星送上天,但是做不好一个自来水龙头。人民贫穷压抑,敢怒而不敢言。旅行者都看到,从西欧经中欧到东欧,越到东方越是穷,到苏联最穷。基辛格说,苏联瓦解是自己把精力消耗光了。

俄罗斯独立后,开放旧档案。历史学者们这才明白,苏联是俄罗斯历史中的一个朝代,正像过去有过"金帐汗国"。俄罗斯暂时没有历史教科书,借用法国一本俄罗斯历史作为代用课本,因为历史学者们还在研究开放不久的旧档案。俄罗斯的教育部长一再公开说:我们的历史也要进口。俄罗斯面对的改革问题非常艰巨。休克疗法失败,补养疗法也决非速效感冒丸。所幸瓦解是基本上在和平中完成的,这显示了苏联人民的成熟。

美国的扩张

历史地壳的造山运动。

美国原来是英国的殖民地,经过八年战争(1775—1783),取得独立,至今只有两百来年。英国比欧洲大陆有较多自由,超过了欧洲大陆。美国比英国有较多自由,超过了英国。历史又一次证明,自由是发展的动力。

美国的土地扩张完成于建国初期,从大西洋扩张到太平洋。两次世界大战中,美国没有取得土地。美国1867年以七百二十万美元从俄罗斯购得阿拉斯加,当时被讥笑为一大蠢事,1896年发现金矿,1959年阿拉斯加成为美国的一个州。美国1898年吞并夏威夷,1941年日本袭击珍珠港,1959年夏威夷成为美国的一个州。成为美国的一个州,要全民投票,赞成票要超过大多数才有效,这是尊重当地居民,也是预防将来可能发生反悔。

"二战"初期,美国中立,大做军火生意。一艘艘旧军舰出卖给英国,规定"现款自运"(cash and carry),美国不担负风险。英国口袋里的股票全都转移到美国口袋里来了。

美国战前只占领半个太平洋,另半个掌握在日本手中,所以日本能够发动太平洋战争。战后整个太平洋成为美国的内海,这是美国的大扩张。

太平洋的岛屿国家都变样了。他们的精英在受了美国教育之后,穿上西装,离开本土,移居美国,过现代生活。夏威夷的波利尼西亚文化馆找不到真正的夏威夷人来表演草裙舞,只好由大学生来扮演。

美国是否可能也会像苏联那样忽然瓦解呢?这要看稳定因素是否发生剧烈变化。例如,经济是否发生恐慌,失业是否陡然增多,福利是否维持不住,军费占预算的百分比是否迅速提高,国内是否出现了民族的板块裂缝?

美国有许多民族,大部分分散居住,没有一个民族固定在一个地区,人跟土地没有联系,迁徙自由,没有形成"民族州"。这叫做民族的"掺和结构",稳定性比较强。苏联也有许多民族,各个民族都有固定的居住地区,人跟土地联系,全国由若干民族国家或民族地区组成。这叫做民族的"拼接结构",稳定性比较弱。美国除全国共同语(英语)之外,有许多民族语言,但是都跟地区没有联系,没有形成"州语言"。苏联除全苏联的共同语(俄语)之外,各加盟共和国都有本地通用的民族语言。美国好比一碗杂炒,苏联好比一碟拼盘,杂炒比较均匀而稳定。

美国的扩张,主要手段是经济和文化,目的是金钱。经济上不断推出新技术,例如电脑的国际互联网络。文化上不断创造新形式,例如电影、电视、大众歌曲。美国一部大片《泰坦尼克号》的收入超过了当年日本汽车工业一年的产值总和。法国放映的电影有70%来自美国。法国人大声疾呼:这是文化侵略,网络帝国主义!

苏联瓦解之前,苏联无人相信美国不会来乘虚袭击。苏联瓦解之后,事实证明,美国无意吞并苏联。这不是美国的仁慈,而是时代不同了。战后经验,与其扩张疆土,不如发展经济。掠夺不如创造,创造90%成功,掠夺50%失败。德国和日本就是榜样。财产从"土地"为主,变为"资本"为主,又变为"知识"为主了。这就是所谓"知识时代"。

法帝国的瓦解

另一历史大板块的分裂。

英国建立海外大帝国的时候,法国也在建立海外大帝国。由于在"七年战争"(1756—1763)和"拿破仑战争"(1793—1815)中一再失败,法国被迫放弃北美和印度的主要殖民地。法国于是侵占非洲和亚洲(印度支那),建成一个仅次于大英帝国的第二大帝国。

在美洲,1534年法国进入北美圣劳伦斯海湾,建立魁北克城(1609),蒙特利尔(1642),宣布新法兰西(加拿大)为法国殖民地(1683),后来都让给英国。1699年法国进入密西西比河流域,宣布整个流域属于法国;在几经波折之后,法国把路易斯安那卖给美国(1803)。1697年法国占领海地,1804年海地独立。在印度,法国保留"本地治理"等五块殖民地,直到1949年和1954年才归还印度。

"二战"之后,法国亚非殖民地宣告独立的有:北非三处,西非八处,赤道非洲四处,其他非洲殖民地五处,印度支那殖民地三处(越南、老挝、柬埔寨)。以上这些独立起来的殖民地的土地合计,相当于二十二个法国本土。法帝国从最早建立魁北克(1609)到最后放弃法属索马里(1977),长达三百六十八年。法国还有几处保留的海外殖民地,称为海外省。

战后法国殖民地的独立不是和平独立,而是一次又一次剧烈的独立战争使法国惨败,然后取得了独立。

阿尔及利亚的独立战争(1954—1962),苦战八年,拖住法国八十万正规军。1958年,戴高乐宣布由法国本土和海外领地十二处共十三个成员国组成"法兰西共同体",法属非洲由"半自治共和国"改为"自治共和国"。他错认了时代,低估了殖民地的独立决心。1960—1961年间,阿尔及利亚掀起规模空前的全民抗战,许多城市发生激烈的巷战。法国不得不狼狈地在1962年同意阿尔及利亚独立,结束一百三十二年的殖民统治(1830—1962)。

印度支那的独立战争分为两个阶段。抗法战争(1945—1954):1945年法国进攻西贡,1946年越南全国掀起抗法战争。1947年法国大举进攻越南北方。1953年法国以奠边府为大本营,企图一举收复整个越南。中国派韦国清率领炮兵援助越南,1953年在奠边府取得震惊世界的大胜利,法军将官全部投降,抗法战争结束。抗美战争(1961—1975):1961年美国接替法国,以越南南方为根据地,1963年对越南北方大轰炸,登陆岘港。1973年美国被迫签订停战协议。1975年越南解放西贡,统一全国,抗美战争结束。1973年美国撤出老挝;1975年撤出柬埔寨。法国对印度支那九十一年的殖民统治（1884—1975）结束。

战前国际观察家常说，英国养鸡取蛋，法国杀鸡取蛋，两国殖民地显然不同。

15世纪开始建立的西葡大帝国是老帝国主义。17世纪开始建立的英法大帝国是新帝国主义。西欧小国也建立帝国。荷兰统治比本国大四十七倍的印度尼西亚331年（1619—1950）。比利时统治比本国大七十八倍的刚果八十四年（1876—1960）。战后，两个小帝国也结束了。

二次大战期间，几百万非洲士兵和民工在反法西斯战争中受到教育和训练。非洲经济在军需的刺激下开始发展，非洲工人达到一千三百万。非洲殖民地觉醒了，北非殖民地首先起义。日本发动太平洋战争，占领西方国家的许多殖民地，激起殖民地的独立浪潮。

殖民帝国曾经凭借战备优势所向无敌。这个优势为什么不再发挥威力了呢？殖民地的民族意识觉醒了，独立意志旺盛了；文化水平提高了，组织能力增强了；游击战和全民战发挥了以弱胜强的战略攻势；起义武装能从同情者得到援助；几个殖民地同时起义，侵略者难于各个击破；殖民帝国的力量在大战中削弱了，国际舆论支持民族解放，反对帝国侵略。形势变化了，时代不同了。

欧盟的形成

西欧历史碎片的拼合。

两次大战,西欧是"震中"。希特勒自杀(1945)了。美国援助(马歇尔计划,1947—1951)结束了。可是当时的西欧人民仍旧物质匮乏,精神恐慌。能否改进生活?能否长期和平?这是悬挂在每人心头的两个大铁球。经济学家说:"既能改进生活,又能长期和平,方法是建立一体化的共同市场。"

要想保证法德之间长期和平共处,必须建立新型的经济和政治框架。1950年法国建议,首先试办"煤钢联营"。建议得到六国同意(法国、西德、意大利、比利时、荷兰、卢森堡)。于是1952年成立"欧洲煤钢共同体"(ECSC)。试行以后,成绩卓著,1954年全部消除了六国之间的"煤、焦炭、钢、生铁、废铁"的贸易壁垒,营业扶摇直上。

受此鼓励,1957年成立"欧洲经济共同体"(EEC),又称"共同市场",目标是:1.取消成员国之间的贸易壁垒;2.建立单一的对非成员国的商业政策;3.协调运输系统、农业政策和一般经济政策;4.取消限制自由竞争的各种措施;5.保证劳力、资本和工商企业家的自由往来。1958年首次降低成员国之间的关税,1968年取消成员国之间的全部关税。1958—1968,成员国之间的贸易增加"四倍"。"四倍"是一个惊人的数字!共同体国家一片欢腾!1973—1995,引来了九个新成员国(英国、爱尔兰、丹麦、希腊、西班牙、葡萄牙、奥地利、芬兰、瑞典)。1967年成立"欧洲共同体"(EC);1991年成立"欧洲联盟"(EU,"欧盟")。

最近,"欧盟"计划"东扩",以原苏联卫星国为主要对象。"欧盟"是"富人俱乐部",准备首先接纳"穷中较富"的波兰、捷克和匈牙利。"民主原则、市场经济、清除腐败"是入盟的必要条件,这对"穷亲戚"来说,并非轻而易举。

历史上的帝国大联合,都是从上而下,在武力强制下形成的。"欧盟"不同,它是从下而上,完全自愿联合起来的。"欧盟"创造了一个先进的历史范例。

"法语"是法国的图腾。"欧盟"没有一种法定共同语,工作很不方便。法国坚持,只要"欧元",不要"欧语","欧盟"不是"语盟"。法国要求人人学习"三种"外国语,不是"两种";如果只学"两种",人们可能学英语和德语,不学法语。

共同市场,多国一体;自由竞争,优胜劣汰;发展先进,改造落后;整个西欧的每一经营项目都向先进看齐,经济由此腾飞。欧盟从经济扩大到政治,是一个包括经济和政治的全方位的一体化组织,最后目的是建立美国式的"欧洲合众国"。

西欧没想到,共同体内的变化,影响到共同体外。东西德的经济水平原来相差不太大。西德忽然上升,现出东德相对下降。在短短几年中,东德经西柏林逃往西德的人有六百万之多。东柏林不得不筑起一堵"柏林墙",冷战从军事抗衡变成经济抗衡。

英法分裂,苏联瓦解,西欧联盟,美国扩张,一分一合,各行其道。总的规律是:

"合久必分"的数学公式:"$1+1=2-$"。文字公式:"合招损、分受益"。

"分久必合"的数学公式:"$1+1=2+$"。文字公式:"分招损、合受益"。

印度的分裂

次大陆历史板块的破碎。

"印度"可以指:1.印度次大陆;2.分立前的整个印度范围;3.分立后的独立印度。

1858年英国正式灭亡印度的莫卧儿帝国,英国政府直接统治印度,取消"东印度公司"。印度定名为"英属印度帝国",英王兼"印度皇帝",派"副王"一人管理印度,任期五年。英国实行"养廉制度",殖民地官员的俸禄高得吓人。最后一任"副王"在离职之前公布个人财产,在英国报纸上每天登一大版,连登好几天。五年之间得到如许巨额财产,恐怕比贪官污吏剥削的还多。"养廉"是好制度,问题在如何养。

印度独立之前,英国在1909年规定,伊斯兰教可以单独选举立法议员,确认伊斯兰教团体的政治地位,拆散统一的民族独立运动,埋伏下国家分裂的祸根。印度革命领袖甘地千方百计劝说伊斯兰教不要分裂出去,没有成功。1947年英国允许印度独立,结束一百九十年的殖民统治(从1757年普拉西战役算起),但是把一个国家分成两半:一半是伊斯兰教的国家,另一半是多宗教的信教自由国家(包含印度教、伊斯兰教、其他宗教)。1947年伊斯兰教建立巴基斯坦(清真之国),印度一分为二。1971年孟加拉(东巴)又建立孟加拉国,巴基斯坦一分为二。整个印度一分为三。一国三分,不断战争。西方学者做了一次研究:如果印巴不分裂,不打仗,用分裂和打仗的费用来建设国家,印度早已是一个发达的富裕大国了。

克什米尔在英国统治时期是一个土邦,居民大多数信伊斯兰教,但是克什米尔的行政领导愿意跟印度结合,反对巴基斯坦。按行政,它应当属于印度。按宗教,它应当属于巴基斯坦。战争中印巴各占克什米尔一半,有一条不稳定的停战线。

印度的"印地语"和巴基斯坦的"乌尔都语"是同一种印度北方通用的"印度雅利安"语言。1947年印巴分裂以前,统称为"印度斯坦语"。"印地文"用印度天城体字母。"乌尔都文"用波斯阿拉伯字母。学者一早建议,不分彼此,统一用拉丁字母书写,没有实现。巴基斯坦建国以后,以伊斯兰教为"国教",以乌尔都语为"国语"。印度信教自由,没有"国教",有多种法定文字,包括乌尔都文。

1999年,印度人口9.84亿人,伊斯兰教徒占14%,计1.37亿人;巴基斯坦人口1.35亿人,伊斯兰教徒占97%,计1.3亿人;伊斯兰教徒留在印度的比去巴基斯坦的还要多,可见伊斯兰教徒并非都主张分裂。

印度的印巴分裂是被动肢解,不是自动瓦解,跟帝国瓦解的性质不同。分裂的胚芽是印度固有的,分裂的果实是英帝国按照"分而治之"政策而蓄意培育出来的。

印巴分裂,彻底破坏了原来印度的经济和文化结构,使人民遭受无法估计的惨重损失,加剧了不同宗教之间冲突,人民陷入水深火热的宗教战争之中,这就是英帝国的遗产。印巴分家,十分荒唐,一部《大英百科全书》也要一分为二,一国半部。

宗教立国是中世纪的制度。现代政策是信教自由,政教合一进步为政教分离,不再有国定的"国教"。政教合一阻碍人格解放和社会发展。印度被英帝国主义和宗教狂热者肢解,独立变成了灾难。

2001.1.20

载《群言》2001年4月和5月

科学的一元性

——纪念"五四运动"七十周年

1919年5月4日,北京学生掀起"五四运动",高举反对帝国主义和封建主义的革命旗帜,震动了全中国和全世界。当时世界舆论说:"睡狮醒了!"

德先生和赛先生

"五四运动"不断深化,提出了邀请"德先生"和"赛先生"两位客座教授前来中国的建议。这个建议是"五四运动"的精髓。遗憾的是,德先生没有拿到签证,无法成行。赛先生一个人来了。他们二人原来是一对老搭档,长于合作演唱"二人转"。现在赛先生一个人前来,只能"一人转"了。一个人前来也好,比一个都不来好。可是,发生一个问题:怎样"接待"赛先生呢?接待问题是关键问题,关系到国家的发展前途。

赛先生出行不利,一到中国就遇到他没有思想准备的情况:要求他脱下西装、穿上长袍马褂,熟读四书,服从"中学为体、西学为用"的大原则,也就是封建为体、枪炮为用,要他遵命办理他没有办理过的朝廷企业和官僚工厂。赛先生感到水土不服,头昏脑涨,得了眩晕症,久久不愈,时时发作。

赛先生到苏联,受到苏维埃式的接待。先改造赛先生的思想,然后叫他创造无产阶级的真科学,废除资产阶级的伪科学。最有名的创造是:马克思主义的米丘林生物学和马克思主义的马尔语言学。前者是自然科学,后者是社会科学,二者同样披上了阶级性的红色外衣,从苏联来到中国。

中国向苏联一边倒,建立了五万个米丘林小组。赫鲁晓夫一上台,一夜之间,全部烟消云散。据说,真科学生产不出优良的玉米种子,每年要向伪科学购买大量的改良种子。这是怎么一回事?我查看苏联的哲学辞典,其中有洋洋洒洒的大文章"米丘林生物学",说得头头是道可是我看不懂。我又查看美国的大英百科全书。大失所望!其中没有米丘林的条文,只在遗传学条文中间找到一句话:"所谓米丘林遗传学是没有科学根据的。"我如堕五里雾中!后来,我明白了:米丘林生物学是哲学!

新出版的《简明不列颠百科全书》(1986)有"米丘林"的条文,上面说:"他的杂交理论经李森科发挥后,被苏联政府采纳为官方的遗传科学,尽管几乎全世界的科学家都拒绝接受这种理论。"原来,米丘林是一位朴素的园丁,他的生物哲学是李森科编造出来的。赫鲁晓夫时期,苏联放弃了生物哲学,引进了生物科学,否定了生物学的阶级性,使它恢复"一元性"。从此,不是各个阶级有各自的"阶级生物学",而是各个阶级都可以利用同一种"人类生物学"。苏联和中国的生物学以及全部自然科学,都脱下了"阶级性"的红色外衣。

任何科学,都是全人类长时间共同积累起来的智慧结晶。颠扑不破的保存下来,是非难定的暂时存疑,不符实际的一概剔除。公开论证,公开实验,公开查核。知识在世界范围交流,不再有"一国的科学"、"一族的科学"、"一个集团的科学"、"一个阶级的科学"。学派可以不同,科学总归是共同的、统一的、一元的。

神学、玄学和科学

人类的认识发展大致可以分为三个发展阶段:1.神学思维;2.玄学思维;3.科学思维。"神学"的特点是依靠天命,上帝的意志是不许盘问的。"玄学"的特点是重视推理,推理以预定的教条为出发点。"科学"的特点是重视实证,实证没有先决条件,可以反复检验,不设置禁区。"实践是检验真理的惟一标准",认识这一条原理,足以防止"从科学回到空想"的倒退。"惟一标准"就是"一元性"。科学的真伪分别,要用"实践"、"实验"、"实证"来测定,不服从"强权即公理"的指令。

以医学为例。医学的发展,经过了三个阶段:1.神学医;2.玄学医;3.科学医。医学古代称为"巫医"。"巫医"的治疗方法主要有:驱鬼、招魂、咒语、符箓、魔舞等。所有的民族在历史早期都有过大同小异的"巫医",这是神学医。从神学医发展为玄学医。"神农尝百草而兴医学"。阴阳、五行（金木水火土），"医者意也"，这是中国的玄学医。希腊有"四体情说"（血痰怒忧）："体情调和，身体健康"，这是希腊的玄学医。毛泽东比斯大林聪明，他提倡中医而没有给西医戴上伪科学的帽子。各民族原来都有各自的传统医学。印医、藏医、蒙医、中医，都是东方的有名传统医学。它们对人类的科学医都有过贡献。世界各地传统医学中的有效成分汇流成为人类的科学医以后，代替了各民族的民族医学。今天"中医"和"西医"并立，将来总有一天要合二而一。科学不分中西，没有国界，科学是世界性的、一元性的。

天文学更明显地经过了三个发展阶段：1. 天文神学；2. 天文玄学；3. 天文科学。古代的巴比伦、埃及、希腊、中国等，都有"占星术"。占星术把人类的吉凶祸福跟天文现象联系起来，利用日食、月食、新星、彗星、流星的出现，以及日、月、五星（水金火木土）的位置变化，占卜人事的吉凶和成败。这是"天文神学"。中国有"盖天说"、"浑天说"等宇宙观："天似盖笠，地法覆盘，天地各中高外下"；"天体圆如弹丸，地如鸡子中黄，孤居于天内。"这是中国的"天文玄学"。哥白尼的"日心说"，使天文学开始进入科学的大门，恩格斯把他的《天地运行论》比作"自然科学的独立宣言"。观测手段日益进步，创造出望远镜、分光仪、射电技术、人造卫星，人类登上月球，发射宇宙飞船到各大行星作近距离观察，使天文科学获得了前所未有的进展。

自然科学是如此，社会科学呢？

"马尔语言学"跟"米丘林生物学"有异曲同工之妙。"什么阶级说什么话",这不是天经地义的吗?"米丘林生物学"是斯大林死后由赫鲁晓夫拨乱反正的。"马尔语言学"是斯大林生前拨乱反正的。在接到许多告状信以后,斯大林不得不出来说话了:"语言没有阶级性。"由此引申出"语言学也没有阶级性"。"语言没有阶级性"是斯大林的伟大发明。语言学界额手称庆!

可是,语言学是一门社会科学。社会科学也没有阶级性吗?社会科学不是"阶级斗争的科学"吗?语言学"没有阶级性",这是社会科学的一个"例外"呢,还是社会科学的一个"先例"呢?是"下不为例"呢,还是"以此为例"呢?这严重地困扰了苏联和中国的思想界。

三 马 大 战

20世纪50年代初期,北京大学举行轰轰烈烈的"人口问题万人大辩论"。压倒多数战胜了惟一的反对票。人们说,这是"三马大战",因为"马克思"、"马尔萨斯"和"马寅初",都姓马。"文化大革命"以后,人们惊呼:"错批一人,误增三亿!"这是"接待"赛先生的方法错误而受到的重大历史惩罚!"社会主义社会没有人口过剩"的名言没有人再谈了。"计划生育"成了中国的重要政策。回忆1947年联合国首届人口会议上,苏联反对"节制生育",发展中国家反对"家庭计划"。1962年以后某些亚非国家改变态度,开始节制生育;1979年以后中国实行"计划生育"。这些历史事实,说明人们对社会科学的认识是变化的。这一变化,猛烈地冲击了"社会科学有阶级性"的坚固堤防。

解放初期,我在上海复旦大学和财经学院教书。看到从苏联课本译编而成的"经济统计学"讲义。开宗明义说:"经济统计学是有阶级性的。"有人在报纸上发表论文,引用苏联专家的说话:"抽样调查"是资产阶级压迫工人的手段;无产阶级觉悟高,产品用不到抽样调查。这时候,学校图书馆收到一册新版的《苏联大百科全书》,其中有"抽样调查"一条,内容竟然跟教科书上的说法大不相同,它肯定了抽样调查的"科学性"和"必要性"。我叫我的研究生赶快翻译成中文,印发给同事们和外地财经学院参考,引起当时经济学界的兴趣。当时只敢默默思考:是不是"科学没有阶级性"要伸展到社会科学的敏感部门"经济统计学"来了?

阶级性最强的是"社会学"。"历史唯物主义"否定了社会学的存在。苏联长期不知道有这样一门学问。可是,赫鲁晓夫时期,苏联恢复了社会学,虽然"苏联社会学"依然是有阶级性的。中国更加长期不知道有这样一门学问。旧的社会学者们被看做是当然的"右派",大都流放到边地去了。直到"文化大革命"以后,中国才重建社会学,比苏联晚二十多年。不知道今天的"中国社会学"保留了多少阶级性和怎样的阶级性。

社会科学是不是科学?社会科学是不是"一元性"的?社会科学的历史发展是否也经过了神学、玄学和科学三个阶段？

北京天坛公园内有"祈年殿"，祈求上苍恩降丰年，这是不是"经济神学"？"不患寡而患不均"，不求增加生产、但求分配平均，这是不是"经济玄学"？经济学教科书说："按比例发展"是社会主义特有的经济规律。某些社会主义国家，由于预算门类之间和经济部类之间的比例失调，造成民生经济的长期落后。某些资本主义国家，预算经国会争议而实现了比例调整、经济受供求和竞争的制约而达成合适的比例，由此民生经济迅速发展。这是否可以说"按比例发展"的规律也适用于资本主义？50年代的"公营化高潮"也波及某些资本主义国家；70年代的"私营化高潮"还在波及某些社会主义国家。公营跟大锅饭、低效率、长期亏损共生，这也有阶级性吗？

这些问题，今天仍旧是人们不敢深入思考的敏感禁区。可是这些问题非常重要，它跟"改革开放"能否成功有密切关系，不可能永远回避。"地心说"和"日心说"在古代曾经是最敏感的禁区。谁接触它，谁就要被烧死。古代的科学勇士居然把这个禁区打开了。今天有现代的科学勇士吗？

"改革开放"以来，也开放了一些禁区。例如，长期不许说"宏观"和"微观"，认为这是资产阶级的"庸俗观点"。现在大谈"宏观"和"微观"了。长期必须承认"社会主义社会没有通货膨胀"。今天大谈"通货膨胀"了。禁区开放能否再扩大一点，或者干脆来个彻底的学术自由？

社会科学问题如果没有科学地解决，新技术引进来很可能是发挥不出应有的效果的。"改革开放"就是打破"框框"。要使改革开放成功,还要打破更多的"框框",从自己建筑起来的"圈套"中走出来。重新考虑如何"接待"赛先生,是对"五四运动"最好的纪念。

载《群言》1989年第3期

把阿富汗建设成亚洲瑞士

阿富汗是丝绸之路的中心环节

电视上看到的像月球那样荒凉的阿富汗，在古代是丝绸之路上的中心环节。它是中国、罗马和印度之间的贸易中转站。这里，民族杂居，异教并存，经济活跃，文化交融。公元6世纪，印度天文学家彘日，最早使用“阿富汗人”这个词。公元982年“阿富汗人”一词开始出现于伊斯兰教文献。

公元前6世纪，这个中亚南部地区是波斯帝国的东部领土，分为五个行省。波斯的袄教和摩尼教在此流行，后来传到中国。公元前330年，亚历山大灭波斯，接着进攻中亚。阿富汗是他所征服的重要地区之一，从这里往东又征服了印度河流域。亚历山大带来的希腊文化跟印度文化融合，阿富汗地区是两大文化的熔炉。

公元1—6世纪，大月氏人建立贵霜帝国。他们早期在敦煌一带游牧，后来西迁中亚。原来是五个部落的联盟，贵霜部落兼并了其他四个部落。公元前135年占领阿姆河流域,进而扩大疆土,从波斯东部和阿富汗地区、到印度北部、直至中国边疆,建成贵霜帝国。首都起初在喀布尔,晚期迁往白沙瓦。佛教在这里昌盛起来,成为传播中心。西汉哀帝元寿元年(公元前2年)博士弟子景卢受月氏王使伊存口授浮屠经,这是佛教传入中国的开始。汉唐的外来僧人大都来自贵霜。贵霜是当时四大帝国(汉、贵霜、安息、罗马)之一。

希腊和印度文化融合而成的犍陀罗艺术,有壁画、雕塑、石窟艺术等等。用希腊技艺创造印度佛像,衣衫飘逸,面目俊秀,栩栩如生,呼之欲出。阿富汗中部的巴米扬河谷在公元3—4世纪建成世界最大的石佛(高135英尺),四周还有石窟群和建筑群,这是犍陀罗艺术的高峰。唐僧玄奘取经过此,有目睹记述。敦煌石窟是犍陀罗艺术地带的延长。

阿拉伯大规模扩张,东线以波斯和中亚为目标。公元642年,阿拉伯击溃波斯,西亚和中亚天翻地覆。阿拔斯王朝初期(750—842)完成了中亚地区的伊斯兰教化。佛教的阿富汗变成伊斯兰教的阿富汗。

成吉思汗1219年入侵阿富汗。他一度战败,一个孙子在战争中被杀。占领巴米扬之后,他纵兵破坏文物,以泄愤恨。但是蒙古人没有本事破坏硕大无朋的石佛。

1747年,统治阿富汗的波斯领袖纳迪尔·沙,被刺身亡。他的卫队长阿赫迈德·汗,率领四千阿富汗人组成的卫队回归坎大哈,途中由部族会议推举为国王,尊称阿赫迈德·沙·杜兰尼。("汗",将军;"沙",国王;"杜兰尼",珠中之珠,众王之王）。这是阿富汗第一个本地民族建立的国家。这一经过，跟宋太祖赵匡胤"陈桥兵变"的故事相仿。杜兰尼王国扩大疆土，西起波斯的马什哈德，东至克什米尔，北达阿姆河，南抵阿拉伯海。

英国在占领印度之后，进一步试图占领阿富汗，发生三次阿富汗战争。一度，阿富汗成为英国的半殖民地。二次大战后，英国放弃所有亚洲殖民地。

1978年苏联支持阿富汗左翼夺取政权。1979年苏军大举入侵。阿富汗民兵以游击战抵抗。美国给民兵"毒刺"轻便导弹，击落大量苏军直升机。"1975—1985年，苏军投入约11.5万兵力，耗资近200亿美元，死伤3万多人。"（《中国大百科全书》外国历史卷）。"1989年苏联撤军，结束14年的苏联控制。此期间，阿富汗死亡200万人，逃难邻国600万人。"（《2002世界年鉴》纽约）

1996年，在巴基斯坦边境训练成功的伊斯兰教学生军"塔利班"，占领喀布尔和阿富汗大部分地区，实行原教旨主义的统治。剥夺妇女穿衣、行动、求学、就业的自由；不许看电视、听广播、打移动电话；施行残酷的肉刑；用大炮轰毁两座巴米扬最大的石雕大佛；禁止伊斯兰教以外一切宗教；反对现代文化。

沙特阿拉伯人本·拉登在阿富汗设立恐怖基地，2001年"9·11"他的门徒劫机撞毁纽约两座贸易大厦。塔利班拒绝引渡本·拉登，美国向塔利班宣战，2002年1月反恐怖战争结束。

把阿富汗建设成亚洲的瑞士

反恐怖战争结束之后,阿富汗将何去何从,有两条道路可走:一、自力更生;二、国际援助。

自力更生就是把阿富汗还给阿富汗人,由阿富汗人自己选择未来。国际新闻说,经过几十年的战争和原教旨主义统治,阿富汗已经名副其实地一贫如洗。自力更生缺少启动能力。没有资金、技术和管理人才,无法建立现代经济。没有自然科学和社会科学的教师,无法建立现代教育。阿富汗原来的社会结构是神权体制:政教合一,宗教至上,清一色的伊斯兰教。历史已经证明,神权体制是产生原教旨主义的温床,原教旨主义是产生恐怖主义的温床。在新建的政权下面,很容易暗中滋生改头换面的原教旨主义,正像一次大战之后德国暗中滋生国家社会主义(简称"纳粹")一样。如何防止十年之后再发生一次更加惊人的恐怖事件?

另一条道路是国际援助。这不是不要自力更生,而是给自力更生增加一点启动能力,导向现代化,走出神权化。国际舆论认为,阿富汗的现代化要点是:外交中立,避免大国争夺,稳定世界和平。政治民主,根除恐怖主义,保证经济发展。政教分离,神权改为民权,宗教离开政府。信教自由,消除原教旨主义的温床。妇女解放,废除多妻制度,实行男女平等,妇女从黑袍中解放出来。教育现代化,学习科学知识,启发独立思考。经济开放,引进外资和生产新技术。文化多元化,恢复文化熔炉的历史传统。这就是建设"亚洲瑞士"的起步工作。

阿富汗能建成瑞士吗？能。一千年前，欧洲瑞士是一座荒山，谁也不要它，所以能够中立。穷得生了儿子养不活，只好卖出去当兵。罗马梵蒂冈的导游告诉我们，梵蒂冈的禁卫军至今还穿着古代瑞士雇佣兵的服装，为了纪念历史。荒山能变成欧洲瑞士，为什么文明古土不能变成亚洲瑞士呢？阿富汗不是天然的贫苦地方，它在古代是繁荣的地区。阿富汗不是永久的文化荒原，它在古代是文化的熔炉。阿富汗曾经是丝绸之路上的明珠。

今天的阿富汗正处于百废待兴、万象更新的历史转折点。机会难得，稍纵即逝。应当重开丝绸之路。原教旨主义不仅封闭了阿富汗，还使整个中亚变成一潭死水。南亚和西亚之间的正常交往也被隔断了。阿富汗的现代化，将使丝绸之路重新开通。不仅阿富汗将活跃起来，整个中亚也将活跃起来。阿富汗将重新成为国际往来的中转站，现代文化的熔炉。

注：2002.2.18,《人民海外》记者袁炳忠、袁莉报道：巴米扬原有石窟六千多处，其中以傍山而凿的六尊大佛最宏伟。一尊名沙玛玛，高三十八米，披蓝色袈裟，造于1世纪。一尊名塞尔萨尔，高五十五米，披红色袈裟，造于5世纪。4世纪晋法显到此，作《佛国记》，7世纪唐玄奘到此，作《大唐西域记》，均有生动描述。1990年代，早已千疮百孔。2001年3月，塔利班用大炮和火箭把剩下的佛像完全毁灭。今天，塞尔萨尔大佛残骸上盖着一幅巨大塑料布，写着"联合国教科文

组织保护"。沙玛玛石窟内原有数以万计的佛像和壁画，无影无踪。只见一个洞窟内躲藏着六百来个无家可归的难民。

载《群言》2002年第3期

不丹王国的民主化

喜马拉雅山在前进

不丹(Bhutan),喜马拉雅山麓小国,位于中国和印度之间,尼泊尔之东。国土面积:4.7万平方公里。人口:232万(不丹人50%,尼泊尔人35%),大都信喇嘛教。官方语文:卡宗语(一种藏语方言)和英语,通用藏文和英文。首都廷布(Thimphu)。(纽约时报《2008世界年鉴》)

1907年,乌颜·旺楚克(Ugyen Wangchuk)建立不丹王国。王室子弟大都留学英国,了解世界大势,要求进步,摆脱落后。

1952年,吉格梅,多尔吉·旺楚克(Jigme Dorji Wangchuk)继任国王,开始主动推行民主化。1953年成立赞都(国会),不丹历史上第一个立法机构。1965年成立国王咨询委员会,就国家大事向国王提出建议,整顿司法系统。1968年成立本卡措克(大臣会议,即内阁),实行三权分立。国王在第一次赞都会议上郑重宣布,不丹为君主立宪国。赞都有最高权力,不仅有权任命大臣,一旦国王违背人民福利和国家利益,有权罢免国王;如果赞都以三分之二的大多数通过对国王的不信任投票,国王必须让位给继承人。

在经济方面,1956年进行土地改革,废除农奴制。取消对尼泊尔少数民族的歧视。1961年开始实行经济建设的五年计划;1971年成立国家计划委员会,发展交通、电力、教育等基础建设和农业。

不丹首相宣布,"不丹不是印度的一部分,不丹是独立自主的国家。"1963年不丹成为科伦坡计划组织会员国。1971年不丹参加联合国组织。1973年不丹成为不结盟运动成员。(《中国大百科全书·外国历史卷》1990)

1972年,吉格梅·辛格·旺楚克(Jigme Singye Wangchuk)即位,年仅十六岁,继承父志,继续推行民主化。2006年12月14日,五十岁的辛格以年老自动退位,把王位传给就学于牛津大学的儿子,吉格梅·克萨尔·旺楚克(Jigme Khesar Wangchuk),进一步推行民主化。不丹现有两个政党:人民民主党和不丹联合党(又名不丹和平与繁荣党)。2007年12月31日竞选成立新的国会"上院"。2008年3月24日竞选成立新的国会"下院"。不丹联合党竞选得胜,获"下院"多数席位,产生新一届议会民主制的政府。小国大新闻!

早在1999年,不丹就开放电视和电脑网络,进入信息化世界。(网络新闻 wikipedia)

全球化催促民主化

不丹王国,国泰民安,没有发生政治动荡,国王主动放弃君主大权,积极推行民主制度。史无先例,举世称奇!这是怎么一回事?

其实,从历史发展来看,这是正常发展。

现代是全球化时代,民主化是全球化时期的政治主流。大国在前进,小国也在前进。不丹国王办了一件好事,有利于落后追赶先进。这样的事情,邻国印度早已办了。邻国尼泊尔不是正在改革吗?两个喜马拉雅山麓小国并肩改革,无独有偶。

人类正在打破成规。小国文明走在大国的前面去了。东亚"四小龙"的起飞。北欧小国的超前发展。小国芬兰的手机传遍全球。小国瑞典的"民主社会主义"誉满天下。山沟沟里的不丹王国,忽然变成君主立宪、多党竞选的民主国家。惊世骇俗的事情一件接着一件迎面而来。

现在不是大国带领小国,而是小国带领大国,在科技方面,在政治方面,开创全球化的新篇章。小国崛起是全球化的新趋势。

关于"不丹王国的民主化",《新京报》(2008.4.13)以全版篇幅详细报道了两位学者的高水平的访谈,使读者耳目一新!略述要点如下:

《新京报》时事访谈员赵继成:不丹国王主动推行限制自

己权力的民主化改革,在世界历史上极为罕见。人们一般理解,民主是通过斗争得来的,有权者都是以权力的最大化为追求。怎么看不丹发生的改革?

王占阳(中央社会主义学院政治教研室主任):不丹国王是一位华盛顿式的人物,华盛顿有当国王的机会而不当,不丹国王当了国王而自动放弃王权。不丹国王提出一项先进的终极价值观,叫做"国民幸福总值"。他说:"富有的人并不总是幸福的,幸福比财富和权力重要;做一个好国王不能不是专制国王,继续做专制国王在精神上是痛苦的。"他追求民主,使"利他和利己"得到高度的统一,这是一种非常高的境界。如果理解不了还有比财富和权力更重要的东西,就理解不了不丹。

孙士海(中国社科院南亚研究中心主任):也有外来影响。国际背景:全球的民主化潮流。地区背景:印度民主化的成功,尼泊尔的绝对君主制正在被迫改革。与其将来被迫,何不今天主动。

《新京报》时事访谈员赵继成:公民文化素质较低,也能实行民主吗?

孙士海:我不认为一定要老百姓达到什么素质,才能搞民主。印度至今文盲很多。民主意识可以慢慢培养。

王占阳:不同发展水平的民主,需要不同素质的民众。有初步的民主意识和素质,就可以实行初步的民主选举和民主政治。初步的民主条件,可能在自上而下的民主训政和初步的民主实践中形成。你要学会游泳,就得跳到水里去。在实践民主制度的过程中完备民主要素,这是一条民主政治发展的普遍规律。

《新京报》时事访谈员赵继成:不丹老百姓满意君主制,为什么还要民主化?

王占阳:不丹老国王说:"我可以努力做个爱民的国王,但我无法保证不丹代代都有好国王。为了不丹人民长远的幸福,我们必须推行民主。"国王认为,全球化已经为不丹带来了机遇,不丹走向民主和现代化是必然的趋势。国王的认识是富有远见的。民主无疑是世界政治制度的发展趋势。这个制度本质上符合人的本性,不是一个偶然的现象。有了先进的知识,必然会有先进的行动。

2008.4.28

记两次语文现代化国际会议

按:战后各国多次举行"语文现代化"国际会议。这里介绍其中两次会议的内容。一次是1967年在马来西亚举行的"亚洲语文现代化国际会议"。另一次是1983年在夏威夷举行的"华语现代化国际会议"。

(一)亚洲语文现代化国际会议

1967年9月29日到10月1日,在马来西亚首都吉隆坡举行"亚洲语文现代化国际会议",参加者有各国学者。中国没有参加,因为当时中国正在进行"文化大革命"。会后出版会议论文选集(英文),收录论文28篇,涉及11个亚洲国家的8种语言。下面是主要论文的要点。

1. 马来西亚东方学会会长《论文集序言》。要点如下:

文艺复兴之后,西欧科技大发展,由此产生几个强大帝国。它们向东扩张,几乎使整个亚洲都变成殖民地。战后殖民地先后独立,都面临社会和文化现代化的历史任务。语文现代化是社会和文化现代化的一个重要方面。

亚洲国家的语文现代化,早的开始于上个世纪,例如日本在语文现代化上已得到显著成就;晚的到二次大战之后才开始,例如印尼和马来亚到战后才规定他们的标准语和正词法。没有共同语的国家需要选择一种语言作为国家共同语。有了国家共同语之后需要进行语文的规范化。文字采用什么字母,正词法如何规定,科技术语如何书写,都是重大而繁难的工作。还要规定新的语法,编辑出版标准语的辞典,处理好共同语和方言土语的关系。这次会议使我们进一步了解语文现代化对国家现代化的重要作用。

2.马来西亚总理《开幕词》。要点如下:

去年举行第一次国际会议,研究东南亚的文化问题。现在举行第二次国际会议,研究亚洲的语文现代化。战后整个亚洲发生巨大变化。一项重要工作是亚洲语文的现代化。各国语文的历史背景不同,但是新的概念同样需要新的语文来表达,文明古国也不例外。

亚洲国家分为两类。第一类是原来独立的国家:日本、泰国和中国。他们一方面保持原来的语文传统,一方面更新他们的语文以适应时代的需要。例如日本,过去做了许多工作,今后进一步更新语文就比较容易。第二类是新近从殖民地独立起来的国家。他们原来以宗主国的语文为官方语文,当地民族的语文得不到培养和发展。独立以后需要有一个较长的培养和发展时期,使本土语言成为有效的全国共同语。例如,马来西亚虽然有现成的"市场马来语",但是需要进行规范化,改进正词法,统一词汇和统一写法,这样才能真正代替宗主国的语文。语文现代化在各国有不同的问题,相互交流经验有利于共同的发展。

3. 关于日语现代化的论文:《19—20世纪日本语文的现代化》、《当代日语中的汉语借词》。要点如下:

现代化的基本含意是,为了建设自己的国家,从先进国家采取他们在现代历史上已经获得成功的有用经验。文化的传播和改革都需要以国语作为媒介。国语的现代化是使国语成为更加适用和有效的工具。

明治维新(1868)之后,日本进行语文现代化。19世纪50年代,日本开放门户,在语文方面遇到两大问题:1.如何吸收西方文化的词汇;2.如何改革日本文字,减少学习困难。

从明治维新到20世纪20年代,日本大规模地翻译出版西洋的先进著作,使日本青年一代的思想跟上先进国家。新的概念和词汇很快在全国流行开来。大量翻译西洋著作,是日本语文现代化的成功经验。

日本的文字改革运动有两派:一派主张减少汉字,另一派主张废除汉字。废除汉字的方法又分采用假名文字和采用罗马字。1948年日本成立"国立国语研究所",提出公文当用汉字1850字,义务教育用字881字。(后来改为常用汉字1945字,小学用字994字,此后又有不断的改进)。"假名文字运动"主张全用片假名,创造了"假名打字机",但是全用假名的"假名文字"没有成为正式文字。"罗马字运动"主张全用罗马字书写口语,日本内阁颁布"训令式"日语罗马字拼写法,但是使用范围并不广泛。

日本文字改革的主要成果是:普及国语,文体口语化,大量减少汉字,充分利用假名,减少小学教育的困难。战后进行公文改革,从文言改为白话。日本语文现代化对日本国家现代化的贡献是明显的,但是语文改革只有一时的热情,没有科学的长期计划,这是不可否认的缺点。

4. 关于中国语文现代化的论文:《19—20世纪中国语文的现代化》、《中文的传统科技术语和现代科技术语》。论文全面地叙述了中国语文的现代化,内容从略。

5. 关于菲律宾语文现代化的论文:《填补菲律宾语现代化的缺口》、《菲律宾国语的现代化》、《发展菲律宾人民的国语》。要点如下:

菲律宾有人口3200万,语言和方言100多种。最早用拉丁字母书写当地语言是1610年Tomas Pinpin和Blanca de San Jose的设计。用了拉丁字母之后,原有文字渐渐消失。

1521—1898年,西班牙统治;1900—1940年,美国统治;合计殖民统治长达4个世纪。1937年以首都马尼拉及其附近地区流通的"他加禄语"作为国语的基础。1940年出版国语的词典和语法。他加禄语有3万个根词,700个词缀,有汉语借词1500个,英语借词1500个,西班牙语借词5000个,马来语借词3000个。有5个元音,15个辅音,后来增加11个辅音用于书写外来词,共计31个音素,用拉丁字母书写。1959年,把他加禄语定名为"菲律宾语"(Pilipino,后来改写Filipino,P改为F)。1946年独立后,菲律宾语成为官方语言之一,与西班牙语和英语并用。1940年进入公立和私立学校。

对于外来词,有两种不同的主张。国粹派主张外来词改写成菲律宾语的音节格式。反国粹派主张外来词按照原来形式拼写。

菲律宾曾经研究在三种建设国语的方式中采取一种:a.纯粹以一种本地语言为国语;b.以一种本地语言为基础,兼收并蓄,发展成为国语;c.采用英语作为国语。菲律宾有八种重要语言,其中4种有比较丰富的文献,但是哪一种也不是人口多数。采用英语作为国语,跟人民的自尊心相抵触,也不便在儿童中推行,但是把英语作为第二语言是大家同意的。最后采用本地的他加禄语作为国语的基础。

"国语研究所"规定了语法、词汇和正词法,严格地以他加禄语为基础,兼采其他本地语言作补充。这样规定的国语,过于学院化、人为化,不同于正在变化中的活的口语。二次大战后,教育迅速发展,英语作为教育语言发生重大影响,加上外来词和科技术语的不断流入,一种新的菲律宾语在青年一代的口头上形成了。这种语言是以他加禄语为基础,有显著的英语化色彩,被称为"他加禄英语"。从保守观点来看,它是不伦不类的洋泾浜,但是它在青年一代的口头上是活的语言,并且广泛地用于报纸、广播、影视等大众媒体。这种新的菲律宾语,正在代替人为的学院式的菲律宾语。

6.关于马来语现代化的论文(一部分):《用马来语作为教学语言的发展》、《马来西亚国语和印尼国语的标准化》、

《19—20世纪印尼的马来语现代化》、《印尼语中借词的读音标准化》、《印尼语的现代化和睦邻关系》、《印尼语的规范化语法》。要点如下：

原来不被重视的马来语，迅速成为一亿九千万人的多国公用法定语言，在世界大语言中名列第六位，流通于东南亚四个国家：印度尼西亚、马来西亚、文莱和新加坡。这是战后一件世界性的大事。

印尼是万岛之国，人口一亿七千万，有二百多种语言，没有一种语言能在全国各民族中通用。在印尼，马来语不是多数人的语言，不是首都地区的语言，不是最大岛屿的语言，但是它的流通面最大。印尼的独立运动首先采取马来语作为印尼的共同语。

以马来语为母语的人口在印尼只有一千五百万，少于人口四千万的爪哇语（Javanese）或人口两千万的巽他语（Sundanese）。五百年来，东南亚由于贸易需要，形成一种海上通用语言。公元初期，中国旅行家发现这里有一种通用语言，就是早期的马来语。后来阿拉伯商人和西洋殖民主义者来到东南亚，都利用这种马来语。

这种马来语的发源地是马六甲海峡的"廖内·柔佛"（Riou-Johor）地区。这里是印度洋到太平洋的交通枢纽，地理位置使这种马来语发展成为"市场马来语"（Bazaar Malay）。马来语的语音和语法都很简单，没有其他当地语言那种复杂的变化。

1600年后，荷兰东印度公司在印尼不仅做生意，而且办学校,传播基督教。这就发生用什么语言的问题。荷兰统治者积极推广荷兰语,但是只有少数上层分子有条件学好,不可能推广到群众中去。用当地多种语言传教也不行,只有采用已经流通的马来语。1731年出版马来语的新约圣经,1733年出版马来语的旧约圣经。1850年用马来语作为印尼通用的教育语言,因为它能为印尼多种民族所了解,包括爪哇人、马来人、华人、阿拉伯人、布吉人、马卡萨人、巴林人、达雅克人。1911年后,出版马来语报纸。

印尼的青年革命运动,在1926年第一次大会时候,还是用的荷兰语。1928年第二次大会时候,提出口号:"一个民族,印度尼西亚族;一个国家,印度尼西亚国;一种语言,印度尼西亚语。""印度尼西亚语"就是马来语。马来语的地位提高,开始于印尼的提倡。

1942年,日本登陆印尼,废除荷兰语,准备以日语代替荷兰语。但是形势变化,日本无法达到目的。于是马来语在教育和行政两方面都有快速的发展。日本的占领使马来语得到重大发展,这是战争的意外收获。1945年,印度尼西亚宣告独立。宪法规定,以"印度尼西亚语"为国语。

市场马来语发源于马来半岛,是广义马来语的一种方言。但是马来语在马来亚的兴起,反而落后于印尼。因为英国在马来亚主要推行英语,不重视马来语。在马来半岛,马来人口原先不占绝对多数。华人和印度人是开辟马来半岛的主要劳动力。1867年,英国的海峡殖民地开始开办马来语的学校,同时用阿拉伯字母和拉丁字母。1957年马来亚独立,宪法规定马来语是国语,采用拉丁字母,但是穆斯林学生使用阿拉伯字母。

1952年马来亚举行第一次马来语大会,未能决定采用哪一种字母。1954年举行第二次大会,决定采用拉丁字母,但是并不废除阿拉伯字母。1956年举行第三次大会,决定马来语用于各级学校;并且宣布,印尼国语和马来亚国语是同一种语言,应当采用相同的拉丁字母拼写法。

1965年,新加坡离开马来西亚而独立,马来语仍旧是官方语言之一。在文莱,大部分人民说马来语,教科书来自马来西亚,马来语的地位跟着印尼和马来西亚而提高。

马来语还需要标准化、现代化,规定科技术语,编辑出版教材和读物。受荷兰文和英文的影响,马来文拼写法在印尼和马来亚彼此不同。1960年,马印两国协商制定一种共同拼写法,叫做"马印拼写法"(Me Lindo)(后来在1972年重订新的共同拼写法)。多国共同使用同一种语言,彼此不断相互影响,又由于拉丁字母便于吸收世界各地的新词汇,马来语的语法和词汇正在发生巨大变化,成为世界进步语言之一种。

7. 关于泰国语文现代化的论文:《发展中国家的语文矛盾》。要点如下:

泰国没有成为殖民地,二次大战也没有成为战场,保留传统语文比较完整。泰语音位有18个单元音,3个复元音;30个单辅音,11个复辅音;5个声调(中、低、降、高、升)。英语教育的广泛流行,使泰语广播中出现英语的复辅音。泰国语文的现代化,主要问题在如何引进新词术语。泰国对外活动一概使用英语。

8. 关于印度语文现代化的论文：《印度联邦语言印地语的现代化》、《梵文在印度语文现代化中的作用》、《印度诸语文的现代化》、《印度语文现代化中的几个问题》。要点如下：

印度在独立后按照语言分"邦界"，除规定全国共同语"印地语"之外，规定十一种"邦用"法定语言，另两种一般法定语言（梵文、乌尔都语）。英语是事实上的全国纽带语言，但是没有法定地位。

法定语言规定之后，最大的问题是新词术语如何规范化。例如英语 governor，印地语在独立前说 gavanar，独立后说 rajyapal；英语 secretary，印地语在独立前说 sekretary，独立后说 sachev。诸如此类的日常用语，以及自然科学和社会科学的术语，都需要重新规定新的规范。科技术语不得不用"双语制"，一般书籍用民族译语，大学课程用英语术语。术语在印度有三个层次：1. 国际通用术语；2. 印度公用术语；3. 地区使用术语。元素名称、度量衡、生物名词、数码、符号、公式等，采用国际形式。创造新术语需要利用梵文的根词，如同英语创造新词利用希腊和罗马的根词。每一个印度人需要学习三种语言：1. 邦用语言；2. 全国共同语（印地语）；3. 国际通用语言（英语）。

9. 关于塔米尔语文现代化的论文：《塔米尔语文现代化札记》。要点如下：

塔米尔语流通于印度南部、斯里兰卡和新加坡。口语和书面语不同，难于统一。塔米尔语现代化的问题主要是如何引进新词术语。书面语中的借词主要来自梵文,过于"学院气",不便用于口语。口语中有大量英语借词,也不能用于书面语。言文统一虽然是实际需要,但是问题还没有提到日程上来。

10. 关于孟加拉语文现代化的论文:《独立后孟加拉语文的发展》。要点如下:

说孟加拉语的人口有九千五百万,2/3 在孟加拉国,1/3 在印度的西孟加拉。孟加拉语是发达语言。大文豪泰戈尔在 1913 年得诺贝尔奖,他用的语言就是孟加拉语。但是孟加拉语缺少现代科技词汇,需要借入和补充。在大学教育中,实行孟加拉语和英语的双语制度。

11. 关于阿拉伯语文现代化的论文:《阿拉伯语文现代化的问题》。要点如下:

现代阿拉伯语是古典阿拉伯语加上科技术语。19 世纪中叶发生阿拉伯的文艺复兴。1855 年在巴黎出版第一本阿拉伯文小说。1857 年在贝鲁特出版第一张阿拉伯文报纸。1919 年和 1932 年创立大马士革大学和开罗大学。

阿拉伯文缺少元音字母,阅读困难。黎巴嫩一位学者说:"别国文字都是阅读以后就能了解,惟独阿拉伯文是了解以后才能阅读。"事实上,阿拉伯人必须学习双重的双语文:1. 口头的方言阿拉伯语和古典的书面阿拉伯语;2. 本国语和外国语(英语或法语)。产生了一种"半文半白"的阿拉伯语,介于口头阿拉伯语和古典阿拉伯语之间。科技术语采用意译还是音译,是一个难于解决的问题。意译术语又有三种方法:语源法,复合法,借入法。各个阿拉伯国家有各自规定术语的倾向,这种地方主义不利于科技发展。标准化是当务之急。

(二)华语现代化国际会议

1983年9月6日至11日,在美国夏威夷檀香山举行"华语现代化"国际会议,会议全称是"华语社区语文现代化和语言计划国际会议"。解放以来,这样的国际会议还是首次。会后没有出版会议论文集,而是选择其中八篇论文刊登在国际有名的杂志《国际社会语言学杂志》(IJSL)(英文)第56期("中国语言计划:中国和外国的看法"专号)上(出版:伦敦、纽约、阿姆斯特丹),内有中国参加者论文三篇:1.周有光《中国语文的现代化》,2.刘涌泉《中国术语工作的发展和组织》,3.台湾John Kwock-Ping Tse《台湾国语的标准化》。

下面是报纸记者种雨的报道:

> 这是一次汉语规范化和文字改革的国际会议,主要探讨现代汉语汉字的规范、改革、应用和教育等问题。在这个会议上,推广普通话、汉字简化和汉语拼音受到会议参加者的极大重视。中国大陆和台湾以及欧、美、新加坡等国家和地区的语言学者首次得到交流意见的机会。
>
> 会议由美国东西方文化科技交流中心("东西方中心")和夏威夷大学联合举办。参加者有11个国家和地区的语言学者60多人。我国应邀参加会议的6人,台湾9人,美国27人,新加坡5人,香港4人,还有日本、印

度、孟加拉国、澳大利亚、法国、荷兰等国的语言学者。

提交的论文共 46 篇,内容包括 5 个方面:1.华语在各社区的应用、变异及其规范化;2.汉字简化、汉语拼音、文字阅读心理;3.华语的科技应用、计算机的华语处理、人工智能、术语学;4.各社区的华语教学;5.语言计划和民族语言问题。

会议讨论了以下问题:1.各华语社区的语言状况和语言规范;2.各社区华语的变异和标准化;3.语言计划的比较观察;4.中国的文字和文字改革;5.华语跟其他语言的接触及其相互影响;6.科技和术语;7.社会不同阶层、不同民族和华语的应用;8.汉字规范和阅读心理;9.教育事业中语言政策的实施;10.计算机和华语;11.未来华语问题的研究。

中国与会者都提交了学术论文,受到各国与会者的重视。周有光的文章论述了中国语文的现代化,认为清末以来的文改运动可以归结为"从只说方言的单语言生活,到又说共同语的双语言生活;从只写汉字的单文字生活,到又写字母的双文字生活"。傅懋勣的文章论述中国对少数民族的语言政策,说明利用拼音字母设计民族文字的原则。陈章太的文章论述口语的规范问题,认为口语的使用频率很高,在现实生活中十分重要。刘涌泉的文章论述中国的术语工作,认为汉字音译不便,最好利用字母音译术语。范继淹和黄国营的两篇文章论述电子计算机理解汉语的问题。

台湾和香港的参加者主要谈国语的推行、教学和规范化的问题。台湾重视推广国语,已有90%以上的人会说国语,国语在台湾已经普及。香港近几年来学习普通话的人也越来越多,推广普通话搞得最起劲的是民间团体。

新加坡的参加者谈华语的推行、教学,以及规范化问题。在推广华语、汉语拼音和简化字方面,采取了许多措施,取得了很大成绩。新加坡学者说:新加坡大力推广华语,采用汉语拼音字母和简化汉字,是为了社会和科技的现代化需要提高效率。

美国参加者中有人提出,中国要发展科技,必须重视英语教学。各国的英语教学因国情而有所不同。沙特阿拉伯方式:派出大量的留学生。日本方式:大规模翻译。新加坡方式:英语和华语并重,实行英华双语言政策。中国应当研究自己的英语教学政策。

三个国际语言问题

国际新闻常常报道国际语言问题。其中引起普遍关注的有三个问题：一、挽救消逝中的小语种问题；二、保护民族语言的纯洁性问题；三、反对语言的霸权主义问题。这里对新闻报道的要点，试作简单的介绍。

（一）挽救消逝中的小语种问题

小语种的消逝，是灾难还是自然规律，应当努力挽救还是听之任之，是一个有争论的问题。新闻报道说：

全世界6000来种语言，有一半即将消灭。例如：阿拉斯加现有20种部族语言，预计到2055年有18种即将消灭，其中一种现在只有三个老人会讲了。（《参考消息》转载外电）

人类语言的50%面临灭亡。史前时期有15000种语言，现在只剩下6000种。下个世纪一种语言要想生存至少要有100万人使用，全球使用的语言将减少到600种。（《科技日报》）

一个国际语言研究网经过长期调查,首次得到全面的语言分类。现在使用中的语言和方言有一万多种,比以前的估计多得多。人数最多的语言有 11 种:汉语、英语、印地语、西班牙语、俄语、孟加拉语、阿拉伯语、葡萄牙语、日语、法语、德语。(英国《卫报》)

德国一个大学发表语言研究报告说:21 世纪将有 1/3 语言消逝。一万年前,世界有人口 100 万人,说 15000 种语言。今天人口增加五千倍,语言却少了一半。今后 100 年中将有 2300 种语言消逝。澳大利亚在 18 世纪有 250 种语言,现在只剩 25 种。非洲的语言正在大鱼吃小鱼。(《中东报》)

能够存在下去的语言只有大语种了。什么是大语种?人口多、流通广、教育发达、出版丰富。哪些是大语种?英、法、西、俄、阿、汉,这六种是联合国工作语言。德、日、意,这三种是战败国的发达语言。还有:马来语(东南亚)、斯瓦希里语(东非)、豪撒语(西非)、印地语、乌尔都语、孟加拉语、土耳其语、葡萄牙语(包括巴西)、希腊语、朝鲜语。(《世界年鉴》)

新几内亚、高加索山脉、美国加利福尼亚州(加州),这是世界上三个多语言地区。北美洲的 250 种语言中有 50 种在加州。保护少数民族语言的方法是:为它们创制文字,实行双语言教育。(同上)

新西兰有人口 300 多万,毛利人占 8.7%。1816 年开办第一所毛利语学校。1967 年规定毛利语之外还要学英语。二次大战后,毛利人 3/4 离乡进城。1970 年代,毛利人的语言和文化很快衰落,趋于消亡。(同上)

英国国王1536年吞并威尔士,宣布废除威尔士语。语言是无法用命令废除的。威尔士人一直为保存他们的语言而斗争。可是,近年来说威尔士语的人迁出,说英语的人迁入。今天住在威尔士的250万人中,能说威尔士语的只有55万了,而每年有5万多人继续迁出。威尔士语很快就要消失。(《泰晤士报》)

日语方言几乎消失,正在做挽救工作。挽救的方法是记录即将消失的方言。教育发达的国家,掀起一个挽救方言和小语种的运动。这是他们的语言"太"统一了的结果。(世界新闻)

美洲土著语言过去有一千几百种,现在只有不多几种在流通。用作官方语言的美洲土语只有十来种。(埃菲社)

巴布亚新几内亚有差别很大的语言700种。有些语言只有几十人使用。地区隔绝,不相往来,语言自然众多。现在这些语言都面临迅速消亡。(法国《科学与未来》)

法国有多种地方语言,例如凯尔特语、科西嘉语、奥克西坦语、加泰罗尼亚语、巴斯克语、阿尔萨斯语等,都在衰落。最近法国提倡学生学习地方语言,并且容许学生用地方语言答复考卷,作为挽救地方语言的措施之一。但是只有千分之七的学生愿意用地方语言。(路透社)

欧洲共同体(现为"欧盟")有9种官方语言,其中3种是常用的工作语言(英、法、德)。此外还有35种小语种,使用人口从3000人到600万人。共同体的语言政策是保护小语种。1982年成立"不常用语言局",进行咨询和协调工作。事

实上英语和法语已经覆盖了新闻媒体。(路透社)

　　台湾学者周质平发表文章说(大意):台湾提倡本地语言,从十几年前的乡土文学到今天,闽南语大量出现在书面文字中,都体现了不同程度的乡土情怀。如果台湾光复初期在语言上走的是方言化的道路,今天台湾和大陆往来,将发生很大的不便和不利。乡土情怀过分地表现在语言本地化上,是孤立自己,而不是壮大自己。

　　看了以上这些新闻报道,我们已经可以大致知道小语种问题的梗概。每一个人都珍视自己从母亲怀抱里学来的语言,甚至跟自己的生命一样宝贵。同时每一个人又都想在学问上和事业上争取发展,走出原来的小圈子,进入国际的大环境,成为一个世界公民。怀旧情绪和发展要求相互矛盾,这是小语种问题的症结所在。二者兼顾的办法是,实行双语言制度。一方面对小语种进行研究和记录,按照不同条件,提倡不同的应用,尽量延缓它们的衰落。另一方面把大语种作为国家共同语或国际共同语。

　　语言有一条"滚雪球"规律,这是人的意志无法左右的。把现在的"地球村"恢复到古代的"三家村"是不可能的。现代人不可能再用15000种语言。

　　中国的满族,失去了语言,同化于汉族,这是在满族掌权时候不由自主地发生的,可见文化的同化力量有多么强大。英国的威尔士人,既想保持威尔士语,又不能不继续迁出威尔士,这也是自然事态的矛盾。

　　小语种的消失不是最近才发生,只是到最近才速度加快,引起国际新闻界的关注。

(二)保护民族语言的纯洁性问题

关于语言纯洁化的新闻报道,有正反两个方面。正面是:保护民族语言的纯洁性,反对外来词的侵入和滥用。这方面的新闻报道举例如下:

伊朗规定不许用外来词为公共场所命名,以抵制西方对这个伊斯兰共和国的文化侵袭。以总统为首的文化革命最高委员会发布命令:市镇、街道和其他公共场所,只能以伊朗和伊斯兰人物的名字命名。私营公司和商店不得用外国人的名字命名。这个委员会成立一个专门机构来确保新规定的施行。(法新社)

伊朗禁止公司用外国名称。土耳其对广告或广播中滥用外来词规定处罚。冰岛和以色列不限制外来词,他们创造本国名词代替外国名词。法国规定3500个外来词不许在学校、机关和公司中使用。例如:伊朗禁止说:police,intellectual,fax,secular,computer。土耳其禁止说:hit,hot,cool。法国禁止说:stress,bulldozer,cheeseburger,brain-storming,air bag。(美国《新闻周报》)

北京日报(1997.01.20)报道"汉语面对洋文的冲击"。举例:某大报文章中的一个句子:"在最近举行的SCO'96论坛上,SCO宣布在其Internet系列产品上添加了新成员,其中包括Netscape公司的Fast Strack Server,Oracle WebServer,Oracle Power Browser 和来自 Morning Star 公司的独立式 PPP，SCO 具有 Internet 功能的 Term Vision，以及最近发布的 Sconc/OS 产品。"该报问：能否中文不夹英文，纯洁祖国语言？

日本名古屋大学教授津田幸勇说：日本人患了"英语病"，什么地方都用英语。这样下去，到 21 世纪，"日本"将不复存在，转而会出现一个名为"Japan"的国家。

印地语是印度的国语，但是规范化水平很差。电影中说的是"一锅粥印地语"。电台说的是"古典式印地语"。报纸上写的是"英语化印地语"。英国广播公司讲的是"随心所欲的印地语"。（《亚洲新闻》）

在韩国光复 50 年的今天，日本语和日本式汉字在韩国仍很流行。日本式地名仍在使用。韩国人改用的日本名字没有改回来。韩国语言中的日语污染阻碍着作为主权国家的创造性的文化发展。（《韩国日报》）

美国佐治亚州理工学院设在法国的洛林分校，在互联网络上设立一个"英语网址"。法国的两个法语组织（"捍卫法语"和"法语未来"）认为这违反了"广告必须使用法语"的法律，向法院控告，要求洛林分校把网址改成法语，并付违法罚金。洛林分校说：在互联网络上通信就像打电话一样，用什么语言不应当有限制。"网址之讼"，新鲜事例！（路透社）

英语权威广播公司"英国广播公司"（BBC），最近发布手册，要求净化广播英语，清除粗话、土话、美国腔以及其他不文雅、反语法的语词。但是保留许多已经通行的美国语词，例如：Teenager（青少年），Know-how（技术秘诀），Gimmick（小朋

友), Stunt(特技), Computer(计算机), Blurb(吹捧文章)等等。(美联社)

小孩说话不合规范,大人必然加以纠正,这就是语言纯洁化的初始要求。纯洁化是稳定语言,从而提高语言交际功能的基本条件。纯洁化的积极意义是不可否认的。但是,这有一条界线:不可使纯洁化阻碍语言和文化的发展。这条界线在哪里？要由历史背景和社会发展状态来决定。

新闻的另一方面,有欢迎引进外来词,甚至主要使用外来语,借以丰富和促进本民族的语言和文化的报道。举例如下:

亚洲有3.5亿万人讲英语,超过英美的人口总和。印度、菲律宾、新加坡,都以英语为主要的行政、贸易和教育语言,不再作为外国语。澳大利亚出版了《亚洲英语辞典》。(美国《新闻周报》)

菲律宾诗人杰米诺·阿巴德说:"英语在亚洲不再是一种舶来品,现在是我们自己的语言了,我们已经把英语殖民化。"(同上)

日语善于吸收外来词。过去一千年吸收了无法计算的汉语词。晚近一百年吸收西洋语词。二次战后大量吸收英语词。日语词汇最不纯,这正是日语的特点。(《日本新闻》)

荷兰教育部宣布,荷兰语不再是荷兰学校的惟一教学语言。各学校可以自行选择教学用语。多数学校选择英语,因为英语原来就是在学校里普遍使用的。荷兰公开表示,荷兰语的作用不及英语。(英国《卫报》)

许多人认为,英语是美国的国语。其实,美国宪法没有规定国语。1996年8月1日,美国众议院以295票赞成、169票反对,通过了一项法案:规定英语为美国的官方语言,并提交参议院审议。目前美国已经有23个州(接近半数)规定英语为州的官方语言。美国人民已经有95%都在用英语。美国原来是英国的殖民地,人民大都来自非英语国家,大多数移民的祖先原来不说英语。英语是从英国引进到美国的外来语。(路透社,美国之音)

一位中国教授说:除原始语言之外,没有纯洁的语言。老太婆天天念"阿弥陀佛",这是印度话;"自由"、"平等"这些词,来源于佛经翻译。汉语早已不纯洁了。语言越发达,越不纯洁。英语最发达,最不纯洁。

引进外国词汇,如果对丰富词汇和发展文化是有利的,应当予以肯定。但是,也有一条界线:不可过快,不可过多。过快、过多,就发生消化不良症。速度快慢和数量大小,决定于文化的传统力量和社会的现代化进程。为了调和发展中的矛盾,有的国家采取科技双语言制度:对一般社会使用民族化新词,对专业工作者使用国际化新词。这个政策对新兴国家来说是值得参考的。

看看历史上英法语言的相互渗透,或许能开宽我们的视野:

从英到法:英语词进入法语,成为"法英语"(franglais－francais+anglais)。不少法国人主张"法语纯洁化",不用"法英语",但是,潮流所趋,改变不易。"法英语"的例子如下:le week-end(周末), le chewing-gum(口香糖), le drugstore(药房），le snack-bar（快餐部），le pipeline（管道），le strip-tease（脱衣舞），la covergirl（封面女郎）。

从法到英：1066年诺曼底人入侵英格兰，大量法语词进入英语成为"英法语"（英语化的法语词）。例如："关闭"，法语 close（英语 shut）；"回答"，法语 reply（英语 answer）；"每年"，法语 annual（英语 yearly）。又如：家畜名称用英语：ox（公牛），cow（母牛），sheep（绵羊），swine（猪）。制成的肉类用法语：beef（牛肉），mutton（羊肉），pork（猪肉）。诸如此类的"英法语"，今天英国人已经忘记了它们的来源。

这是否就是所谓"三十年河东，三十年河西"？

（三）反对语言霸权主义问题

英语已经成为事实上的国际共同语，虽然没有法定程序予以肯定，也不会有法定程序予以肯定。这是众所周知的事情了。

所以形成这个局面，主要是由于两个原因：1. 大英帝国是人类历史上最大的帝国；2. 美国是当今最强大的科技国家。世界性的现代文化以科技为中心，现代科技从机械化发展到信息化，是以英国和美国为主轴而前进的。这情况不是到此为止，而是方兴未艾。

新闻报道说：英语已经有一百多万个语词，其他语言望尘莫及。法语只有大约七万五千个语词。英语原来是一个小岛国的语言，竟然成为全球性的共同语，原因之一是它吸收了四

面八方的语词。(美国《读者文摘》)

美国是一座新词制造厂,科技新词层出不穷,大都来自美国。例如:"纪实娱乐片"(docutainment),"电视剧"(te ledrama),"隧道"(chunnel),"不忍释手"(unputdownable),"宽体客机"(wide-bodied)等等。美国方言学会每年评选一个"年度新词"。1993年当选"信息高速公路"(information superhighway)。1994年当选"cyber"(一个"前缀"),能组成"电脑空间"(cyberspace),"电脑控制技术"(cybernetics),"电子人"(cyborg),"电脑食物"(cyberfood),"电脑学校"(cyberschool)等等。(《基督教箴言报》)

仅仅就以上两点来看,没有第二种语言能跟英语相比。

英语的洪水的确泛滥全球,无孔不入。例如:芬兰规定,公民在接受九年义务教育期间,必须学习和掌握至少一门外语,扫除年轻人中的"外语文盲"。现在,30岁以上有一半会讲一种外语,30岁以下都会讲一种或几种外语。在芬兰,"外语文盲"已经没有了。像芬兰这样的国家不止一个。(路透社)

英国《每日邮报》1991年11月15日发表社论,建议"欧共体"12国(现为"欧盟"15国,后又进一步扩充)采用英语作为官方语言。这样可以消除现在用9种语言来回翻译的费用和麻烦,大大简化行政手续。这是实话。但是从"欧盟"来看,这个建议无异于要求把英语用法律规定为国际共同语,气势咄咄逼人,无法接受。(同上)

反对英语最强烈的是法国。法国认为,英语成为事实上的国际共同语,是英国和美国强加于世界各国的,是一种语言霸权主义、语言殖民主义、盎格鲁萨克逊的文化侵略。新闻报道说:英语电影占据法国电影市场的 70%。法国提倡法语国家联合抵抗英语。"第五届法语国家首脑会议"(1993)决议:反对"盎格鲁萨克逊的语言帝国主义",反对"文化的自由贸易主义"。(《法国解放报》)

法国提倡,一方面发展欧洲多媒体产业,一方面保护欧洲传统文化不受外来(美国)影响,"强化欧洲文化特色"。法国原来担心美国电影和电视的冲击,现在又加上"多媒体"冲击。(路透社)

在互联网络上,英语占 90%,法语只占 5%。法国一位司法部长生气说:这是"英语的网络殖民主义"。(同上)

欧洲共同体 12 国(现为"欧盟"15 国,后又扩充),各国都用本国语言,语言数目超过国家数目。12 国部长要带 33 名翻译,将来语言还要增加。"联盟"不"联语";"欧盟"不是"语盟"。法国建议以 5 种语言为工作语言:英、法、德、西、意,并建议成员国的中学都开设两门外语课,而不是一门英语。(同上)

古老文化大都在亚洲。这里掀起一股"非西方化"思潮。中、日、新、马是代表。他们以本地的传统思想和宗教而骄傲。(德国《世界报》)

1996 年印度上空两架大型客机相撞,原因可能是两机驾驶员语言不通。国际航空界议定,航空一律用英语。法国说,

法国国内航空仍旧用法语。可是,别国飞机飞进法国,相互说什么话呢?航空能实行"双语制"吗?(路透社)

电脑创始于美国,大量从英语派生的电脑术语进入法语。法国创造法语新词相抵制,但是法国用户置之不理,这使法国政府非常恼火。(同上)

法国有三个法语行政机构:1."法语高级委员会":主席由总理担任,副主席由总理任命,每年召开两次会议,制定法语政策及推广法语的规划;2."法语总会":政府的行政机构,任务是落实法语高级委员会的规划,采取行政措施改正社会用语的不规范现象;3."法语国家和地区高级委员会":由法国总统直接领导,负责法语推广,维护法语的统一,使法语不致因使用地区的差异而出现分歧;审定法语科技术语,以利科技交流。上述事务由外交部、合作部和法语国家事务部具体执行。这都是语言争霸的组织。(国际报道)

遗憾的是,法国的语言争霸战步步失败。法语已经丢掉了法语的印度支那,就要丢掉法语的阿尔及利亚,可能还要丢掉一大部分法语非洲。为什么?基本原因是:"语言经济学"只容纳一种国际共同语,不需要两种。

印度在独立初期强烈反对殖民主义的英语。印度规定14种法定语言,其中没有英语。经过半个世纪,情绪变化了。现在印度对待英语的态度是:从负债变为资产,从排斥变为利用。英语已经成为印度"不成文的"全国纽带语言和国际活动语言。

世界上的语言有三个层次:1.国际共同语,只有一种;2.

区域多国共同语,例如东南亚的标准马来语,东非的斯瓦希里语、阿拉伯国家的阿拉伯语等;3.一国语言。此外是众多的民间语言。

早期的帝国主义西班牙和葡萄牙,今天不争国际共同语的地位,而是加固区域多国共同语的基础。他们近年来一再举行西班牙语和葡萄牙语的国际会议。这两种语言,在原先的殖民地,有比较深入的基础,已经成为民间语言,不仅是官方语言。法语虽然今天还有较强的国际影响,但是它在原来的殖民地很少成为民间语言,只有上层建筑而没有下层基础,一遇风波,容易变化。

汉语是人口最多的语言,又是东亚古代的区域多国共同语。有人提倡重整旗鼓,弘扬传统,这是人同此心的愿望。汉语的优点是本国人口众多,国外还有大批华侨和华裔。缺点主要是内部没有一致性。从外国人的眼光来看,有三种汉语:1.大陆汉语,以简化字和拼音为特点;2.台湾汉语,以繁体字和注音字母为特点;3.香港汉语,以繁体字和广东话为特点。三地的词汇有大量的差异。要想提高国际地位,必须首先做到内部有一致性,进行规范化工作,使三种汉语的错觉,变为一种汉语的事实。汉语的前途是光明的。

1997.10.5

土耳其的文字拉丁化

西 亚 睡 狮

土耳其原先是一个庞大的帝国,以皇名为国名,叫做奥斯曼(Osman)帝国。它的领土曾经相当于东罗马帝国和阿拉伯帝国的总和,横跨亚、欧、非三大洲。政教合一、神权君主,首都君士坦丁堡(伊斯坦布尔)是伊斯兰教世界的中心。独裁专制,实行残酷的半奴隶半封建制度。军国主义,军人专制,以不断的战争,进行不停的掠夺。年年徭役,民不聊生,国力耗尽,荒淫无度,终于成为世界闻名的"西亚睡狮"。

西欧工业革命之后,英、法、俄等帝国主义一再分割奥斯曼大帝国,缩小成为一个以小亚细亚为根据地的土耳其。在第一次世界大战中,奥斯曼跟德奥结盟,遭到惨重的失败。

睡狮醒了

在瓜分在即、存亡危急之中,土耳其的青年军人掀起民族解放运动,保卫领土,救亡图存,击退入侵的希腊军队。1923年跟协约国签订《洛桑条约》,保全了阿那托里亚(小亚细亚)的根据地。1923年,在奥斯曼封建帝国的缩小了的废墟上,宣布成立新的土耳其共和国,同时进行一系列的现代化改革。于是,国际新闻纷纷传说"睡狮醒了",一时引起世界各国对新土耳其刮目相看。

走向现代

新土耳其勇敢地揭开中东的"中世纪式"黑暗帷幕,走向现代文明。在革命领袖凯末尔(Mustafa Kemal,又译基马尔,1881—1938)的领导下,实行全面的反封建革命:

废除苏丹制度,1923年结束奥斯曼皇室长达六百年的专制独裁统治,建立土耳其共和国。

废除哈里发制度(1924),关闭伊斯兰教会学校,取缔托钵僧团;否定政教合一,实行政教分离,建立世俗政府;实行信教自由,宗教组织从官办改为教徒自办。

废除宗教法庭,制定现代法律,推行司法改革。

解放妇女,男女平等,妇女获得选举权和受教育权。

土耳其人原来有名无姓、改为有姓有名。凯末尔也没有姓,群众送他一个姓"Ataturk",意为"土耳其之父"。

革除教服、穿着自由。原来男人必须戴教帽、穿教袍。妇女必须穿黑色罩袍,从头罩到脚,只留两个眼孔。

进行文字改革,废除阿拉伯字母,改用拉丁字母。扫除文盲,实行全民义务教育。

意识形态革命

伊斯兰教把书写《古兰经》的阿拉伯字母看做神圣不可侵犯,深信"改变一个字母就要天崩地裂"。新土耳其敢于废除作为伊斯兰教象征的阿拉伯字母,采用"异端邪教"的拉丁字母,这是一场动摇伊斯兰教根本的意识形态的革命。

对土耳其来说,这不仅仅是几个字母的更改,而是一场思想革命、意识解放,跳出宗教和蒙昧的意识形态,重新建国,重新做人。这是土耳其历史走向现代化的打破冰山的第一步。

土耳其语,旧称奥斯曼语,属于阿尔泰语系、突厥语族。以首都安卡拉(Ankara)方言为民族共同语的基础。

13世纪,土耳其人开始信奉伊斯兰教,采用阿拉伯字母。土耳其语的辅音较少,而阿拉伯语辅音字母较多,因此同一个土耳其辅音有好几种不同的写法。土耳其语的元音较多,而阿拉伯语没有元音字母,只有三个加在辅音字母上面的元音符号,因此好几个土耳其元音只能用一个元音符号表示。由于宗教的束缚,土耳其人使用这种不合理的文字已经长达七百年之久,阻碍了人民的文化发展。

拉丁化新文字

1928年土耳其公布新字母表,采用29个略作变通的拉丁字母表,包括21个辅音字母和8个元音字母(4个元音各分前后)。其中有一个变形字母(无点i,大写也无点;同时用有点i,大写也有点),5个加符字母(o,u上加两点;c,s下加一撇;g上加一弯),不用Q、W、X。拼写法根据活的语音,言文一致,不再用文言的书写形式。

这一改革,开辟了伊斯兰教国家废除阿拉伯字母、采用拉丁字母的先例,影响深远。土耳其文的拉丁化是东方文字改革运动的先声。后来许多国家发动拉丁化运动,都以土耳其为先例。这是一场思想革命、宗教革命、社会革命、政治革命,改变历史的综合革命。列宁说:"拉丁化是东方的伟大革命。"

土耳其的文字改革说明,语文的现代化既是社会发展的结果,又是社会发展的动因。土耳其的文字改革虽然实行于第一次世界大战之后,可是对第二次世界大战之后许多国家的语文新发展有重大的影响。

彝文的规范化

彝族和彝文

彝族有人口650万(1990)。居住在云南的335万,主要在楚雄彝族自治州红河哈尼族彝族自治州以及宁蒗、峨山、路南、南涧等9个自治县。居住在四川的150万,主要聚居在大凉山彝族自治州。此外还有居住在贵州、广西等省(区)。云南彝族人口最多,而居住分散。四川彝族人口少于云南,而居住集中。

彝语属汉藏语系、藏缅语族、彝语支,分为六个方言,方言之间相互通话困难,没有形成民族共同语。

彝族有古代传下的老彝文,史称"韪书"、"爨文",一向为本族宗教的经师"毕摩"所掌握。金石铭文和史书记载都开始于明代。现存彝文书籍的内容以有关宗教的居多,此外有历史、哲学、文学、医药等书,总数万册以上。名著有叙事长诗《阿诗玛》等。

由于居地分散,交通险阻,言语异声,文字异形,传统彝文各地不同,而且差别很大。彝字类似汉字,字数繁多。云南有14200多字。四川有8000多字。

传统彝文属于什么"文字类型",这有三种说法:

1. 表意文字。"彝文发展初期也是和世界各国文字发展的规律相同,即由象形文字(表形)发展到表意文字(表意)"(马学良)。"彝文是表意类型的文字,因为它具有从形见义、因义知音的特点"(丁椿寿)。

2. 表音文字(音节文字)。"现存彝文中大多数符号,既不表达彝语的词或词素,也不表达彝语的音素,因此罗常培、李方桂等认为是音节文字"(陈士林)。

3. 意音文字(表意兼表音)。"传统彝文的类型是:主要具有表意特点、也具有表音特点的综合型文字"(武自立等)。"云南和贵州的彝文,一部分有固定的意义,另一部分同音假借;四川彝文不同,文字本义都已消失,同音词都用同音字书写;从整体看,彝文从表意文字逐渐向表音文字转化,它的类型是表意兼表音"(朱文旭)。

一种文字在不同的地区有不同的发展状态,这是许多民族文字的常见现象。彝文处于从"意音文字"到"音节文字"的演变之中。云南规范彝文属于"意音文字"类型,四川规范彝文属于"音节文字"类型,这是彝文演变的新发展。

拉丁化的失败

二次大战后50年代,彝族设计了拉丁化的"新彝文"。拉丁化的尝试未能成功。1960年"凉山彝族自治州人民代表大会"否定了"新彝文"。彝族热爱本民族的传统文字,难于接受拉丁化的新文字。

老彝文的规范化

在民族觉醒的现代,彝族迫切需要有新的文字。拉丁化的道路走不通,只有尝试传统彝文的规范化。

四川省一马当先,制订"四川规范彝文"。1976年开始试行,1980年经国务院批准正式推行。它从老彝文中选用819个字符(废除7000多个异体字),代表四川大凉山的彝语方言(北部方言)的分调音节,以圣乍话为基础方言,以喜德语音为标准音。这是民族形式的"凉山彝语方言音节文字"。

云南省的彝族,支系多、方言多,难于采用统一的音节文字。云南的老彝文有14200多字,各地写法和读法都不一样,既有表意字,又有表音字,原来是一种"表意兼表音"的"意音文字"。1983年开始拟订"云南规范彝文",从老彝文中选取"表意字"2300字,"表音字"350字,共计2650字。1987年云南省批准在云南彝族地区试行。"表意字"表示彝语的语词意义,各地可以读成各地的方音("超方言")。"表音字"用于书写彝语中的大量汉语借词。"云南规范彝文"是表意兼表音的"云南彝语超方言意音文字"。

云南规范彝文

云南彝文规范领导小组在《云南规范彝文表意字》的序言中说:"云南规范彝文是1982年云南彝族在昆明开会共同拟订的统一方案。云南彝族人口多、支系也多,语音差异很大,只好采用表意为主的超方言文字。1985年规范出1677字,继而又规范出583字,两次共规范了表意字2260字,后来又增加到2300字。另有一套表音字,书写汉语借词。"

云南省彝文规范办公室《云南规范彝文〈借词表音方案〉说明》中说:"1985年规范出的第一批表意字和一套借词拼音(拉丁字母),经过多年试行,其结果,表意字群众非常欢迎,而借词拼音大多数反对。为此省民语委于1991年召开了规范彝文借词表音方案拟订会,进行专题讨论,最后取得一致意见:决定停止使用拼音,从老彝文中选用一批符号作为表音字,专用于汉语借词。现已规范出一套用彝文的表音字350字,供全省各彝族地区统一使用。"

《云南规范彝文字汇本》(1991)的前言中说:"云南省的规范彝文,于1987年经省人民政府批准后,已在楚雄州、红河州、玉溪地区、文山壮族苗族自治州、昆明市、思茅地区进行试验教学。"

云南规范彝文有"表意字"2300个,"表音(音节)字"350

个,两共 2650 字(根据《云南规范彝文字汇本》1991)。

四川规范彝文

四川省制订的"四川规范彝文",1976 年试行,1980 年经国务院批准正式推行。它从老彝文中选用 819 个字符(废除 7000 多个异体字),代表四川大凉山的彝语方言(北部方言)的分调音节,以圣乍话为基础方言,以喜德语音为标准音。这是民族形式的"凉山彝语方言音节文字"。云南小凉山一带(丽江地区)的彝语跟四川大体相同,也推行这种文字。

推行以来,已经进入四川彝族地区各级学校,包括小学、中学和西南民族学院。在四川全省推行"四川规范彝文",实际就是叫四川彝族大家学习圣乍方言,把圣乍方言当做四川全省彝族的地区共同语。

"四川规范彝文"(德喜标准音)有 43 个声母,10 个韵母,4 个声调。利用"彝语拉丁化新文字"的字母(拼音符号)表示如下:

声母(43 个):b,p,bb,nb,hm,m,f,v;d,t,dd,nd,hn,n,hl,l;g,k,gg,mg,hx,ng,h,w;z,c,zz,nz,s,ss;zh,ch,rr,nr,sh,r;j,q,jj,nj,ny,x,y。

韵母(10 个):i,ie,a,uo,o,e,u,ur,y,yr。

声调(4 个):55(t),44(x),33(不标),21(p)。

注:本文承彝族专家武自立先生、毕云鼎先生、姚昌道先

生通信指正并提供资料,特此申谢!

参考:陈士林《彝语简志》1985;《四川规范彝文》载《中国少数民族文字》1992;《试论彝文的起源、类型和造字法原则问题》载《罗常培纪念文集》1984。陈朝达、胡再英编《万里彝乡即故乡》,《陈士林先生著述及纪念文选集》,西北工业大学出版社,1993。武自立《传统彝文》载《中国少数民族文字》1992;《规范彝文在凉山彝族地区的巨大作用》载《中国少数民族语言文字使用和发展问题》1993;武自立专家的通信资料。武自立、纪嘉发、肖家成《云贵彝文浅论》,载《民族语文》1980.4。朱文旭《彝文类型浅议》;毕云鼎《云南规范彝文概况》;载《文字比较研究散论》1993;毕云鼎专家的通信资料。马学良《彝文》;陈士林《彝语》;胡庆均《彝族》;载《中国大百科全书·民族》1986。马学良《再论彝文书同文的问题》载《民族语言教学文集》1988。凉山州编译局选编《彝族语言文字论文集》1988。丁椿寿《彝文论》四川民族出版社,1993。李民《彝文》载《民族语文》1979.4。姚昌道专家的通信资料。云南路南彝族自治县文史研究室《彝汉简明辞典》,云南民族出版社,1984。马黑木呷等编《汉彝词典》,四川民族出版社,1989。

卷 四

学 习 新 知

字母跟着宗教走

字母跟着宗教走

"字母跟着宗教走"是字母学的一条规律。这条规律基本上符合历史事实,但是也有例外。字母跟着宗教走,实际是文字跟着文化走。文化永远从高处流向低处,后进民族采用先进民族的字母,是自然趋势。

人们往往以为拉丁字母是基督教的神圣文字。其实基督教没有神圣文字。《圣经》从古到今用多种文字书写。《旧约》原来用希伯来文书写,其中少数片段用阿拉马文书写。希伯来文本失传了。前3世纪中叶从阿拉马文译成希腊文。《新约》最初用希腊文书写。公元405年从希腊文译成拉丁文。后来译成各种近代文字,20世纪后期有《圣经》译本二百五十种,分章的《福音书》有一千三百种。比较:伊斯兰教的《古兰经》以阿拉伯文为神圣文字,"更改一个字母就要天崩地裂"。

公元1—2世纪,基督教传入罗马帝国,起初遭到排斥和镇压,313年得到认可传播,380年定为帝国的国教。拉丁文只有部分贵族学习,广大群众都是文盲。基督教起初用口语对文盲传教,后来用拉丁(罗马)字母拼写各地民族语言,翻译《圣经》,于是欧洲各民族有了最初的文字。从罗马帝国统一用拉丁文,到各国分别创制民族文字,是西欧走出黑暗时代的文化升华。

欧洲近代各国文字都起源于《圣经》的注释,或者《圣经》的片段翻译。遗留至今的最早手迹年代,法文为842年,意大利文为960年,西班牙文为10—11世纪,其他文字更晚。爱尔兰接受基督教比较早,引进的字母变成爱尔兰变体罗马字。英文经过三次字母改革,起初用原始的鲁纳字母,后来用爱尔兰变体罗马字,最后用近代罗马字。《圣经》在1382年初次译成英文,1611年重译成为英王钦定本,1961—1970年间改译成现代英文。

395年,罗马帝国分裂成东西两半,西罗马信奉天主教(以及后来的新教),用拉丁字母;东罗马信奉希腊正教,又称东正教,用西立尔字母,又称斯拉夫字母。"字母跟着宗教走",这时候明显起来了。在欧洲中东部从北而南,形成一条字母分界线,线西用拉丁字母,线东用斯拉夫字母。斯拉夫民族一半信奉天主教,用拉丁字母,如波兰、捷克、斯洛伐克;一半信奉东正教,用斯拉夫字母,如保加利亚、俄罗斯、乌克兰、白俄罗斯。前南斯拉夫分裂后,塞尔维亚、波斯尼亚和黑塞哥维那信奉东正教,用斯拉夫字母;克罗地亚和斯洛文尼亚信奉天主教,用拉丁字母。

拉丁字母跟随西欧帝国主义传遍美洲、大洋洲、漠南非洲,以及部分亚洲。拉丁字母的传播,不仅依靠强大的军事力量,还依靠强大的文化力量。伊斯兰教奥斯曼帝国瓦解后,土耳其在1924年主动放弃阿拉伯字母,改用拉丁字母,这是对神圣的阿拉伯字母的反抗,也是伊斯兰教国家"现代化"的开端。"二战"之后,有更多的伊斯兰教国家采用拉丁字母,例如非洲的索马里,东南亚的印尼和马来西亚。没有天崩地裂,只是时代前进了。

印度字母不来中国

印度教和佛教传到南亚和东南亚,印度字母都跟着一同传去。今天留下作为国家文字的有尼泊尔、斯里兰卡、孟加拉、缅甸、泰国、柬埔寨、老挝,在中国作为少数民族文字的有藏文和傣文。可是,印度佛教大规模传来中国,印度字母没有跟着来到中国的汉族地区。"字母跟着宗教走"出现了最大的例外。什么道理呢?这有两个原因。

1. 印度是多民族、多语言、多文字国家,向来言语异声、文字异形,没有"书同文"的传统。佛教普度众生,反对专用一种特权阶级的文言梵文,主张兼用各地人民的语言和文字。印度独立后,规定印地语为全国共同语,同时规定十一种"邦用语言"。

2. 中国有高度的文化和悠久的文字,挡住了印度字母的渗入。可是,挡住了印度字母,没有挡住印度宗教。为什么呢?中国文化是现世文化,缺乏来生文化。"学而优则仕"是贵族教育,忽视大众。佛教是来生文化,而且是大众文化。佛教钻了中国文化这个大空子。佛教对于中国,很像基督教对于罗马帝国。罗马文化侧重现世、忽视来生,侧重贵族、忽视大众,基督教填补了罗马文化的空缺。

中国传统文化有薄弱环节,欢迎印度文化的补充。例如建筑术,中国有高台,没有高楼。亭台楼阁,没有超过三层的。阿房宫有高楼吗?《阿房宫赋》描写它的广大和奢靡,没有说它高耸。齐云、落星,最高有几层?佛教有七级浮屠,说明七级,表示高耸,使人望而生羡,肃然起敬。宝塔在古代是许多名胜古迹的最高点。印度的建筑术弥补了中国的不足。

另一薄弱环节是语音学。中国重文字而轻语言,书同文而语不同音。语言不通,只能笔谈,这是缺点,可是有人反而认为这是汉字神奇。字无定音,汉字有超方言性,这是缺点,可是有人反而认为这是优点。汉字积累到六万以上而没有一套实用的字母。反切法用两个字注一个字的音,繁难笨拙,一直用到清末。日本的五十音图传说是空海和尚所制订,根源于佛教文化。中国到民国初年才提倡读音统一,公布注音字母(1918),实际是学习日本的假名。印度字母没有来到中国,但是印度的声明学(语音学)抚育了中国的音韵学。

佛教还传来印度的因明学(逻辑)、数学、雕塑技术、说唱文学(变文)等等,丰富了中国文化。

少数民族在中国多次建立地区政权和全国政权,他们原来文化落后,贵族中间也很少识字的人,所以特别欢迎佛教。佛教在中国的传播,少数民族起了重要作用。佛教传播完全不依靠武力后盾。

印度佛教传来中国,为什么中国儒学没有传去印度?这是文化的流动规律在起作用。文化像水,水性就下。中国文化不如印度,所以中印文化来而不往。从印度角度来看,中国接受印度佛教,中国就属于印度文化圈。这一重要历史事实,过去避而不谈。其实,"他山之石、可以攻玉",取长补短,这有什么不光彩的呢?中国历史上曾向佛教文化一边倒,全盘西(天)化,居然青出于蓝,这正表现了华夏精神的包容和博大。

拉丁字母姗姗来迟

1553年葡萄牙人首次来到澳门。1583年耶稣会士利玛窦来到中国。这两件事不是偶然的和孤立的,而是西欧发现新大陆之后掀起西葡帝国主义扩张运动的构成部分。今天,大家怀念丝绸之路,那是从东向西,输出中国的丝绸和瓷器,为西亚和欧洲的贵族服务。另有一条人们不大注意的字母之路,从西向东,把字母运来中国、日本、越南和其他东方国家,为文盲大众服务。利玛窦和其他耶稣会士是字母之路的早期开辟者。

1492年哥伦布首次航海探险,结果发现美洲。1405年郑和首次下西洋,比哥伦布早八十七年。两人的航海有本质的区别。郑和是伊斯兰教徒,他走的是阿拉伯人已经知道的航线。大明皇帝满足于中国的大统一,没有到海外去开辟疆土的野心。如果不是葡萄牙从西班牙分裂出来,葡西两国各自为政,哥伦布在葡萄牙碰壁之后也就不可能得到西班牙的支持。哥伦布开辟了前人没有走过的航线,他胸中怀着大地是球形的全新概念,虽然错把美洲当做印度,可是从此开辟了人类历史的新篇章。

　　字母之路把字母运输到东方,前后有两个高潮。第一高潮发生在明代后期万历年间(1580年代和以后)。这时候来华的耶稣会士对中国文化十分尊重。利玛窦说,西方的文字远不如中国。他们都先到澳门学习四书五经,然后谨慎地进入中国,结交士大夫阶级,走上层路线,大都得到很高的职位。

　　耶稣会士使用拉丁字母给汉字注音,并且编写汉字注音字典,为的是自己学习汉语文言,没有建议中国人也应用拉丁字母。利玛窦的罗马字注音文章《西字奇迹》(1605),不见于重要典籍,只见于做墨生意的商人的笔记《程氏墨苑》中。当时中国学者注意到这件事的人,恐怕比凤毛麟角还少。可是这一新事物影响了敏感的中国学者。例如杨选杞看了金尼阁的《西儒耳目资》(1626)之后说,"予阅未终卷,顿悟切字有一定之理,因可为一定之法。"

　　第二高潮发生在鸦片战争(1840)之后,跟前一高潮相距二百五十年。这二百五十年中,西方的科学和技术突飞猛进,使东方(西亚、南亚和东亚)相形见绌。这时候,大清帝国的纸老虎被拆穿。英法帝国主义十分狂妄,把中国看做一个地理名词,发现文明古国原来是文盲古国。来华的传教士大都属于新教。他们的态度跟明末的耶稣会士完全相反。他们走下层路线,向不懂官话、不识汉字的贫苦群众传教。他们把"五口通商"(上海、宁波、福州、厦门、广州)的地点当做各自独立的地区,为各个地区分别制订不同的方言罗马字,并翻译《圣经》。他们说:这是使《圣经》"达到文盲心中去的最直接的道路";"我们并不把它看成一种书面语的可怜的代替品,我们要把它看做一种使西方的科学和经验能够对一个民族的发展有帮助的最好的贡献";"繁难的方块字是20世纪最有趣的时代错误"。

实际上,他们自己犯了时代错误。中国的下层群众的确是一盘散沙,缺少文化,但是中国的上层集团有很高的文化,而且有统一的政权和统一的文字。中国群众也要求语文共同化,书同文是中国的古老传统,即使是基督教徒,也并不满足于各不相通的方言和方言文字。后来拉丁化新文字运动的经验证明,群众要求学习国语(北方话)的新文字,不喜欢学习方言的新文字。民国初年公布全国通用的国语的注音字母之后,各地的方言教会罗马字都偃旗息鼓了。教会罗马字在中国、日本和朝鲜都失败,只在越南依靠强权而成功。

注音字母采取汉字的民族形式,根源来自经过日本的印度文化,不是西欧文化。这时候从西而东的字母之路还没有开通。但是,辛亥革命之后,闭关自守已经不可能了。中国人走出中国,印一张名片也成问题。在美国留学生的提倡下,中国勉强地公布了国语罗马字(1928),只在对外应用,不在小学教学。这个中国化的国语罗马字设计,实际上是字母之路的延伸。

土耳其采用拉丁字母成功之后,苏联的少数民族纷纷效尤,掀起一个拉丁化运动。主要有阿塞拜疆、哈萨克、乌兹别克、土库曼、吉尔吉斯等说突厥语并信伊斯兰教的加盟共和国。列宁说:"拉丁化是东方的伟大革命。"这句话后来在《列宁全集》中被删除了。列宁死后,斯大林废除拉丁化,改为斯拉夫化,在极短的时间中把所有的拉丁化新文字都改成斯拉夫字母。斯大林时期,苏联创造马克思主义科学,抵抗资本主义科学。例如创造了米丘林生物学和马尔语言学,后者在斯大林生前就被否定,前者在斯大林死后被赫鲁晓夫否定。斯大林把世界市场分为以物易物的社会主义市场和货币交易的资本主义市场。苏联希望俄语代替英语成为国际共同语,长期间反对规定俄文字母转写为拉丁字母的国际标准。这些都跟全球化的趋势背道而驰。

瞿秋白在苏联拉丁化运动时期制订一套拉丁化中国字,经过龙果夫等修改,在留苏华侨中试用。1933年传来上海,开始了中国的拉丁化新文字运动。这个运动的特点是,它走群众路线,向当时抗日战争中的难民宣传,使文字改革运动从知识分子扩大到人民大众。起初中国不知道苏联的拉丁化已经改为斯拉夫化,后来知道了也没有向苏联一边倒,而是继续坚持拉丁化。拉丁化新文字运动在制订汉语拼音方案时结束了。汉语拼音方案采取了国语罗马字和拉丁化新文字的长处。

1958年公布汉语拼音方案之后,中国大陆对内和对外统一用拼音。1982年国际标准化组织认定拼音为拼写汉语的国际标准(ISO 7098)。21世纪的前夜,美国的国会图书馆采用了拼音,拼音已经被全世界所接受。必须说明的是,拼音是一种表音符号,不是正式文字。"拼音不是拼音文字",这是中国内地的政策。

近一百年来,汉语字母的发展经历了四个步骤:1.从外国方案到中国方案(威妥玛式到注音字母);2.从民族形式到国际形式(注音字母到国语罗马字);3.从内外不同到内外一致(对内用注音字母、对外用国语罗马字,到内外同样用拼音);4.从国家标准到国际标准(1958年中国公布拼音,1982年成为国际标准)。

创造于西亚的字母和创造于中国的汉字,东西相距十万里,上下相隔三千年,真所谓"风马牛不相及"也,如今竟然彼此偎依,相互扶持。不可思议吗?从历史来看,这是文化全球化的必然结果。字母之路终于一线相通了。在电脑的国际互联网时代,这几个微不足道的拼音字母,可能发挥帮助中国文化走向全世界的作用。

2000.6.28

丝绸之路和字母之路

丝绸西去、字母东来

在中国和欧洲之间,有两条"道路",一条叫做"丝绸之路",一条叫做"字母之路"。"丝绸之路"从东向西,把中国的丝绸运到欧洲。"字母之路"从西向东,把欧洲的字母运到中国。"丝绸之路"很早就开通了。"字母之路"很晚才开辟。

印度字母是古代从地中海东岸经由阿拉伯半岛南部传到印度的。印度字母跟着佛教传到南亚和东南亚许多国家。佛教传来中国,但是印度字母没有跟着传来中国,因为中国有汉字抵制它。可是字母知识从印度传来了,由此产生了借用汉字表示的"三十六字母"(公元800年前后)。这是"字母之路"的开路先声。

过了八百年,到明朝万历三十三年(1605),天主教耶稣会士意大利人利玛窦来到中国,首次开辟"字母之路"。他带来"罗马字母"和字母所承载的欧洲"科学技术"。当时的中国人"不识货",这些"文化商品"销路不佳。利玛窦和他的后继者,例如金尼阁等,是由外国人组成的第一批来到中国的"字母运输队"。

又过了二百五十年,第二批"字母运输队"以更大的规模来到中国。他们是鸦片战争以后的欧洲新教传教士。他们把"中国"看成一个"地理名词",把各个"方言区"当成不同的"独立王国",向这些"王国"倾销"字母"。结果是遗留下许多部变成"处理品"的方言教会罗马字《圣经》。"字母之路"开通了,"字母商品"运来了,可是"字母市场"生意冷落,没有走出教会的狭隘圈子。

辛亥革命(1911)以后,以"反切"和"三十六字母"为背景,1918年公布"注音字母",弥补了以"表意"为主的汉字体系的缺陷。可是它采取类似日本假名的"民族形式字母",没有理睬两批"字母运输队"所兜销的"国际通用字母"。这说明当时的中国知识界对罗马字母还太陌生,对西方文化还很少认识。所以"丝绸市场"在欧洲备受欢迎,而"字母市场"在中国生意冷落。物质商品易受喜爱,精神商品难于理解。

字母和拉丁化

不久,中国培养出一批"读洋书"的知识分子。他们熟悉了什么是罗马字母,自己主动来开辟"字母之路",成为第一批由中国知识分子自己组成的"字母运输队"。结果,1928年公布了中国第一个法定的以"罗马字"命名的方案:"国语罗马字"。三百年前利玛窦的汉字注音和五十年前的教会罗马字所播下的种子,这时候开始开花结果了。

历史的脉搏越来越快。只过五年,另一批更多的中国人自己组成"字母运输队",在1933年从苏联输入了"拉丁化新文字"。苏联在"十月革命"(1917)之后,掀起一个"拉丁化运动",从苏联的阿塞拜疆开始,主要目的是摆脱阿拉伯字母的"宗教枷锁",改用代表现代文化的拉丁字母。这个运动很快扩大到其他用阿拉伯字母的苏联少数民族,创造了许多种民族语言的"拉丁化新文字"。留居苏联的中国华侨也创造了"中文拉丁化新文字",传到上海,风靡一时,形成一个群众性的"拉丁化新文字运动"。

列宁热烈支持苏联的拉丁化运动。他给当时的"新文字全苏中央委员会"的信中说:"拉丁化是东方的伟大革命!"可是,斯大林反对"拉丁化"。从1937年到1940年,苏联所有的拉丁化新文字一概悄悄地改成了"俄文字母",实行"斯拉夫化"。列宁支持"拉丁化"和"国际化"。斯大林实行"斯拉夫化"。这跟斯大林模式是封闭的"大俄罗斯主义"是一致的。在斯大林时期编辑的《列宁全集》中,列宁支持拉丁化的名言被删去了。

50年代,中国重新制订罗马字的"汉语拼音方案"。原来参加注音字母的人、原来参加国语罗马字的人、原来参加拉丁化新文字的人,三方联合组成一个"字母运输队"。方案中的声母和韵母,一半相同于国语罗马字,一半相同于拉丁化新文字,标调符号取自注音字母,构成一个"三合一"的混凝体。

它是第二个法定的汉语罗马字方案,在"字母之路"上又向前迈进了一步。

文字姻缘的历史脚印

　　罗马字和汉字,东西相距十万里,上下相隔三千年,竟然结成"文字姻缘"。这标志着东西文化的汇流倾向。

　　"丝绸之路"是为欧洲贵族服务的。在古代的欧洲,一两丝绸换一两黄金。"字母之路"是为中国平民服务的。二十六个字母一分钱也不值。不值钱的东西最有价值,但是最难得到人们的喜爱。因此,"字母之路"是一条崎岖而漫长的道路。请看"字母之路"上的历史脚印:

　　公元前　3500 年——(两河流域丁头字)——没有字母。
　　　　　　3500 年——(埃及圣书字)——没有字母。
　　　　　　1300 年——甲骨文——没有字母。
　　　　　　1100 年——(Byblos 文字)——字母。
　　　　　　700 年——(拉丁文)——罗马字母。
　　公元后　200 年——反切——汉字。
　　　　　　700 年——(日本假名)——汉字式音节字母。
　　　　　　800 年——三十六字母——汉字。
　　　　　　1446 年——(朝鲜谚文)——汉字式音素字母。
　　　　　　1605 年——利玛窦注音——罗马字母。
　　　　　　1850 年——教会方言罗马字——罗马字母。
　　　　　　1918 年——注音字母——汉字式字母。

1928年——国语罗马字——罗马字母。
1933年——拉丁化新文字——罗马字母。
1958年——汉语拼音方案——罗马字母。

历史的脚印告诉我们,"字母运输队"走得极慢,但是在不断地、艰难地、谨慎地一步一步前进。从欧洲到中国的"字母之路"还没有走完,人类历史已经进入了新的"信息化时代"了。

载《文改之声》和《中文信息》

《汉语拼音·文化津梁》序言

——纪念《汉语拼音方案》公布五十年

《汉语拼音方案》公布到今天,已经五十周年了。朋友们建议,在我过去五十年间所写的许多有关拼音的文章中,选择一部分集合成书,方便参考和研究,并纪念方案的五十周年诞辰。朋友们帮我选编,选取长短文章五十篇,文章数目跟周年数目凑巧相同。

五十年前制订《汉语拼音方案》是十分慎重的。方案由"中国文字改革委员会"(内有拼音方案委员会、方案起草小组、拼音化研究室)提出,经"国务院拼音方案审订委员会"审订,提交全国人民代表大会通过公布。产生程序:1955年提出"草案初稿";1956年发表"原草案";同年修改成"修正式"(两式);1957年形成"修正草案";1958年2月11日全国人民代表大会通过公布。

有人开玩笑说,几个字母搞了三年,太笨了!其实,何止三年。"国际标准化组织"(ISO)审查和通过《汉语拼音方案》作为拼写汉语的国际标准(1982),又经过三年。今天回顾,花这么长的时间来仔细设计这个方案,不是无益的。如果当年留下一点马虎,今天会后悔无穷。

五十年来,汉语拼音的应用扩大,快速惊人。原来主要应用于教育领域,现在显著地应用于工商业领域。原来主要是小学的识字工具,现在广泛地发展为信息传输的媒介。原来是国内的文化钥匙,现在延伸成为国际的文化桥梁。

1958 年秋季开始,小学利用拼音学习汉字,当时每年大约有二千万小学生学习拼音,现在每年学习拼音的小学生可能已经超过一亿。

到百货公司和超级市场去看看,许多商品的包装上都写上了汉语拼音名称。中药和西药的说明书上都有汉语拼音的药名,这恐怕是人们还没有注意到的新事物。

现在,几乎每个人的口袋里都有手机。我家小保姆的口袋里也有手机,经常打汉字短信。我问她:怎样打的?她说:利用拼音。我问:谁教你的?她说:小学里学过拼音,自然会打。

美国的"国会图书馆"有七十万部中文书籍,在 20 世纪的最后三年中全部改用拼音编制索引。

新闻报道:我国在世界各国开设一百所"孔子学院",在国外传播华语华文,适应国外华语热的需要。"孔子学院"用什么字母作为注音工具呢?拼音。人们戏说,孔子周游列国宣教拼音。

"北京"的拼音,从 Peking 改为 Beijing,不仅是一个地名的拼法更改,这标志着一个时代的转换。

一种文化工具,只要易学便用,适合时代需要,它本身就会自动传播，不胫而走。汉语拼音已经普遍传开，无处不在，不再是新鲜的话题了。国外学者说，罗马字母是最平凡的、也是最伟大的发明。我们不妨说，汉语拼音是最平凡的、也是最有用的文化工具。

2000年，我国公布《国家通用语言文字法》，这是对过去一个世纪的语文现代化工作做一次肯定的小结，保障语文现代化的成果进一步顺利推行。其中规定："国家通用语言文字以《汉语拼音方案》作为拼写和注音工具；《汉语拼音方案》是中国人名、地名和中文文献罗马字母拼写法的统一规范，并用于汉字不便和不能使用的领域；初等教育应当进行汉语拼音教育。"

《汉语拼音方案》的学术定位属于"语文规划"和"字母学"。"语文规划"在"二战"之后蓬勃兴起，因为许多国家都需要规划他们的语文。"字母学"是一个冷门，在中国还没有进入大学课程，《汉语拼音方案》的设计是"字母学"的应用。这里的文章可供语文现代化的研究作参考。

2008.2.11

切音字运动百年祭

《一目了然初阶》

卢戆章(1854—1928)的"中国切音新字"厦腔读本《一目了然初阶》在1892年(清光绪十八年)出版,到今年(1992)整整一百周年。这是中国人民自觉地提倡"拼音化"的开始,弥补了中国传统文化中没有"拼音化"的缺陷。在"汉语拼音方案"已经公布、汉语拼音教育一天天扩大的今天,我们深深体会到一百年前筚路蓝缕、披荆斩棘的首创功劳具有何等重大的意义。

从"中国切音新字"的发表到"注音字母"的公布(1918),这一阶段的拼音化运动,被称为"切音字"运动。"切音字"运动的特点是:创造民族形式字母、声韵双拼。"注音字母"最后从声韵双拼发展为"声介韵"三拼,仍旧没有全部音素化。民族形式字母不便在国外流通,于是又公布国际通用字母的"国语罗马字"(1928)。"汉语拼音方案"(1958)是"国语罗马字"的改进，并使国内国外统一用一套字母。这就是"拼音化"运动一百年来已经走过的历程。

"思入风云变态中"

1892年是甲午战争（1894）的前夜。这时候国事动荡、人心震撼。《一目了然初阶》里面有一幅插图，画着一个人，一手按书、一手执笔，正在苦苦思索。旁边写道："思入风云变态中"。"思变"是当时的时代思潮。

值得注意的是：一百年前的卢戆章，已经认识到汉字是"发展"的，不是一成不变的。汉字的发展是"字体代变、趋易避难"。他说："字体代变：古时用云书鸟迹，降而用蝌蚪象形，又降而用篆隶八分，至汉改为八法，宋改为宋体字，皆趋易避难也"。这里有三个"用"字和两个"改"字。"用"就是"利用"；"改"就是"改革"。

有人对他说："子真撼树之蚍蜉也！汉字神圣，一点一画无非地义天经，岂后儒所能增减？"卢戆章"一笑置之"。他何以能"一笑置之"呢？因为在他的思想里，文字"神圣"观念已经被文字"发展"观念所代替了。

两个发展层次

"拼音化"有两个发展层次。第一层次是，各国采用各自的民族形式字母，不求国际间相互流通。第二层次是，各国采用国际通用字母,也就是"拉丁字母",便利相互流通。二次大战以后,世界各国进一步实行"拉丁化"。"二战"前有六十多个国家用拉丁字母,"二战"后用拉丁字母的国家增加了一倍,到一百二十多个。战后新独立的国家无例外地都实行"拉丁化"。

汉字在历史上传播到越南、朝鲜和日本,以及古代和近代的中国国内许多少数民族,在东亚形成一个"汉字文化圈"。二次大战后,越南废除汉字,改用拉丁字母。朝鲜北方废除汉字,完全用本民族的谚文字母。朝鲜南方用汉字和谚文字母的混合体,"教育汉字"减少到一千八百个,而小说一般全用谚文字母。日本用汉字和假名字母的混合体,但是规定常用汉字一千九百四十五个,法律和公文用字以此为限,其余都用假名字母。"汉字文化圈"不断缩小。汉字所让出的地盘都由拼音文字占领了。

但是,"拼音化"是一个十分缓慢而艰难的发展过程。这一点卢戆章低估了。卢戆章以后的许许多多拼音化运动者也低估了。在有千年封闭历史背景的中国,必然更加缓慢而艰难。

五百年一次飞跃

日本的假名字母,在成熟以后五百年,才进入正式文字,成为汉字和假名字母的混合体。朝鲜的谚文字母,在正式公布以后五百年,才进入正式文字,成为汉字和谚文字母的混合体。中国如果要想实现汉字和拼音字母的混合体,或者同时用汉字和拼音文字,所谓"双轨制",也必须等待至少五百年。即使速度加快到只需古代 1/5 的时间,也要等一百年。在历史长达五千年的中国,一百年只是一瞬而已。

急于求成是无济于事的。只有锲而不舍、实事求是、脚踏实地、埋头苦干,一步一步前进。"拼音"在今天虽然只是一种文字的辅助工具,可是它的用处不断扩大。逐步扩大实际应用,是"拼音化"运动的发展规律。

日本的假名和朝鲜的谚文,在很长时间都曾经被看做是低级的"妇女文字",可是今天成了文字的主要部分。新生事物只要本身的确是有用的,并得到切实地不断利用,就一定会慢慢发展和成长。

1992.3.14

人类文字的鸟瞰

语言使人类别于禽兽,文字使文明别于野蛮,教育使先进别于落后。

语言可能开始于三百万年前的早期"直立人",成熟于三十万年前的早期"智人"。文字萌芽于一万年前"农业化"(畜牧和耕种)开始之后,世界许多地方遗留下来新石器时期的刻符和岩画。文字成熟于五千五百年前农业和手工业的初步上升时期,最早的文化摇篮(两河流域和埃及)这时候有了能够按照语词次序书写语言的文字。

语言是最基本的信息载体。文字不仅使听觉信号变为视觉信号,它还是语言的延长和扩展,使语言打破空间和时间的限制,传到远处,留给未来。有了文字,人类才有书面的历史记录,称为"有史"时期,在此之前称为"史前"时期。从"农业化"发展到"工业化",文字教育从少数人的权利变为全体人民的义务。

今天,世界上已经没有无文字的国家,但是还有以万万计的人民不认识文字,或者略识之无,不能阅读和书写。

研究人类文字,侧重文字的资料就是人类文字史,侧重文字的规律就是人类文字学,二者相互依存,不可偏废。

世界的文字分布

不同的文化传统,创造不同的文字形式。在今天的世界上,有的国家用汉字,有的国家用字母。用汉字的国家有中国、日本和韩国,还有新加坡以汉字作为华族的民族文字。字母有多国通用的,有一国独用的。多国通用的字母有拉丁(罗马)字母、阿拉伯字母和斯拉夫字母。

拉丁字母分布最广,占据大半个地球,包括欧洲的大部分,美洲、澳洲和大洋洲的全部,非洲的大部分,亚洲的小部分。西亚的土耳其,东南亚的新加坡、马来西亚、印度尼西亚、菲律宾、文莱、越南,都用拉丁字母。

欧洲有一条字母分界线,沿着俄罗斯、白俄罗斯和乌克兰的西面边界,到今天塞尔维亚的西面边界。分界线之西,信奉天主教,用拉丁字母。分界线之东,信奉东正教,用斯拉夫字母。

非洲也有一条字母分界线,在北非阿拉伯国家的南面边境。分界线以南的大半个非洲用拉丁字母。分界线以北的阿拉伯国家用阿拉伯字母。

阿拉伯字母的分布区域仅次于拉丁字母。它是北非和西亚(中东)二十来个阿拉伯国家,以及西亚、中亚和南亚信奉伊斯兰教的国家和地区的文字,包括中国的新疆。

第三种多国通用字母是斯拉夫字母。除俄罗斯、白俄罗斯、乌克兰之外,它是保加利亚、塞尔维亚等国的文字。蒙古共和国也用斯拉夫字母。

印度字母系统包含多种字母,同出一源而形体各异,不能彼此通用。这些字母应用于印度(全国性文字和十五种邦用文字),以及斯里兰卡、孟加拉、尼泊尔、不丹、缅甸、泰国、柬埔寨等国。中国的西藏文字也属于印度字母系统。

一国独用字母有:希腊字母、希伯来字母(以色列)、阿姆哈拉字母(埃塞俄比亚)、谚文字母(朝鲜全用,韩国夹用)、假名字母(日本,跟汉字混合使用)。民族独用字母有中国的蒙文、四川规范彝文等。

世界文字的分布现状,是不同文字系统在历史上的传播和变化所形成。汉字传播到越南、朝鲜和日本,后来越南改用拉丁字母。印度系统字母传播到中亚、南亚和东南亚,后来许多地区被阿拉伯字母所代替。阿拉伯字母从中东传播到北非、中非、南亚、中亚、东南亚,后来大部分地区被拉丁字母所代替。斯拉夫字母从俄罗斯扩大到中亚许多民族,代替了阿拉伯字母。拉丁字母占领了原来没有文字的美洲、澳洲和大洋洲,又代替许多阿拉伯字母和印度字母系统的地区,以及原来使用汉字的越南。文字的分布区域,因文化的消长而不断伸缩。

原 始 文 字

人类文字的历史可以分为三个时期：1.原始文字时期；2.古典文字时期；3.字母文字时期。

文字起源于图画。原始图画向两方面发展，一方面成为图画艺术，另一方面成为文字技术。原始的文字资料可以分为：刻符、岩画、文字画和图画字。

刻符，包括陶文和木石上的刻画符号。岩画，包括岩洞、山崖、石壁和其他处所的事物素描。刻符和岩画都是分散的单个符号，没有上下文可以连续成词，一般不认为是文字。但是，刻符有"指事"性质，岩画有"象形"性质，它们具有文字胚芽的作用。

文字画（文字性的图画）使图画开始走向原始文字。图画字（图画性的文字）是最初表达长段信息的符号系列。从单幅的文字画到连环画式的图画字，书面符号和声音语言逐步接近了。

世界各地在历史上创造过许多原始文字，大都不能完备地按照语词次序书写语言。有的只有零散的几个符号。有的是一幅无法分成符号单位的图画。有的只画出简单的事物，不能连接成为句子。有的只写出实词，不写出虚词，不写出的部分要由读者自己去补充。

原始文字一般兼用表形和表意两种表达方法，称为"形意文字"。例如：画一只小船，船上画九条短线，表示九个人在划船。小船是表形符号,九条短线是表意符号。又如画一只貂和一头熊,他们的心脏之间画一条线连接着,表示貂氏族和熊氏族有同盟关系。貂和熊是表形符号,心脏之间的线条是表意符号。原始文字大都有表示数目的符号,这是表意符号。

在教育发达的地区,今天很难找到原始文字的痕迹,因为原来资料就不多,书写材料很容易消灭,人们学习了现代文字之后,不再注意保留原始文字。只有在文化尚待发展的地区,有原始文字遗留下来,有的还在使用或者重新创造。非洲和美洲的原住民族有遗留的资料。中国的少数民族遗留了不少资料,这是新发现的原始文字史料的宝库。

氏族社会以巫术宗教为决策向导,原始巫术以图画文字为符咒记录。中国尔苏人的沙巴文和水族的水书是巫术文字的典型例子。中国纳西族的东巴文,本身正在从形意文字变为意音文字,同时又有从它本身脱胎出来的哥巴音节字。这些活着的文字化石,使我们能够看到原始文字的演变过程。

从公元前8000年前出现刻符和岩画,到公元前3500年前两河流域的丁头字成熟,这四千五百年时间是人类的"原始文字"时期。

古 典 文 字

公元前3500年以前,西亚的两河流域(在现在的伊拉克)的苏美尔人(Sumer)创造了最早的有重大历史价值的文字。起初主要是象形符号,后来以软泥板为纸、以小枝干为笔,"压刻"成一头粗、一头细的笔画,称为"丁头字"。丁头字传播成为许多民族的文字,曾经在西亚和北非作为国际文字通用三千多年。

北非尼罗河流域的古代埃及人创造的"圣书字"(hieroglyphics),略晚于苏美尔文字,起初也是象形符号,后来变成草书笔画形式。圣书字也使用了三千多年,传播到南面的邻国。它所包含的标声符号成为后来创造字母的主要源泉。

这两种代表人类早期文化的重要文字,在公元初期先后消亡了。两河流域和埃及的现代主人是阿拉伯人,跟古代原住民的宗族和文化完全不同。在漫长的历史沉睡时代,人们把古代的灿烂文化遗忘了一千五百年。直到19世纪,语文考古学者对这两种古代文字释读成功,使人类的早期文化重放光明。

东亚产生文字比西亚和北非晚两千年。公元前1300年以前,中国黄河流域的殷商帝国创造了"甲骨文",这是汉字的祖先。后来汉字流传到四周邻国,成为越南、朝鲜和日本的文字。在丁头字和圣书字消亡之后,汉字巍然独存。

甲骨文已经是相当成熟的文字,它一定有更早的祖先。如果把新石器时代陶器上的刻符作为甲骨文的祖先,汉字的历史可能有六千年。丁头字和圣书字也是相当成熟的文字,用同样的追溯方法,它们的历史可能有八千年。

文字学者用比较方法研究上述三种古代文字,发现它们虽然面貌迥然不同,可是内在结构惊人地相像。它们的符号表示语词和音节,都是"语词·音节文字"(logo-syllabary),简称"词符文字"(logogram)。它们的表达法主要是表意兼表音,称为"意音文字"。这三种重要的文字被称为"三大古典文字"。

  一向认为没有自创文字的美洲,也有它的文化摇篮。在中美洲的尤卡坦半岛(Yucatan,在现在的墨西哥),马亚人(Maya)创造了一种相当成熟的文字,称为"马亚字"。16世纪西班牙人侵入中美洲,把马亚字书籍付之一炬,除石碑无法烧毁外,只留下三个写本。马亚字从此被遗忘三百五十年。直到20世纪50年代,学者们释读成功,揭开了古代美洲文化的面纱。最早的马亚字石碑属于公元后328年。推算创始文字的时期大约在公元前最后几个世纪。这种文字应用了一千五百年。它的外貌非常古朴,每一个符号像是一幅微型的镜框图画,可是它的内在结构同样是表意兼表音的"语词·音节文字",而且有比较发达的音节符号。

  中国的彝族有古老的彝文,跟汉字的关系是"异源同型"。一般认为创始于唐代而发展于明代,有明代的金石铭文和多种写本遗留下来。各地的彝文很不一致,但是都达到了初步成熟的"意音文字"水平。晚近在云南整理成为规范化的"意音彝文",有表意字和表音字;在四川整理成为规范化的"音节彝文",书写彝族最大聚居区(大凉山)的彝语。它是今天惟一有法定地位的中国少数民族的"意音文字"。

  "古典文字"都有基本符号("文")和由基本符号组合的复合符号("字")。用较少的基本符号可以组成大量的复合符号。丁头字的基本符号原来很多,到巴比伦时代只用640个,到亚述时代又减少到570个。马亚字有基本符号270个。汉字的基本符号有多少?《广韵声系》(沈兼士编)中有"第一主谐字"(基本声旁)947个,《康熙字典》中有部首214个,共计1161个,这是古代汉字的基本字符。《新华字典》(1971)中有部首189个,有基本声旁545个,共计734个,这是现代汉字的基本符号。基本符号的逐步减少,是意音文字的共同趋向。

从公元前3500年前两河流域"意音文字"的成熟,到公元前11世纪地中海东岸出现"音节·辅音字母",这二千四百年是人类的"古典文字"时期。

但是,文字系统不同,这个时期的长短也就不同。丁头字从本身成熟,到公元前6世纪产生"新诶兰"丁头音节字,是2900年。圣书字从本身成熟,到公元前2世纪产生"麦罗埃"音节圣书字,是3300年。汉字从公元前1300年甲骨文的成熟,到公元后9世纪日本假名的形成,是2200年。三大古典文字都是传播到别的民族中间去之后,才从表意变为表音,产生音节文字。这好比鱼类有到异地产卵的习性。马亚字本身含有音节字符,没有另外产生音节文字。彝文大致成熟于7世纪的唐代,到1980年制定规范音节彝文,是1300年。彝文从意音文字变为音节文字,是在本地区和本民族中间发展形成,不是异地产卵。这跟三大古典文字大不相同。彝文的变化发生在音节文字早已多处存在的时代,不是自我作古。时期长短和演变方式各有不同,可是从"意音文字"向"音节文字"发展的规律是共同的。

字 母 文 字

从公元前15世纪开始,地中海东部的岛屿和沿岸地区,商业越来越繁盛。风平浪静的海面,是商船往来的通道,是商品交流的津梁。商人们需要用文字记账。丁头字和圣书字太繁难了,不合他们的需要。他们没有工夫"十年窗下"学习这些高贵的文字。为帝王服务的文字,不怕繁难。为商人服务的文字,力求简便。他们需要的是简便的符号,主要用来记录商品和金钱的出纳。这种记录是给自己查看的,不是给别人阅读的,更没有流传后世的宏愿,所以简陋些没有关系。为了这个目的,他们模仿丁头字和圣书字中的表音符号,任意地创造了好多种后世所谓的"字母"。

近百年来,这个地区发现了许多种不同的古代字母,大都没有释读,它们之间的相互关系还需要研究。

已经释读的岛屿字母有:塞浦路斯岛上发现一种音节字母,还只是初步释读。克里特岛上发现两种字母,其中一种称作"线条B"文字,有九十个符号,经过艰难的释读工作,才知道是书写公元前14世纪古希腊语的音节字母。在记录商品名称和数量之前,先画这种商品的素描。例如画一个"三脚鼎",然后再写 te-ri-po-de(tripod,鼎)。有耳罐、无耳罐、有盖壶、无盖壶,等等,也是这样。这些是早期的"音节字母"。

最重要的发现是,公元前11世纪地中海东岸"比拨罗"

(Byblos,在今黎巴嫩)的一块墓碑,上面的文字可以分析成为二十二个字母。它是后世大多数字母的老祖宗。

"比拨罗"字母书写的是北方闪米特语言。这种语言的特点是,辅音稳定而元音多变。书写音节的时候,只写明辅音,不写明元音,让读者自己根据上下文去补充元音。因此称为"音节·辅音字母",简称"辅音字母"。

"比拨罗"字母传到同样说闪米特语言的"腓尼基",发挥更大的作用。"腓尼基"是古代东地中海大名鼎鼎的商人民族。"腓尼基"这个词儿的意思就是"商人"。

"腓尼基"字母传到希腊,遇到了使用困难。因为希腊语言富于元音,而"腓尼基"字母缺乏元音字母。聪明的希腊人,在公元前9世纪,用改变读音和分化字形的方法,补充了元音字母。

这个小小的改变,开创了人类文字历史的新时期。"音节·辅音字母"变成分别表示辅音和元音的"音素字母"。从此,拼音技术就发展成熟了。只有"音素字母"才方便书写人类的任何语言。"音素字母"不胫而走,成为全世界通用的文字符号。

公元前8世纪,希腊字母传到意大利,经过改变,成为"埃特鲁斯人"的字母。公元前7世纪再传给罗马人,经过改变,成为书写他们的拉丁语的字母,称为"拉丁(罗马)字母"。

拉丁字母跟着罗马帝国和天主教,传播成为西欧和中欧各国的文字。发现美洲(1492)和海上新航路之后,拉丁字母跟着西欧国家的移民传播到美洲、澳洲、大洋洲和其他地方,成为大半个地球的文字。

从传播路线来看,以地中海东岸(叙利亚、巴勒斯坦)的北方闪米特字母为源头,一路往东,主要成为"阿拉马字母系统"和"印度字母系统";另一路往西,主要成为"迦南字母系统"和"希腊字母系统"。

"字母文字"的历史发展可以分为:1.公元前11世纪开始"音节·辅音字母"时期;2.公元前9世纪开始"音素字母"时期;3.公元前7世纪开始"拉丁字母"时期;4.公元后15世纪开始拉丁字母国际流通时期。

在东亚,从公元后9世纪日本假名的形成,到1446年朝鲜公布谚文音素字母,大约五百年,是汉字系统中的音节字母时期。不过,假名和谚文都没有传播到国外,而谚文是结合成音节方块然后使用的。

文字的形体

形体是文字的皮肉,结构是文字的骨骼。皮肉容易变化,骨骼很难更改。这里谈几种历史上的形体变化。

笔画化。自源创造的文字,在频繁使用以后,屈曲无定的线条,就会变成少数几种定形的笔画,这叫笔画化。例如,篆书分不清有几种笔画,楷书可以分为"七条笔阵"或"永字八法"。1950年代,汉字笔画归纳为五种(横竖撇点弯),称为"扎"字法。丁头字以尼板为纸,小枝干为笔,笔画形成丁头格式,可以分为"直横斜"和其他笔画。圣书字以纸草为纸,羽管为笔,笔画屈曲,难于定形,没有笔画化。

笔画有圆化和方化。汉字是方块字;希伯来字母也是方块字。缅甸字母是圈儿字;塔米尔字母也是圈儿字(Vattelut-tu)。

简化。书写频繁,要求急就,必然删繁就简,简省笔画。字形简化是一切文字的共同趋向。汉字从甲骨文、金文、大篆、小篆,到隶书、楷书,一路发生简化。行书、草书,更加简化。日本的假名是汉字的简化。五笔的"龙"和十七笔的"龍"、三笔的"万"和十二笔的"萬",既然作用相同,只有不讲效率的人才会坚持书写繁体。

丁头字从早期到亚述时期,简化非常明显。圣书字从僧侣体到人民体,发生大胆的简化。拉丁字母原本简单,又从大写简化为小写(B变b,H变h)。

有人说,汉字既有简化,又有繁化,而且繁化为主,跟其他文字不一样。这是把"繁化"和"复合"混为一谈。会意字和形声字是复合符号。符号的复合和符号的繁化,属于两种不同的范畴。其他文字在复合时候,把符号线性排列,不发生繁化的感觉。汉字把几个符号挤进一个方框,由此产生"繁化"的错觉。其实,复合也促成简化。"部首"在小篆中很少简化,在楷书中大都简化。例如"水"变成"三点",就是复合促成的简化。比较一下《康熙字典》书眉上的小篆和正文中的楷书,就可以明白。朝鲜的谚文,把几个字母组合成一个方块,但是没有人说它是繁化。

同化。不同的部件变成相同,这是常见的现象。例如,

"又"可以代替许多部件:汉(漢)、劝(勸)、仅(僅)、对(對)、戏(戲)、鸡(鷄)、邓(鄧)、树(樹)。再看:"春、秦、泰、奉",它们的上部,在篆书中不同,在楷书中变成相同。

所有的文字都发生同化。阿拉伯字母同化得最厉害,好些字母无法分辨,不能不附加符号来区别。

字体。字体有三类:图形体、笔画体和流线体。汉字从甲骨文、金文,到大篆、小篆,属于图形体;隶书和楷书属于笔画体;草书和行书属于流线体。丁头字在古文时代是图形体;后来变成丁头格式是笔画体;丁头字缺少流线体。圣书字的碑铭体是图形体;僧侣体和人民体是流线体;圣书字缺少笔画体。拉丁字母的印刷体是笔画体,手写体是流线体。

风格。不同的文字有不同的风格,这是长期书写而形成的。有的像豆芽菜,有的像滚铁环;有的像竹篱笆,有的像窗格子;有的像丁头散地,有的像玩具排行;有的像乌鸦栖树(坐在分界线上),有的像蝙蝠悬梁(挂在分界线下)。形成习惯以后,就不许更变,成为民族图腾。

序列。早期文字的序列是不固定的,后来渐渐固定,这也是常见现象。拉丁字母在古代曾经是从右而左,后来改为从左而右,中间有过一个"一行向右、一行向左"来回更迭的"牛耕式"时期。甲骨文还没有固定的序列,后来的隶书和楷书把序列固定为字序从上而下,行序从右而左;1950年代改为字序从左而右,行序从上而下。

书写工具对字形有极大影响。丁头字的特殊格式是泥板压写形成的。甲骨文主要用直线,因为便于在甲壳上刻字。

汉字可以写得像图画，跟使用毛笔有关。缅甸文"一路圈儿圈到底"，跟针笔在树叶上划写有关。"书写"是尖端跟平面的摩擦。平面统称"纸"，有石片、木片、竹片、骨片、泥板、草叶、树叶、羊皮、布帛等。尖端统称"笔"，有树枝、小刀、尖针、毛刷、羽管、粉石条、金属片、塑料管等。丁头字是"压写"，汉字是"刷写"，拉丁字母是"划写"，用打字机是"打写"，用电脑是"触写"，将来语音输入是"说写"。

文字的"三相"

文字有三个侧面，称为"三相"。

1. 符形相。符号形式分为：a. 图符（图形符号）；b. 字符（笔画组合）；c. 字母。图符难于分解为符号单位，数不清数目，但是有的可以望文生义。字符有明显的符号单位，并且可以结合成为复合的字符，数目可以数得清，要逐个记忆所代表的意义，不能望文生义。字母数目少而有定数，长于表音，短于表意。有些文字兼用图符和字符（如东巴文），有些文字兼用字符和字母（如日文）。

2. 语段相。符号所代表的语言段落，有长有短。长语段有：篇章、章节、语句。短语段有：a. 语词（意义单位）；b. 音节；c. 音素。有的文字兼表语词和音节（如中文），有的文字兼表音节和音素（如印地文）。

3. 表达相。文字的表达法分为：a. 表形（象形，大都能望文生义）；b. 表意（代表的意义要逐个学习）；c. 表音（要通过读音知道意义)。有的文字兼用表形和表意,称为"形意文字"(原始文字大都如此);有的文字兼用表意和表音,称为"意音文字"(古典文字大都如此);有的文字全部或者基本上用表音,称为"表音文字"(全部表音如芬兰文;基本上表音如英文)。

根据文字的"三相",可以列成下表:

(符形)	(语段)	(表达法)	(简称)
图符	章句	表形	表形文字
图符或字符	章句或语词	表形兼表意	形意文字
字符	语词	表意	表意文字
字符或字母	语词或音节	表意兼表音	意音文字
音节字母	音节	表音	音节文字
辅音字母	音节或音素	表音	辅音文字
音素字母	音素(音位)	表音	音素文字

实际存在的文字大都是"跨位"的,主要有:1."形意文字";2."意音文字";3."音节(兼音素)文字";4."辅音(兼音素)文字";5."音素文字"。单纯表形或表意的文字很难见到,单纯表音的文字也只有新独立国家所创造的字母文字,老的字母文字常常夹杂非表音成分。

按照"三相",东亚古今文字可以作如下的定位。古代小篆中文是:图符·语词加音节(较少)·表意(为主)兼表音=意音文字。现代楷书中文是:字符·语词加音节(较多)·表意兼表音=意音文字。旧式日文(汉字夹假名)是:字符(为主)和音节字母·语词加音节·表意兼表音=意音文字。新式日文(假名夹汉字)是：字符和音节字母(为主)·语词加音节·表意兼表音＝意音文字。南方朝鲜文(韩国,谚文夹汉字)是：字符和音节字母(音素字母组合)·语词加音节(为主)·表意兼表音＝意音文字。北方朝鲜文(朝鲜,不用汉字)是：音节字母(音素字母组合)·音节·表音＝音节表音文字。云南规范彝文是：字符·语词加音节·表意兼表音＝意音文字。四川规范彝文是：字符·音节·表音＝音节表音文字。

"六书"和"三书"

中国有"六书"说,西洋有"三书"说。"六书"着眼于文字的来源,"三书"着眼于文字的功能。

《说文》(公元后100年):"周礼八岁入小学,保氏教国子(高干子弟),先以六书":指事、象形、形声、会意、转注、假借。"指事"和"象形"是原始的造字方法,造出来的是基本符号(一般是单体符号)。"形声"和"会意"是复合原有符号成为新的阅读单位,不造新的基本符号而形成新的复合符号。"转注"可以解释为"异化",略改原有的字形和读音,代表意义和读音相近而不同的语词。"假借"是借用原有的符号,表示同音而异义的语词,不造新字而表达新意,这是文字的表音化。不用说,不是先有"六书"然后造汉字,而是先有汉字然后归纳成为"六书"。"六书"并不能解释全部汉字。《说文》中间不少解释是错误的。例如,"哭"和"笑"这两个字的来源,古人就弄不清楚了,变成"哭笑不得"!

"三书"是:意符、音符、定符(determinative)。"指事"的功能是表意,属于"意符"。"象形"不论能否望文生义,功能都是表意,也属于"意符"。画一个圆圈,中间加一点,很像太阳;但是"碟子"也可以画一个圆圈,中间加一点;只有特别规定,才能使它专门代表"太阳"。特别规定就是表意。隶书把"日"字写成长方,像是书架,但是仍旧要代表太阳,这更是表意了。所以"象形"属于"意符"。"形声"一半(部首)表意,一半(声旁)表音,是"意符"和"音符"的复合。现代"形声字"能表音的不到三分之一,此外三分之二属于"意符"。"会意"是复合的表意符号,当然属于"意符"。"转注"不能表音,只能表意,属于"意符"。"假借"失去表意功能,只有表音功能,属于"音符"。"三书"中的"定符"近似汉字部首,有的不是部首而是帮助记忆和区别意义的记号。

"六书"和"三书"用来帮助学习文字是无用的,用来说明文字的结构,虽然并不完全,还是很有用处。"六书"和"三书"都能说明许多种文字的结构,不是只能说明汉字的结构。认为"六书"是汉字所特有,是错误的。"六书"和"三书"都有普遍适用性。

变化和进化

生物与生物之间的关系,有三种学说:不变论、轮回论和进化论。

"不变论"认为生物都是上帝所创造，代代相传，一成不变；虽有生死，没有变化；彼此之间，毫无关系。"轮回论"认为，众生依所做善恶业因，在"六道"（天、人、阿修罗、地狱、饿鬼、畜生）之中生死相续，升沉不定。人做坏事来生变狗；狗做好事来生变人。有生死，有变化，但是变化如车轮回旋，无所谓退化或进化。"进化论"把所有生物看做一个总的系统，彼此有共同的发展关系；通过变异、遗传和自然选择，从低级到高级，从猿到人，有一个进化的规律，不是平面回旋，而是逐步进化。理解进化，要高瞻远瞩，对古今生物作系统的比较研究；如果只从一时一地看一种生物，是看不出进化来的。

文字与文字之间的关系，也有三种学说：不变论、自变论和进化论。

"不变论"认为，文字是神造的，一点一画，地义天经，一成不变。文明古国都有文字之神。丁头字是命运之神那勃（Nebo）所创造。圣书字是知识之神托特（Thoth）所创造。希腊文是赫耳墨斯（Hermes）所创造。印度的婆罗米文（Brahmi）是梵摩天帝（Brahma）所创造。汉字是"黄帝之史仓颉"所创造；"仓颉四目"，"生而知书"，"仓颉作书而天雨粟，鬼夜哭"。

"自变论"认为，只有一国文字的自身变化，没有人类文字的共同演进；只有文字是否适合本国语言的问题，没有从低级到高级的文字进化规律。汉字对日语不尽适合，所以日文补充了假名音节字母。朝鲜语的音节复杂，不适合采用音节字母，所以创造谚文音素字母。这都是使文字适应本国的需要,无所谓世界性的共同规律。

"进化论"认为,研究文字在国际间的传播,比较古今文字的结构变化,可以得到综合的理解:人类文字是一个总的系统,有共同的发展规律;各国文字有自身的演变,人类文字有共同的进化;自身的演变包孕于共同的进化之中。这就是人类文字的"进化论"。

从文字的"三相"来看,符形从图符到字符到字母,语段从语词到音节到音素,表达法从表形到表意到表音,这是"进化运动"。历史上没有出现过逆向的运动。但是,文字的进化非常缓慢,百年、千年,才看到一次飞跃,而重要的飞跃往往发生在文字从一国到另一国的传播之中和传播之后。正像"从猿到人"不能在一时一地看到一样,文字的进化也不能从一时一地来理解。

在生物界,不仅有不同的生物品种,还有不同的生物系统,不同的生物系统从属于生物的总系统。如果只看到不同的生物品种而看不到不同的生物系统,或者只看到不同的生物系统而看不到生物的总系统,那么,生物学将是支离破碎的。

丁头字、圣书字、汉字等等,各自都是一个含有不止一种文字的系统,不是只有本身一种文字。这些不同的文字系统从属于人类文字的总系统。如果只看到不同的文字,或者只看到不同的文字系统,而看不到人类文字的总系统,那也是只见树木,不见森林。研究人类文字史当然要了解不同文字的事实,但是不同文字的事实是相互联系的,不是各自孤立的。

演变性和稳定性

从长期来看,文字是不断演变的。从一时来看,文字是非常稳定的。

文字从原始到成熟是"成长时期"。它生长、发育、定型,达到能够完备地书写语言,成为"约定俗成"的符号体系。这时候演变性强而稳定性弱。

成熟以后,文字进入"传播时期",发挥积累文化和发扬文化的作用,把文化从文化源头带到文化的新兴地区,形成一个文字流通圈。这时候稳定性强而演变性弱。

传播达到饱和以后,文字进入"再生时期"。文字的再生有两种情况。一种是新兴地区的文化上升,要求改变外来文字,创造本族文字。另一种是两种文化接触,一种文字取代另一种文字。这时候不仅可能发生符号形体的变化,还可能发生文字体制的更改。在再生时期,文字又变成演变性强而稳定性弱。

古埃及的文化圈比较小,包括上埃及、下埃及和努比亚地区的麦洛埃王国;圣书字的传播导致以圣书字作为字母的麦洛埃文字。苏美尔文化圈影响很大,传播到阿卡德、巴比伦、亚述和许多其他民族和国家,演变出丁头字形式的各种词符文字、音节文字和音素文字。这两种古典文字的终于消灭,是受了希腊文化和伊斯兰文化冲击的结果。

在汉字文化圈中,日本创造假名,朝鲜创造谚文,不仅解决文字和语言之间的矛盾,也符合文字发展的一般规律。越南放弃汉字而采用拉丁字母,是汉字文化跟西洋文化接触的结果。土耳其从阿拉伯字母改为拉丁字母是伊斯兰文化和西洋文化接触的结果。印度尼西亚在历史上从印度字母改为阿拉伯字母,又改为拉丁字母,是三种文化先后接触的结果。

  第二次世界大战以后,新兴国家要求创制文字,多民族国家要求调正文字,文字不适用的国家要求改革文字,国际团体和国际会议要求规定公用文字。在这个新形势下,研究人类文字有了更大的实用意义。探索文字的发展规律,提高文字的应用效率,是信息化的时代需要。

1996.5.13

汉字的技术性和艺术性

技术性和艺术性

有人喜欢汉字,想要把它推广到全世界去。有人不喜欢汉字,想要对它进行改革,甚至要把它废除。为什么这两种相反的思想同时存在?客观的答案是:汉字本身有两面性,一方面是"技术性",另一方面是"艺术性"。重视技术性的人们成为汉字的"改革派"。重视艺术性的人们成为汉字的"国粹派"。

文字是从图画发展而成的。原始图画向两方面发展,一方面发展成为图画艺术,另一方面发展成为文字技术。图画艺术是欣赏的,文字技术是实用的。可是,文字从娘胎里也带来了"艺术基因",因此文字本身也有"技术性"和"艺术性"两个方面。文字要学习容易,书写方便,传输快速,便于打字,便于在电脑上进行文字处理,这些是技术性的要求。文字要写出来美观,要发展成为"书法"(书道)艺术,悬挂起来装饰厅堂,这些是艺术性的要求。

任何文字都有"技术"和"艺术"的两面性,可是拼音文字技术性强而艺术性弱,汉字技术性弱而艺术性强。什么道理呢?因为,文字离开原始图画越是近,就艺术性越强,离开原始图画越是远,就艺术性越弱。拼音文字离开原始图画很远了,"艺术基因"变弱了,所以拼音文字虽然也要求写得好看,可是拼音文字的"书法艺术"发达不了;在书写技术从手写进而为机械打字、又进而为电脑处理以后,依靠手工的"书法艺术"退化了。汉字不同,它离开原始图画不很远,比拼音文字至少要接近两千年,因此它的"图画基因"没有退化。汉字的"书法艺术",在其他"意音文字"(钉头字、圣书字等)都退出历史舞台以后,真是"独步世界"。可是由此带来的副作用是,偏爱艺术,忽视技术,汉字的艺术优势掩盖了技术劣势。

图腾和团结

文字的"图画性"和文字的"图腾性"(totem)有密切关系。每一个民族都把自己的独特的文字作为"民族图腾",向它作"灵物崇拜",把它作为"自我认同"和"自我肯定"的标记,把它作为"民族团结"的"象征"。于是,造出了文字是"上帝的恩赐"的神话,造出了本民族的"文字之神"。钉头字是命运之神那勃所创造。古埃及的圣书字是知识之神托特所创造。希伯来文是摩西所创造。希腊文是何莫斯所创造。印度的婆罗米文是梵天大帝所创造。汉字是黄帝的史官仓颉所创造;"仓颉四目,生而知书,仓颉作书而天雨粟、鬼夜哭"。伊斯兰教认为,改变阿拉伯文的一个字母就会天崩地裂。中国的传统认为,"一点一画无非地义天经"。

从前,各处都有"敬惜字纸"的劝告书;如果把字纸丢到茅厕里去,那是要"雷打"的! 在这种"文字图腾"的传统下面生活了半辈子的人们,看到神圣的汉字被简化了,甚至要把汉字改写成洋鬼子的拉丁字母,心中怒火万丈,那是合情合理的。"图腾主义"是一股强大的力量,它保护了文字的稳定性,保护了民族的存在和团结。不用说,"图腾主义"的不利作用是阻碍改革、阻碍进步。

宝贝和包袱

从古代文明转变到现代文明的历史转折时期,汉字的两面性还表现为两种文明之间的矛盾。这时候,汉字既是古代文明的"宝贝",又是现代文明的"包袱"。汉字不等于汉文化,汉文化的含意大于汉字。可是汉字是记录汉文化的主要符号系统。汉字记录的汉文化被称为"汉字文化"。汉字文化是人类传统文化中间保存得最完整的一个系统。不仅中国人当它宝贝,全世界的人也当它宝贝。国际旅游家认为,中国的最宝贵的旅游资源就是"长城、兵马俑和汉字";埃及的最宝贵的旅游资源就是金字塔和圣书字。中国人一直自我陶醉在传统的汉字文化之中。

可是,历史是无情的。中国人发明了指南针和火药,西洋人把它们发展为轮船和大炮,在1840年的"鸦片战争"中打开了闭关自守的中国大门。从此,中国不再是"天下"的中心了,变成地球上的边缘地区"远东"了。中国人想要用传统的古代文明来抵抗现代文明,步步失败,可是于心不甘,直到今天还在"守旧"和"更新"之中徘徊,想要改革、又不肯真正改革,"进退维谷"、"观望不前",一而再、再而三,失去了历史的机会,坠入了"第三世界"。

  日本的维新运动成功了;中国的维新运动失败了。当时有一批"左倾幼稚病"的爱国知识分子,大声疾呼,"救国"!怎么救呢?他们手无寸铁、腰无分文,既没有武力来掀起革命,又没有资本来发展经济,手中惟一的武器是一支秃笔。他们想用这一支秃笔,凭着一股"堂吉诃德"的勇气,向汉字开战,作为改革教育和更新文化的革命起点。他们看到,汉字作为"宝贝"是过去的光荣,汉字作为"包袱"是今天和明天的麻烦。从清朝末年开始,一个"汉字改革运动"不断地进行着,像大海里的一叶小舟,在汹涌的波涛中间一起一落。他们的力量微弱得可笑。大半个世纪以来,他们的成就微不足道。他们惟一的贡献是,像"皇帝的新衣"故事中间的小孩,说穿了中国传统文明的漏洞。因此,他们被"国粹主义者"看做是"大逆不道"。不过,一旦认出了地球是环绕着太阳转的,以后再要肯定太阳是环绕着地球转的,就非常困难了。同样,一旦认出了汉字既是"宝贝"、又是"包袱",再要肯定汉字只是"宝贝"而不是"包袱",也就非常困难了。

中 庸 之 道

"改革派"分为"激进派"和"温和派"。激进派中间,有人认为,汉语不行了,要改说"万国通语"。有人认为,20世纪用汉字,是"时代的错误",汉字必须废除,改成某种拼音文字。许多人,包括革命烈士瞿秋白,受了苏联"十月革命"的影响,肯定文字有"阶级性",汉字是奴隶主和地主的文字,跟无产阶级格格不入。愤激的鲁迅说:"汉字不灭,中国必亡!"

温和派认为,废除汉字是不可能的,也是不明智的。可行的办法是:整理汉字,减少它的学用不便,制订一套表音字母,用作汉字的帮手。20世纪20年代就从事于"新语文"运动的叶籁士提出,整理汉字要实行"四定":定量、定形、定音、定序。

历史永远是在矛盾中前进的。"有古无今"、"厚古薄今"是不成的。"有今无古"、"厚今薄古"也是不成的。惟一的前进道路是"厚今而不薄古"。这就是认清汉字的两面性,使"技术性"和"艺术性"两个方面各得其所,在"两难"之间,取"中庸之道"而前进。

语言和文字的类型关系

不久前,一位朋友借给我看一本《书屋》杂志。一看之下,我就爱上了它,因为它有清新的气息。前天,这位朋友又借给我看《书屋》新的一期(2001.2)。我首先翻看王若水先生的《试谈汉字的优点》,因为我一向喜欢看王先生的文章。

王先生的文章不长,谈到好多个语言学和文字学的论点,很有趣。有的论点我完全赞同,有的论点我不能完全赞同。这里对不能完全赞同的论点之一,谈谈我的不成熟的看法,就教于王先生和《书屋》杂志的编者和读者。

王先生说:"汉族之所以没有采用拼音文字而采用了方块字,这是由汉语的语音决定的。""西方的多音节语言注定了必须采用拼音,而汉族语言注定了只能用方块字,这不是谁聪明谁不聪明的问题。"

去年我在另一种杂志上看到一位作家说:"汉语音节分明,没有词尾变化,因此创造汉字;英语音节复杂,有词尾变化,因此采用字母。"这个说法跟王先生基本相同。从比较文字学来看,这就是所谓"语言类型决定文字类型说"。这个说法今天在知识分子中间相当流行。

可是,在比较文字学的研究中,发现许多相反的事例:类型不同的语言使用类型相同的文字,而类型相同的语言使用类型不同的文字。例如:中国、朝鲜和日本,语言类型迥然不同,可是共同使用汉字。汉族和藏族,语言类型同属汉藏语系,"汉藏语系"这个名词就是以汉语和藏语为代表而称说的,可是汉族使用汉字而藏族使用字母。这不是跟"语言类型决定文字类型"的说法正好相反吗?

世界上有一百多种语言使用罗马字母。它们都属于同一个语系吗?当然不是。这些语言千差万别,为什么没有各自按照自己的特点创造文字呢?比较文字学告诉我们:文化的传播,同时传播了文字。文字是文化的承载体,承载体跟着承载物一同传播到接受文化的国家和民族。文字跟着文化走,文字类型决定于文化传播,不决定于语言特点。

在东亚,中国文化发展比较早。中国文化以汉字为承载体,中国文化和汉字一同传播到近邻国家,形成一个汉字文化圈。近邻国家接受中国文化,同时接受汉字,虽然汉字跟他们的语言格格不入,学习和使用汉字十分困难。

印度文化较早就在南亚和东南亚传播,形成印度文化圈。西藏语言跟印度语言的语系不同,可是早期接受印度文化,属于印度文化圈,因此西藏采用印度字母,发展成为拼音的藏文。藏文拼写法脱离语音,那是后来语音变化的结果。云南的傣族有四种傣文,他们的语言也跟印度不同,可是都从印度学习文化和字母,变化成今天的四种文字形式。

人们的认识是逐步发展的。从"语言类型决定文字类型",到"文化传播决定文字类型",是一次超直觉的认识发展。这很像地球跟太阳的关系。东方日出,西方日落,大家看见太阳绕地球旋转,这曾经认为是无可争辩的事实。谁提出相反的说法,认为地球绕太阳旋转,那是扰乱视听的邪教,要受到火刑处分。可是,天文学家经过深入的观察和研究,终于认定地球绕太阳旋转才是真理,今天成为大家的常识了。这不是直觉得来的知识,而是从科学实证得来的超直觉的知识。

　　西方人常说,"字母跟着宗教走。"宗教是一种文化,字母跟着"宗教"走,就是字母跟着"文化"的传播走。欧洲中部从北到南有一条字母分界线,线西信天主教和新教,用罗马字母。线东信东正教,用斯拉夫字母。同样是斯拉夫语言,俄罗斯和保加利亚等国信东正教,用斯拉夫字母。捷克和斯洛伐克等国信天主教,用罗马字母。在前南斯拉夫境内,由于宗教不同,同一种语言写成两种文字:塞尔维亚信东正教,用斯拉夫字母。克罗地亚信天主教,用罗马字母。

　　印度的印地语和巴基斯坦的乌尔都语实际是同一种语言,叫做印度斯坦语,可是由于印度信印度教,用印度字母。巴基斯坦信伊斯兰教,用阿拉伯字母。形成印地文和乌尔都文两种完全不同的文字。

　　文字有"自源"和"借源"的分别。自己创造的文字称"自源"文字。外界传来的文字称"借源"文字。英语的文字,最早采用原始的鲁纳字母,后来采用爱尔兰变体罗马字,最后采用近代罗马字。这不是语音的变化使英语的文字变化,而是文化的变化使英语的文字变化。

　　日文是"借源"文字,"借源"于中国,经过四步变化:第一步,学习汉语汉字;第二步,借用汉字书写日语;第三步,模仿汉字创造倭字;第四步,简化汉字创造假名。借用方法有三种:1.训读,借字义、读日语;2.音读,借字音、记日语;3.借词,日本没有的事物,字义字音兼借。假名的创造,在形体上没有离开汉字,只是简化了笔画,在原理上学习印度,成为表音的字母。假名的排列方法,"伊吕波歌"是一节佛经,"五十音图"传说是空海和尚的设计。这说明日本除中国文化之外,又受到了印度文化的影响。

　　在汉字文化圈中,有的民族借汉字的部件,叠成自己的新字。例如越南的"喃字"和壮族的"壮字",这是"孳乳"仿造。有的民族借汉字的原理,另造自己的字形,很像汉字,不是汉字。例如契丹字和女真字,这是"变异"仿造。不论"孳乳"还是"变异",都没有离开汉字文化的影响。

　　历史上许多民族创造过原始文字,只有极少几个民族的文字达到完备地记录语言的成熟程度,成为严格意义的"自源"文字。它们是:5500年前的丁头字和圣书字,3300年前的汉字,1700年前的马亚字,500年前的彝字(年代是最早文字遗迹的时期)。此外的文字都是有意无意借入原理而自造形体,或者原理和形体一同借入。

　　马亚字的产生比较晚,当时的中美洲没有更高的外来文化。从它的符号形体如此朴素来看,它是典型的"自源"文字。彝字创始更晚,最早的遗迹属于明代,传说创始于唐代。

从它的符号形式来看,它没有经过"图符"阶段,直接进入"字符"阶段,可见受了外来文字即汉字的影响。彝族今天还是各地"言语异声、文字异形":云南彝字原有14200字,规范后有表意字2300字、表音字350字;四川彝字原有8000字,规范后有音节字819字。从整体来看,彝字是"自源"文字,虽然受了汉字的影响。

字母是长期经验和高度思维的结晶,没有高度文化背景是不可能创造出来的。字母不是"自源"的创造,而是在已经有两千年历史的丁头字和圣书字中的表音符号的基础上发展而成的。字母的发源地是产生丁头字的两河流域和产生圣书字的尼罗河流域之间的文化走廊地带。这个地带包括地中海东岸的叙利亚·巴勒斯坦、西奈半岛和东地中海中的岛屿群和希腊半岛。所有的字母遗迹都是在这个地区发现的。最早的字母遗迹属于三千七百年前,这个时期看来很早,但是跟丁头字和圣书字相比,晚了两千年。这两千年就是字母的襁褓时期。

两河流域的丁头字,原来跟汉字的结构基本相同,都是脱离表形之后的表意兼表音的文字。在苏美尔时期发展出用表音的假借符号来书写虚词和专名。苏美尔传给阿卡德,从书写一种语言改为书写另一种语言,需要给前代古文字注音,于是产生有系统的表音符号。阿卡德传给巴比伦和亚述,发生更多的表音符号,接近一个音节字母表。后来传到两河流域以外的民族,表意符号减少,表音符号增多,最后形成音节文字和半音素文字。

尼罗河流域的圣书字，原来也跟汉字相同，是脱离表形之后的表意兼表音的文字。在书写专名，特别是书写外来人名地名时候，需要专用表音符号。这是催促表音符号发展的重要条件。逐渐，在表意文字中间，产生表示音节和辅音的字母，既用于"形声"结构，又用于"纯表音"结构。丁头字和圣书字的历史说明，文字是从表形到表意兼表音，再向完全表音发展的。

东地中海和周边的民族，从丁头字、特别是从圣书字中的表音符号，得到字母记录语音的知识，各自创造不同的字母形体。其中北方闪米特人的字母表发展成为后世传播开来的字母。从走廊地带发现的字母遗迹来看，字母形体的创造有许多种、是多元的，可是最后传播开来的字母只有一种、是一元的。字母使用方便，不胫而走，大家学习那最方便的一种字母，放弃比较不方便的字母，成为西亚和欧洲的文字，后来散布到全世界。

以上的例子都说明，文字类型不是由语言类型决定的，而是由文化、特别是宗教的传播而形成的。这个认识已经成为比较文字学的基本认识之一。

我今年（2001）96岁，耄耋之年，知识老化，所谈一定有不妥当的地方，敬请多多指正。

2001.5.16

载《书屋》2001年第7—8期合刊

语文教学的两条思路

中国的语文教学有两条思想路线。一条是从文字到语言,重文轻语。一条是从语言到文字,重语轻文。最早,语文课叫做"国文课",这是重文轻语的反映。重文轻语不但重文字,轻语言,而且重文言,轻白话。重语轻文是较晚的发展,是1918年有了注音字母、1919年"五四"白话文运动以后,才真正开始。这时候明白,语言是第一性的,文字是第二性的。文字并不神圣,不过是语言的记录,而记录语言首先应当记录"活"的语言。于是把"国文"课改称"国语"课。后来,国语课又改称"语文"课,在字面上兼顾语言和文字,但是两条思想路线依然各自存在。两条思想路线在今天发展成为两种汉字教学法:一种是"集中识字法"一种是"注音识字法"。

"集中识字法"主张从文字到语言,"先识字、后读书"。这是传统的汉字教学法。要点是:

a. 在尽可能短的时间内,认读尽可能多的汉字。汉字认识多了,读书自然就不难了。

b. 利用汉字声旁认读汉字,学一个,带一串。例如:皇 huáng/隍徨惶湟煌蝗鳇篁遑凰。课文中用得到的要能认,能读,能解释字义。暂时不用的只认读,不解释。

c. 声旁不一定表音准确。例如:兑 duì,蜕 tuì,锐 ruì,税 shuì,说 shuō,脱 tuō,悦阅 yuè。据统计,即使不要求声调相同,声旁的"有效表音率"也只有39%。遇到这样的情况,就用"熟字"给"生字"注音。例如,月/悦阅。("月"是早就认识的"熟字")。

d. 也可以用拼音字母注音,但是只要"音节分写",不要"按词连写"。例如,只要"飞 fēi/ 机 jī","汽 qì/车 chē",不要"飞机 fēijī","汽车 qìchē"。识了汉字,快丢拼音,这叫做"丢拐棍"。

近年来,小学老师们从旧的集中识字法,发展出各种新的集中识字法,但是,基本思想路线都是"先识字,后读书"。

另一种完全不同的教学法是"注音识字法",它的全称是:"拼音学话、注音识字、提前读写。"利用拼音,帮助识汉字;学好了汉字,不丢掉拼音。"注音识字法"的要点是:

a. 言文合一。读书的同时学习普通话,学文字和学语言合而为一。在中国,多数方言地区把文字和语言分开,先用方言教课文,学了课文以后,另外开设"说话课"学习普通话。"注音识字法"跟这种教学法完全不同。

b. 以词带字。在完整的"语词"中间学习"汉字",不离开"语词"来学习"汉字"。例如,不单独学难于解释的"际"字,要在"交际"、"国际"等语词中间来学"际"字。

c. 拼汉并行。上一行注拼音,下一行写汉字。例如:

汉字文化的历史和将来

能识汉字,就看汉字;不识汉字,就看拼音。不要怕多看了拼音,学不会汉字。

d. 大量阅读。未学汉字,先读拼音的书籍。这叫做"提前读书",又叫做"先读书,后识字"。"阅读量"的大小决定于儿童的语言能力和智力水平,不受"识字量"的限制。

e. 勤笔写话。孩子们学了拼音就动手拼写自己的语言,不要怕下笔。不会写汉字就全写拼音。会写多少汉字就夹进多少汉字。从拼音夹汉字,到汉字夹拼音,最后可以全写汉字。这叫"提前写作",又叫"先写话,后作文"。

注音识字法可说是一千年前日本创造了假名就开始了。清朝末年的"官话字母",1918年的"注音字母",1958年的《汉语拼音方案》,多次尝试过,屡试屡验,可是没有坚持,屡验屡停。

1980年代黑龙江省重新从头做起,在三所小学的六个班,采用"注音识字法",实验三年,使三年级的小学生,在识字量和语文水平方面,达到不用"注音识字法"的五六年级。注音识字班的一年级学生,在还没有学满半年的时候,就能够用拼音夹少数汉字办"黑板报"。不做注音试验的班级,大都到三年级的时候还很难办"黑板报",因为全用汉字,学到的汉字不够用。这是显著的对比。注音识字法是否真正成功了,现在还不敢匆忙下结论,可是已经引起广泛的兴趣。已经有十几个省市三百多所小学的一千来个班,都开始了这样的实验。几乎可以说,掀起了一次新的"注音识字"的群众运动。

对"注音识字法",有赞成,有反对。反对的主要理由是:汉字难学,拼音何尝容易,两样都要学好,双重负担,双倍时间。于是,发生一个有趣的算学题:

1+1=?有三种答案。

答案一:1+1=2. 双重负担,双倍时间。

答案二:1+1>2. 学习拼音,扰乱汉字,比单学汉字麻烦得多。

答案三:1+1<1. 学会拼音,帮助汉字,好比学会骑自行车,比两条腿走路快。

这样的争论,在利用假名已经一千年以上的日本,听起来或许幼稚可笑。但是,在中国是一个关系到几万万人的严肃问题。

老师们说,小学生看书最怕"拦路虎"。遇到不认识的生字,只好停下来。这叫"拦路虎"。在生字上面注音,或者全部汉字上面都注拼音,就不怕"拦路虎"了。孩子们喜欢看拼音和汉字的对照读物,通过大量阅读,知识增进了,思想活跃了,识字也多了。如果不充分利用拼音,小学生的语言丰富,而课本和读物内容贫乏,这个矛盾无法解决。

中文中间,只有汉字,没有字母。字母只能站在文字的外面。因此,中国小学生要学习三千多个汉字,比日本小学生的识字负担(996)多出几倍。可以说,日本儿童的丰富知识主要来自假名。中国能否使拼音也发挥假名的作用呢?这就是"注音识字法"所要探索的道路。

载《教师培训手册》重排本,语文出版社 1998

终身教育　百岁自学

一位记者问我:你一生百岁,有点什么经验可以留给后人? 我说:如果说有,那就是坚持终身自我教育,百岁自学。

记者一走,我懊悔了! 百岁的人有的是,自学的人有的是,终身自我教育的人有的是,这怎么能说是我的经验呢? 可是,"一言既出,驷马难追!"

新世界出版社张世林先生说:"我们准备为你出版一本书,纪念你的百岁。"百岁不值得纪念,可是张先生的诚意应当认真报答。我手头没有现成的书稿,只有一包杂乱无章的资料,叫做"见闻随笔"。我从中选择整理一部分,请张先生指教。

"见闻随笔"的内容是所见、所闻、所思、所悟,无所不有,主要是文化演变的踪迹,中外学者的箴言,我记录下来给自己查看和思考,原来没有发表的打算;现在发表出去,喜欢浏览和思考的读者们或许也可以从中得到乐趣和启发。

这里有零星的信息,这里有片段的常识,这里也有人们开的玩笑,这里没有系统的学问。随笔写成超短篇,提示要点,不求详备。

关于零星的信息,书中有一个有趣的例子:"韩国不怕骂!"

池原卫,寄居韩国二十六年的日本人,写了一本大骂韩国的书,书名叫做《做好被人打死准备而写的对韩国和韩国人的批判》,提出大量十分辛辣的批判。想不到,这本书成了畅销书,一下子卖出几十万本。书中大骂韩国人:不懂礼貌,不知廉耻,不讲信义,不遵守交通规则,不重视子女教育,执著于伪善和名分,这样下去韩国将是一个没有明天的社会。韩国人感谢他在21世纪即将来临的时候,给韩国人提出别人不肯说的忠告。韩国人举行了许多次骂韩国人的聚会。最后请他出席再骂。他说,韩国人已经觉悟,不必再骂了。评论家说:一个有新闻自由而不怕骂的民族才是有希望的民族。(《解放日报》)

再举一个常识条目的例子:"什么是世界观?"

"世界观"一词曾经大为流行。常听到人们谈"世界观",常看到书籍报刊中捧出"世界观"的大题目。可是,什么是"世界观",我苦于无法明白。

我查《现代汉语词典》,其中说:"世界观,也叫宇宙观,人们对世界的总的根本的看法;由于人们的社会地位不同,观察问题的角度不同,形成不同的世界观。"我看不懂!

再去查《辞海》,其中说:"世界观,又称宇宙观,人们对整个世界的总的根本看法;自然观、历史观、人生观、科学观等是它的具体表现;在阶级社会里,世界观具有鲜明的阶级性;各种世界观的斗争,主要是唯物主义和唯心主义、辩证法和形而上学的斗争;世界观和方法论是统一的;辩证唯物主义和历史唯物主义是无产阶级及其政党的科学世界观;系统化、理论化的世界观就是哲学。"天呀!我坠入了五里雾中!据说,这个深奥的定义来自苏联,苏联用"世界观"衡量苏共党员的党性。苏联瓦解之后,听说俄罗斯否定了这种玄虚的谜语。

后来,不经意中,在一本借来的书中看到,一位哲学教授说:"世界观包含两种含义:(1)自然世界观,就是宇宙观,人对天体构造的理解;古代认为天体是神,神有人性,主宰人类,作威作福;现代科学证明了天体的存在和宇宙的物理学运行规律。(2)社会世界观,人对人类社会的理解;古代认为君主和贵族统治人民是永恒的制度;现代社会学证明了人类社会的发展步骤是从原始社会、奴隶社会、封建社会到民主社会,逐步前进,虽有曲折,没有例外。"

啊!如此简单!使我茅塞顿开!"世界观"原来不神秘。

《见闻随笔》中有一些关于看报和读书的经验谈。例如有一条:"看报有门道。"

八十年前,我初进大学。老师教我如何看报。老师说,看完报,要问自己:今天哪一条新闻最重要?再问自己:为什么这一条新闻最重要?还要问自己:这条新闻的背景是什么?如果不知道,就去图书馆查书,首先查百科全书,得其大要。我按照老师的教诲,看报兴趣顿时提高,感觉自己进入了历史的洪流。

还有一条:"读书按比例。"既要读文艺欣赏的书,更要读知识理性的书,一方面培养形象思维,一方面培养逻辑思维。偏食病不利于保护健康,偏读病不利于发展思维。

这些可能是微不足道的学习方法,对我来说,终身遵行,自觉有益。这里介绍出来,不知道读者们会不会笑我幼稚而迂拙。

《见闻随笔》中有一条:"差异在业余。"爱因斯坦计算,人的一生,除去吃饭睡觉,实际工作时间平均大约有十三年,而业余时间倒有十七年。一个人是否能有成就,决定于他如何利用业余时间。人人都能自学。自学永不太晚。

"终身教育,百岁自学",是我对自己的鞭策。

2005.6.24

古 书 今 读

为了方便现代青年阅读古书,要做五种工作:今译、今写、今注、今解、今用。

今译:近来有几处出版社出版了"古书今译"丛书,这是"弘扬华夏文化"不可缺少的资料工作。例如贵州人民出版社的"中国历代名著全译丛书"(五十种),以及其他出版社的古书今译丛书。有人反对"古书今译",认为古文译成白话,意境全非,无法传神;阅读古书,可以意会,不可言传。这种旧观点应当改改了。古书难读,首先因为古今语言不同。今人能用现代语言来理解古文,不能用古代语言来理解古文。从前私塾老师讲解古书,实际也是口头翻译成为白话。译成白话(笔译、口译、默译),词句明白了,才能够进一步探讨书中的哲理。

今写:翻印古书不一定用简化字。可是,今天书店里能买到的今译丛书,大多数把繁体字改成了简化字。这一更改又引起非议。读古书就要读繁体字,改成简化字,还成什么古书!这种说法对吗?不对!中国的古书历来都用后代的字体改写前代的字体。例如,《论语》原来是用鲁国的古文书写的,秦代改写成小篆,汉代改写成隶书和楷书,宋代改印成木版字体,清代改印成铅字字体。后代字体往往是前代的简化,例如隶书和楷书把大篆和小篆大大简化了。《汉书·艺文志》:"武帝末,鲁恭王坏孔子宅,欲以广其宫,而得古文书及《礼记》、《论语》、《孝经》等凡数十篇,皆古文也。"这些"古文"书籍,后来失传,只剩下改写成后代字体的本子,今天看不到原来的字体了。如果坚持非原来字体不读,那么今天就没有古书可读了。

今注:译成白话,有时还难于理解,需要再加注释。例如,"以亲九族",这"九族"是哪九族呢?《尚书全译》注释:"九族",《孔疏》"上至高祖,下及玄孙,是为九族",即高祖、曾祖、祖、父、自己、子、孙、曾孙、玄孙;一说是父族四、母族三、妻族二。有了这样的注释就词义明白了。

今解:古人提出一个原理,只能用当时的事实来说明。今人利用这个原理,应当改用今天的事实来说明。"孔子、圣之时者也",这是因为后代人不断用后代的事实来说明孔子的学说。当然,"今解"不可歪曲原意,应当用客观的和科学的态度来解说。例如,"中庸之道"一度被歪曲为"折中主义"、"中间路线"、"和稀泥",甚至成为"批孔"的"靶子"。这是任意亵渎古人,于古人无损,于今人有害。正确的解释是:"不偏之谓中,不易之谓庸";换言之,"中庸"就是"不走极左和极右的偏激道路,要走两者之间的合情合理的正规道路。"这不就是辩证法所指引的"既要反左,又要反右,走革命的正确道路"吗？

今用：讲一个有趣的"古为今用"例子。日本松下电气商学院采用《大学》中的"大学之道，在明明德，在亲民，在止于至善"作为"商业道德课"的教材。他们解释说："明德"就是"竭尽全力，身体力行，实践商业道德"；"亲民"就是"至诚无欺，保持良好的人际关系"；"至善"就是"为实现尽善尽美的目标而努力"。(《参考消息》1993.6.13)。用《大学》的大道理为今天的商业服务，是否亵渎了孔老夫子？今天是重商时代。孔子是"圣之时者也"。孔子在今天一定也会提倡市场经济的吧。不能为商业服务，"今用"岂非打了很大的折扣？这样的"今用"对发展日本经济有利，对发展中国经济不是也有利吗？儒家学说博大精深，对政治、经济和文化都有宏观作用，当然不仅为了培养商业道德而已。

"今译、今写、今注、今解、今用"，这"五今"是进入"古书"大门的引路人。

载《群言》1991年第8期
《北京日报》1994年2月3日

女书：文化深山里的野玫瑰

"女书"是中国文化深山里的一朵野玫瑰，她长期躲避了世俗眼光，直到她即将萎谢的最后时刻，才被文化探险者所发现。这个发现，带给研究者的不仅是一阵惊奇，而且是一系列有待深入研究的问题。

女书的发现

湖南省江永县妇女中间流传一种文字，妇女创造，妇女使用，传女不传男，男人不闻不问、不学不用，被称为"女书"。已经存在几百年，直到50年代外界才知道，80年代才作为学术问题进行研究。"反右运动"把最初的研究者划为"右派"，女书研究被迫停止。"文化大革命"把女书当做"妖书"，把认识女书的妇女当做"妖婆"。80年代，认识女书的妇女不敢对前去的调查者承认她们认识女书。现在，这样的顾虑已经消除，可是认识女书的耄耋老妇很快就要绝迹了。

日本的假名，初期主要由妇女使用，男人不屑学习，被称为"女书"。朝鲜的谚文是国王颁布的,但是当时的男人不屑使用,也曾被称为"女书"。后来,简便的"女书"流行开来,成为文字的主体。日本和朝鲜的所谓"女书",跟江永女书大不相同。江永女书是真正的妇女专用文字,直到最后衰亡,男人没有过问。

女书的形体

女书形体略似汉字,又并非汉字,外形不是正方,而是斜方,作"多"字形。不识者认为字如蚊形,称为"蚊脚字"。写在纸扇上或纸张上,直行书写。有五种基本笔画:点、斜、竖、弧、圈。笔画组成的结构大约有120来种,有的"独体",有的"合体",结构方式跟意义无关。符号总数大约有1200个,一般通用600多个,80%跟汉字有形体关系,少数跟汉字有意义关系,但是用作表音符号,失去了原来的意义(赵丽明《女书与汉字》1995)。它不是自出心裁的"自源"文字,而是模仿汉字的"借源"文字。

女书所写的语言

江永县有三种语言:西南官话、汉语土话和瑶语。汉族住城镇的说西南官话,住乡村的说汉语土话。瑶族住平原的"平地瑶"说汉语土话,住山区的"过山瑶"说瑶语。女书书写当地消江流域的汉语土话,以江永白水村为例,有声母20个,韵母 35 个,声调 6 个,不计声调有 400 多个音节(赵丽明《中国女书集成》1992)。一个符号代表一个音节,"音节相同而意义不同",是单音节的"音节文字",部分一符多音,一音多符。

女书的功用

女书作品是一种"歌堂文学"。内容主要是描写妇女的生活。文体大都是七字韵文。每逢节日,女友相聚,共同"读唱"女书,"读纸、读扇",唱到伤心处,同声痛哭!诉说苦情,净化心中的郁结,是女书的特殊功用。女书还用来祭神、记事、通信、结拜姊妹、新娘贺三朝、焚化殉葬。由于焚化殉葬,女书作品有许多没有留传到后代。

歌堂文学在汉族妇女中也曾流行。清末民初,我见到我的母亲喜爱歌堂文学。在卧室里一人读唱,在客厅里跟女友共同读唱。歌堂唱本现在不容易看到了。电视剧《孟丽君》的最初底本就是歌堂唱本,女人创作,为女人扬眉吐气。不过汉族没有妇女专用文字,而我见到的歌堂读唱,都是规模很小的,可能是汉族歌堂文学的尾声了。

女书的流行地域

女书流行中心在江永县的上江圩乡。流行地域大致方圆两百多公里,是湘粤桂三省的接壤之处。长沙马王堆汉墓出土两张军事地图《舆地图》和《军阵图》，描绘的就是江永县和它的四周。这里是汉族和少数民族在历史上长期争夺的边地。从唐宋到元明，瑶族逐渐离去，汉人逐渐迁入。住在平原的"平地瑶"同化于汉族。

女书的创造者

今天，江永县的居民中有瑶族十二万人，占全县人口的52%以上；在有名的瑶族故地"千家洞"有瑶族将近八千人，占当地人口的97%。江永县是以瑶族为主的瑶汉共居地，瑶人汉化，汉人瑶化。认识和使用女书的妇女大多数是"平地瑶"，例如女书能手义华年。女书的应用具有浓厚的瑶族妇女习俗色彩。例如读纸读扇、焚化殉葬等都是瑶族妇女的经常行事。女书的创造者可能是说汉语的"平地瑶"妇女（廖景东《试论女书与平地瑶的关系》1995）。

"平地瑶"说汉语，这种汉语受了瑶语的影响，跟西南官话有差异，跟湘方言也有差异，但是仍旧是汉语的一个小方言，跟山区"过山瑶"的纯粹瑶语不同。女书从民族来看是民族文字，从语言来看是汉语方言文字，这两种说法并不矛盾。改说汉语的民族不仅有"平地瑶"，还有满族等许多例子。

女书的创始年代

女书创始于何时尚无定论。最早的史志记载是1931年的《湖南各县调查笔记》,其中说到"歌扇所书蝇头细字似蒙古文"。女书内容谈到的故事,最早属于道光(《林大人禁烟》)、咸丰(《长毛过永明》)、同治(《珠珠歌》)等时期,各有一篇文章。较多的文章谈到清末民初的故事,这时候女书的文辞也比较成熟了。女书实物例如"读纸"、"读扇"等,最早可以追溯到咸丰年间。明末清初没有学习女书的记载,到本世纪30年代女书的传授已经停止,到90年代行将绝灭了(宫哲兵《女书时代考》1995)。根据以上资料,女书的创始不可能早于明末清初。当地传说宋代王妃造女书,还有更早的创始传说,都没有可信的证据。

何以外界长期不知?

女书为什么能够流传几百年?又为什么一直不为外界所知?可能有两个原因。第一,女书是"音节文字",妇女们容易传习,所以能够流传几百年。第二,女书书写本地土话,外地人难于看懂,加上焚化殉葬,遗物较少,所以外界不容易知道。特殊的封闭环境保护了特殊的秘传文字。

文房四宝古今谈

"文房四宝"是华夏文化的典型象征。泾县宣纸、歙县徽墨、吴兴湖笔、高要端砚,为历代文人学士所珍爱。

文字分化成为书法艺术和实用文字。"文房四宝"分化成为艺术四宝和实用四宝,而艺术四宝又分化出完全脱离实用的美术工艺品。

"四宝"顺序各书不同。《中国书法大辞典》中的顺序是:笔、墨、纸、砚。《文房四谱》中的顺序是:笔、砚、墨、纸。《中国文化知识》中的顺序是:笔、墨、砚、纸。《安徽文房四宝史》中的顺序是:宣纸、徽墨、宣笔、歙砚。"新安四宝"的顺序是:澄心堂纸、汪伯立笔、李廷圭墨、羊斗岭旧坑砚。

哪一种顺序比较合理呢?文房四宝有三种"功能",两个"方面"。笔的功能是书写;纸的功能是接受书写;墨和砚合起来只有一种功能:磨制墨汁。笔、墨和砚代表一个方面:制造文字;纸代表另一个方面:承载文字。比较合理的顺序可能是:笔、墨、砚、纸。

"文房四宝"后来加上辅助用品,扩大成为"文房十三宝"。《中国书法大辞典》列出其他文具近三十种,未列"简牍"、"削刀"之类唐宋以前的古代文具。名目如下：

(1)笔：笔筒(笔简)、笔架(搁笔、笔格)、笔床(笔船)、笔屏(插笔、挂笔)、笔觇(理笔试墨用)、笔洗、笔套(笔沓、笔帽)；

(2)墨：墨床(放置墨锭用)、墨匣(墨盒,贮存墨汁用)；

(3)砚：砚匣、砚屏(障风尘用)；

(4)纸：纸镇(压尺、镇纸)；

(5)水：水盂(水丞,无嘴)、水壶(水注,有嘴；水滴,贮水用,有小孔)；

(6)印：印章、印泥(印色)、印盒；

(7)帖：法帖、帖架；

(8)杂项：腕镇(臂搁、秘阁、靠手板)、糊斗(贮糨糊用)、蜡斗(以蜡代糊)、贝光(砑纸用)、放大镜(爱逮)、剪刀、裁刀、钩(画钩)、文具盘(都城盘)。

文房四宝是手工业时代的用品。工业化时代有机械打字机。信息化时代有电子打字机、语文处理机。实用文具不断更新,艺术文具保持古雅。

谈　　笔

毛笔写字,可大可小,可粗可细,能够充分发挥笔画变化的书法艺术。

甲骨文中有"聿"字,像手执笔。"聿"是"笔"的初文。

《说文》:"聿,所以书也;楚谓之聿,吴谓之不律,燕谓之弗","秦谓之笔"。朱骏声《说文通训定声》:"此秦制字,秦以竹为之,加竹。"从"竹",从"聿"是秦国的新造字。简化字从"竹"从"毛",突出了毛笔的特点。

甲骨文遗迹中,有墨书朱书然后刻字的痕迹。甲骨文"聿"字的笔头散开,好像是毛笔的形象。"在商代后期留下来的甲骨和玉、石、陶等物品上看到少量毛笔字。"(裘锡圭《文字学概要》)。但是,未见毛笔遗物。

侯马盟书为"春秋晚期晋定公十五年到二十三年(公元前497—前489)晋国世卿赵鞅同卿大夫间举行盟誓的约信文书","用毛笔将盟辞书写在玉石片上。"(《中国大百科全书》考古卷)所用毛笔早于战国,可是没有留下遗物。

晚近考古,发现早期古笔遗物,有战国笔一支,秦笔三支,西汉笔两支,东汉笔三支。

战国笔。"长沙楚笔":1954年湖南长沙左家公山战国木椁墓出土毛笔一支,笔杆竹制,笔头用兔箭毛,笔毛夹在笔杆劈开的一端,丝线缠住,外面涂漆。这是今天能见到的最古的毛笔。同穴出土有竹简和铜削。

秦笔。"云梦秦笔":1975年湖北云梦睡虎地秦始皇三十年墓(公元前217)出土毛笔三支,笔杆竹制,上尖下粗,下端镂空成腔,以容笔毫;其中一支附有细竹管制成的笔套,一端为竹节,另一端打通。

西汉笔。"江陵汉笔":1975年湖北江陵凤凰山西汉墓出土毛笔两支,笔杆竹制,均附笔套,其一笔头尚有墨迹。

东汉笔。"居延汉笔":1931年古居延地(内蒙古额济纳旗苏古淖尔)发现毛笔一支,东汉初年之物,笔杆由四条木片合成,末端纳笔毫,麻线缠住,涂漆;笔项用木冒合,使四片木条束成一杆,附有笔套。西北无竹,故用木。"武威汉笔":1957年和1972年甘肃武威磨咀子东汉墓出土毛笔两支,笔杆竹制,其一上尖下圆,下端镂孔,容纳笔毫,缠以细丝、涂漆;另一外覆黄褐色狼毫,有墨迹。

汉代有所谓"天子笔"。梁吴均《西京杂记》:"汉制天子笔,以错宝为跗,皆以秋兔之毫,官师路扈为之;又以杂宝为匣,厕以玉璧翠羽,皆值百金。"这是玩赏珍品,无关形制。

古代无纸,书写在竹简木札上,遇有讹误,用小刀削去,称为"削"。《论衡》:古代"截竹为简,破以为牒,加笔墨之迹,乃成文字。"《史记·孔子世家》:"笔则笔,削则削。"(用笔书写,用削修改)。后世称修改文字为"笔削"。不用笨重的简牍,可用轻软的缣帛(双丝织成的帛)。缣帛不能"削改",只能"涂改"。写错修改,涂上白粉。梁任彦升《立太宰碑表》:"人蓄油素,家怀铅笔。"(油素,光滑的白绢;铅笔,白色铅粉笔,不同于今天的黑色铅笔)。"削(刀)"相当于橡皮,"铅(粉)笔"相当于白色涂改液,这都是笔的伴随物。

传说,蒙恬造笔。西晋崔豹《古今注》:"牛亨问曰:自古有书契以来,便应有笔;世称蒙恬造笔何也?答曰:蒙恬始作秦笔耳。"所谓蒙恬造笔,不是发明,而是改进。

清赵翼《陔余丛考》:"秦所用系竹笔,如木工墨斗所用者(笔头为梳算形)。"这是竹笔,不是竹管毛笔。晚近出土的秦笔,已经是竹管毛笔,制法跟现代相似。这可能是蒙恬改进以后的形制。

蒙恬(？—前210),秦将,始皇时,领兵守边,修筑长城,北逐戎狄,威震匈奴;始皇崩,赵高矫诏赐死,恬自杀。蒙恬是武将,不是文臣。为什么武将造笔,而不是文臣造笔呢?《说文》:"秦始皇帝初兼天下,大发隶卒,兴役戍,官狱职务繁,初有隶书,以趋约易。"当时的戍边大军,需要书写大量文书,向皇帝报告。文字应用频繁,促进了文字的简化和笔的改进。蒙恬是大军的主将。军中把制笔技术的改进归功于主将,在古代是理所当然的。

毛笔的形制,以竹为管,以毛为颖,三千年来基本不变。笔杆早期用木也用竹,后来舍木用竹,这跟简牍有木有竹相同;此外又用金银、象牙、斑竹、木条、芦管等材料。笔头主要用动物毛,有时也用植物纤维。

动物毛笔种类颇多:

1. 鹿毛笔:后唐马缟《中华古今注》:"蒙恬以柘木为笔,鹿毛为柱,羊毛为被,所谓苍毫,非兔毫竹管也。"蕲州(湖北蕲春)产鹿毛笔。

2. 兔毛笔:长沙楚笔证明,战国已用兔毛。唐代宣州"紫毫"最为有名,即兔毛笔。有用兔肩毛的,称"肩毫"。

3. 羊毫笔:清胡朴安《朴学斋丛刊》:"惟羊毫为今通行之品,其始因岭南无兔,多以青羊毫为笔;嗣以圆转如意,于今不绝;古人用兔毫,今用羊毫。"日本正仓院藏我国唐代毛笔,称"天平笔",羊毛为柱,粗毫薄薄布于外。

4. 狼毫笔：黄鼬（黄鼠狼）毛曰狼毫。武威东汉笔"外覆黄褐色狼毫"。《朴学斋丛刊》："余观赵子昂跋唐胡环番犬图谓，环画笔用狼毫，极清劲。"

5. 狸毛笔：宋陈槱《负暄野录》："欧阳通以狸毛为笔，以兔毫覆之。"

6. 虎仆（九节狸）笔：晋张华《博物志》："有兽缘木，文似豹，名虎仆，毛可取以为笔。"

7. 鼠须笔：刘宋刘义庆《世说新语》："王羲之得笔法于白云先生，先生遗之鼠须笔"；"钟繇、张芝皆用鼠须笔。"近代改用紫毫，仍袭旧名。唐段公路《北户录》："鼠须均州（湖北均县）出。"

8. 貂毫笔：清梁同书《笔史》："明臧晋叔以貂鼠令工制笔。"貂鼠即紫貂，栖息林中，又名林貂，形似黄鼬，产于中国东北（不是水貂）。

9. 鸭毛笔：《北户录》："昔溪源有鸭毛笔，以山鸡毛、雀雉毛间之，五色可爱。"

10. 猩猩毛笔：宋黄庭坚《山谷诗集》注："钱穆父奉使高丽，得猩猩毛笔。"宋陆游《自书诗》："用郭端卿所赠猩猩毛笔，时年八十矣。"

人毛也可以做笔，有两种：

11. 胎发笔：《江南府志》："南朝有姥善作笔，萧子云常用之，笔心用（小儿）胎发。"唐（释）齐己《送胎发笔寄仁公诗》："内惟胎发外秋毫，绿玉新裁管束牢。"（比较：中美洲古代马亚人用人的头发做笔。）

12. 人须笔：这是一个有趣的故事。唐刘恂《岭南异物志》(岭南录异)："岭外既无兔，有郡牧得兔毫，令匠人作；匠既醉，因失之，惶恐，乃以己须制；上甚善，诘之，工以实对；郡牧乃令一户必输人须。"古代男人留须，没有胡须是很不光彩的。强迫"输人须"，是文雅的虐政！

植物纤维笔见于记载的较少：

13. 荆笔：晋王子年《拾遗记》："削荆为笔。"

14. 竹丝笔：竹枝锤丝制成，或谓苔丝冒称竹丝。宋米芾《笔史》："晋王羲之《行书帖》真迹，是竹丝笔所书。"

15. 荻笔：唐李延寿《南史》"以荻为笔。"

16. 茅笔：又称白沙茅龙笔，以茅草锤细，取其草茎扎束而成，传为明代陈献章（居广东新会之白沙村）所制。

用两种毫毛配合制成的称"兼毫"。上文已经谈到多种兼毫。《负暄野录》："欧阳通以狸毛为笔，以兔毫覆之，此二毫笔之所由始也。"此说不确，武威东汉笔已是二毫笔。现今兼毫有羊狼毫、七紫三羊、五紫五羊、豹狼毫等多种。"兼毫"的好处是软硬互补。

制笔有四点要求，称为"笔之四德"。明陈继儒《妮古录》："笔有四德：锐、齐、圆、健。""锐"指饱含墨汁、笔锋仍尖。"齐"指毛颖铺开、长短整齐。"圆"指髹扎匀称，笔头圆浑。"健"指毫毛有韧性、有弹力。

唐宋名笔，多出安徽宣城一带，统称"宣笔"，又称"徽笔"。唐耿韦《咏宣州笔》："落纸惊风起，摇空泪露浓，丹青与纪事，舍此复何从。"南宋迁都临安（杭州）以后，浙江吴兴（湖州)一带成为新兴的制笔中心。到了元代,"湖笔甲天下。"吴兴的善琏镇,有蒙恬祠,纪念蒙恬造笔,又称蒙溪。历代文人学士,对毛笔有深厚感情,不断写出美妙的诗文歌颂它、赞美它。唐韩愈作《毛颖传》,对它爱称为"管城子"、"中书君"。

谈　　墨

《说文》:"墨,书墨也,从土、从黑。"

传说,周宣王时,邢夷造墨;他在溪水中洗手,捡到一块木炭,手被染黑,由此得到启发,拿回捣成细末,和以粘粥,搓成圆饼,就成最早的墨。

起先,可能有过一个短暂的"以漆为墨"的漆书时期。元吾邱衍《学古编》:"上古无笔墨,以竹挺点漆书竹上,竹硬漆腻,书不成行,故头粗尾细,似其(蝌蚪)形耳。"未见传世实物,不一定就能否定传说。其他民族有过漆书,或许汉族也曾有过,不过漆太黏,不易书写,应用不广,未有遗物留下。由于漆黏,笔画自然形成"蝌蚪文"。

甲骨文在刻字前,有的写成朱书或黑书。化验证明,朱书是朱砂,黑书是碳素。《礼记》:"卜人定龟,史定墨。"《墨子》:"书于竹帛,镂于金石。""书"要用"墨","镂"也要用"墨"先书写。战国简牍用笔墨书写,已有出土实物证明。1975年湖北云梦秦代墓葬出土文物中有墨,这是今天能看到的最古的墨。

早期的"墨"是天然的石墨,跟后期人工制造的烟墨不同。汉代计然说:"石墨出三辅,上石价八百。"(载《万物录》)。西汉用石墨,已经得到考古证明。汉末应劭《汉官仪》:尚书郎起草,"月赐隃糜大墨一枚,隃糜小墨一枚。"隃糜在今陕西千阳,汉代属于三辅的右扶风,这里是早期的产墨中心。西晋陆云发现曹操收藏的石墨,作小圆螺形,不是锭子形。

小圆螺形的墨粒,如果用手指头捻着磨墨,是不方便的。需要用小短棒顶着墨粒帮助研磨,叫做"研石"或"研棒"。后来墨粒和研棒合为一体,制成了"墨锭",磨墨不再用研棒。

河南陕县刘家渠东汉墓中发现五锭残墨,由松烟模压成墨锭,有的参合漆烟。曹植诗:"墨出青松烟,笔出狡兔翰。"大致东汉时期石墨和烟墨并用,三国时期从石墨改为烟墨。宋晁说之《墨经》:"古用松烟石墨二种,石墨自魏晋以后无闻,松烟之制尚矣。"

烟墨主要有松烟和油烟,此外有漆烟。松烟、油烟、漆烟,都是不完全燃烧形成的烟尘,和以胶液及香料(麝香、冰片等),有的再加发光剂(珍珠、玉屑、金铂)和防腐剂(龙脑、樟脑、生漆),配合几种不同的烟尘,可以提高品质。晋代开始在烟墨中加进胶液,提高墨锭的黏合力,并且使墨色有光泽。明屠隆《考槃余事》:杨慎云"(松)烟墨深重而不姿媚,油烟墨姿媚而不深重,若以松脂为炬取烟,二者兼之矣。"高级墨锭色泽光洁而经久不变。西晋陆机书写的《平复帖》至今一千六百多年,字迹完好醒目,这是传世最早的墨迹。1978年安徽祁门北宋墓出土一锭古墨,在尸水中浸泡八百多年,完好未变。

烟尘和胶液做成的烟泥,有可塑性,可说是最早的"塑料",便于任意造型。魏晋时期做成丸粒状或螺丝状。元陶宗仪《辍耕录》:"中古方以石墨磨汁,或云是延安石液;至魏晋时,始有墨丸,乃漆烟、松煤夹和为之,所以晋人多用凹心砚者,欲磨墨贮潘耳。"后来,通行墨锭,有各种形式,再加绘画和模塑,成为独特的制墨模压工艺。墨锭有的不加涂饰(本色墨);有的四边或正背两面髹漆(漆边墨);有的通体或部分涂金(漱金墨);有的使金粉银粉雪片似的飞粘在墨锭上(雪金墨)。

历代有制墨名家。三国魏书法家韦诞字仲将,善制笔墨,称"仲将笔"、"仲将墨",制法记录在北魏贾思勰《齐民要术》中。唐代制墨手工业发达,从陕西扩大到山西和河北。最早见于记载的有名墨工叫祖敏,"本易(州)人,唐时墨官也。"为避安史之乱,墨工奚超(也是易州人)举家南迁,定居江南歙州(安徽),这里有优质松烟,适合制墨,于是制墨技术传到南方。奚家制造的墨,后来受南唐国君李煜赏识,赐姓李。奚超的儿子李廷圭,在墨中掺加珍珠、玉屑、龙脑、生漆,收藏几十年不变。李氏自易水(河北)迁歙(安徽),自称"易水遗规",所制墨称"李墨"。

北宋末年,歙州改称徽州,当地产品统称"徽墨"。宋代创制油烟墨,降低原料成本。宋苏解字浩然,善制墨,有能获其寸许者,如得"断金碎玉",因以名其墨。潘谷善制墨,被称"墨仙"。苏轼《孙莘老寄墨》诗:"徂徕无老松,易水无良工,珍材取乐浪,妙手惟潘翁。"

明代徽墨分两派:歙派和休宁派。歙派代表有罗小华、程君房、方于鲁等。罗小华的墨"坚如石、纹如犀、黑如漆",一螺值万钱。程君房著《程氏墨苑》,除录载所制墨五百式外,还录载文化资料,特别是意大利传教士利玛窦用罗马字给汉字注音的文章,启发了后来的罗马字运动,这是1958年制订《汉语拼音方案》的先河。方于鲁著《方氏墨谱》,录载所制和所藏名墨三百八十五式。罗小华的"象"墨、程君房的"荔枝香"墨、方于鲁的"九鼎图"墨等,收藏在北京故宫。休宁派代表有汪中山、邵格之等,他们的拿手好戏是精制"集锦墨"。

清代徽墨有四大名家:曹素功、汪近圣、汪节庵、胡开文。曹素功的墨,"紫玉闪光、坚而发墨,拵笔不胶、入纸不晕,防腐不蛀、香味浓郁,落纸如漆、万载存真。"胡开文除制精品外,大量制普通用墨,供应学校,因此清代晚年墨业衰落,而胡开文一枝独秀,这是从艺术"四宝"转向实用"四宝"。1915年巴拿马国际博览会上胡开文的"地球墨"获得金牌。

鉴别墨的优劣,除观其形制外,要从三方面来认定:1.辨色(紫色为佳、黑色次之);2.听声(轻轻叩放、清脆响亮);3.观形(挺直干燥为好、歪曲霉湿为差)。在四百多种名墨中,"超漆烟"为最上,始终保持"拈来轻、嗅来馨、磨来清"的特点。

清末同治年间,安徽举人谢松岱为免考生研墨之苦,研制墨汁出售,大受欢迎,后来在北京琉璃厂开店销售墨汁;自书对联"一艺足供天下用,得法多依古人书",名其店为"一得阁",至今存在。中国"墨汁"经印度传到西方,被误称为"印度墨汁"(indian ink)。

所谓"集锦墨",就是专供玩赏的成套丛墨,明清极盛。例如汪中山制"太元十种":太极、两貌、三猿、四象、五雀、六马、七鹇、八仙、九鸳、十鹿。又如曹素功制"紫玉光"三十六锭,每锭大小不一,以黄山三十六峰为题,拼合成一幅完整的黄山图,装于一盒,分两层,每层十八锭。制墨工艺跟琴棋书画和神话传说相结合,意趣无穷。

清代著名藏墨家盛昱,著《郁华阁藏墨簿》,记载所藏明代珍品,现藏北京故宫博物院。墨能治病,谓之"药墨"。我幼年时候常用"药墨"治鼻血。据说早在南唐就有"药墨"。墨中配用的麝香、冰片、珍珠等芳香防腐剂,同时就是优良药材,有清热止血、镇惊去痛等功能。后来以"百草灰"配制成"百草霜"药墨,能治吐血、外伤出血、口瘘等病,成为止血化积良药。又有"净素药墨",专供僧尼抄写经书之用。休宁胡开文的"五胆八宝"是药墨中的精粹。清人有诗云:"五胆八宝掺松烟,千锤百炼成方圆,奇墨入纸龙凤舞,内外兼用病魔寒。"1984年胡开文墨厂重制"五胆八宝",用犀牛角、麝香、珍珠、熊胆、黄金等二十多种中药,功能消炎解毒、止血去痛、降压镇惊、治皮炎湿疹、痔疮顽癣诸症,可内服,可外用。

1990年冬,我在美国新港观赏书法家张充和(内人允和的四妹)所藏文房四宝。对我这个外行来说,珍贵的不一定可爱,可爱的不一定珍贵。这里略谈二事。

(1)"石鼓文墨"(御制重排石鼓文墨):共十鼓,贮存于精美的长方漆匣中(匣长350×宽170×厚60毫米)。鼓面直径46×高30毫米。鼓的次序,以"天干十字"篆书排列。鼓的正面是金字石鼓文。现存故宫的石鼓文,字迹漫漶,破损不全。"石鼓文墨"上的石鼓文,按照考证修补重写,恢复全貌。石鼓的反面,用楷书黑字译写石鼓文,难认的字注以今字,便利今人认读。每鼓注明:"凡～句,～～字,重文～字"。精致玲珑,十分可爱!

(2)"画卷墨"(休城胡开文仿古):打开画卷,图穷见轴,轴开见墨。圆柱形的画轴,是可以分开两半的两个半柱形锦匣。各匣贮墨五笏,共十笏,形制、模塑、图画、文字,各笏不同。第一个半柱形锦匣,存五笏:①"龙文双脊";②"乌金";③"延川石液";④"远烟轻胶";⑤"象管"。第二个半柱形锦匣,存五笏:①"金壶黑汁";②"八宝陈元"(背面有八个印章);③"黑松使者";④"香璧";⑤"仿李廷圭四和法"。

这些精制的美术工艺品,使人反复玩赏,爱不忍释,观之美不胜收,嗅之异香扑鼻!

谈　　砚

1975年湖北云梦睡虎地秦墓中,发现石砚和研石各一件,为战国晚期之物,砚台和研石均有使用痕迹。这是今天能见到的最古的砚台。同年在湖北江陵凤凰山汉墓中出土石砚和研石,是西汉前期文帝时的陪葬物,从磨光程度可知曾长期使用,并留有墨迹。

西汉中期,制砚成为石雕工艺。洛阳博物馆的一方西汉石砚,边缘刻有鸟兽图案。安徽博物馆的一方东汉石砚,盖上还有镂空的双螭纹。这些汉砚都是圆形,且有三足。唐代以前,只有矮桌子,写字时候,席地跪坐,砚台放在地上,有脚避免贴地,三足最稳。唐末五代出现高脚桌子,人坐在椅子上,伏案写字,砚台放在桌子上,有脚的太高,改用扁平砚台。

唐人发现端石、歙石、洮河石等制砚材料。唐李贺《青花紫砚歌》:"端州石工巧如神,踏天磨刀割紫云。"宋代砚工利用石上星眼纹色设计巧妙造型,砚雕工艺大为提高。

元代砚台,有一方出土于北京(元大都),称为"石暖砚"。砚台上面有两个墨堂,下面凿成空膛,膛内燃火加热,冬天防止墨水冻结。清代用金属或瓷料制成暖砚,内中可以燃烧炭火。乾隆时内廷设立作坊,精心制造。安徽、广东、江苏、浙江等省也发展制砚中心。

端砚、歙砚、洮砚、鲁砚,称为四大名砚。

(1)"端砚"。出于广东肇庆(高要),隋唐属于端州。宋无名氏《端溪砚谱》云:"肇庆府东三十三里,有山曰斧柯,在大江之南,盖羚羊峡之对山也;斧柯山峻峙壁立,下际潮水,至江之湄,登山行三四里即为砚岩。"端石是水成岩中的辉绿凝炭岩,地质年代属于泥盆纪,距今有六亿年,柔润细腻,以紫色者为最佳,发墨快、不损毫、不易干、不易冻,石中含有硫磷成分,虫蚁不蛀书写的墨迹。

唐代采石在"龙岩",晚唐列为贡品,又称"皇岩"。宋代开采上中下三岩,以"下岩"石为最佳。《纸笔墨砚笺》云:"下岩天生子石,温润如玉,眼高而活,分布成象,磨之无声,水不耗,发墨而不坏笔者,为世之珍。"明代开采"水岩",有大西、小西、正、东等四洞,大西最佳。名品有火捺、天青、青花、蕉叶白、鱼脑冻、冰纹等。

端石有"石眼",是虫体的化石,像动物的眼睛,四周晕成青、绿、黄三色,映衬在深紫色的砚石上,晶莹可爱,有鸲鹆眼、猫儿眼、丹凤眼、绿豆眼等。存世有一方"端石百一砚",北宋时造,底部镂雕一百零一个长短参差的小石柱,柱端都有一个淡黄色的石眼。

开采砚石,极为困难。宋苏轼《砚铭》云:"千夫挽绠,百夫运斤;篝火下锤,以出斯珍。"这是当时开采劳动的写真。

宋末诗人谢枋得意外得一端砚,是岳飞宝物,后来赠送给文天祥;文天祥作砚铭曰:"砚虽非铁磨难穿,心虽非石如其坚,守之弗失道自全。"岳飞抗金而死,文天祥抗元而死,谢枋得不肯仕元绝食而死,三位民族英雄同用一砚,千古佳话。这英雄砚不知现在何处?

(2)"歙砚"。主要产于江西婺源之歙溪,又称"婺源砚"。歙州所辖歙县、祁门、休宁、婺源等地(前三地现属安徽)都有出产,以龙尾山的石质最佳,又称"龙尾砚"。歙石属于水成岩的粘板岩,地质时期为震旦纪,距今十亿年,石质坚润,色泽一般为黝黑,略带青碧。

北宋唐积《歙州砚谱》云:"婺源砚在唐开元中,因猎人叶氏逐兽至长城里,见累石如城累状,莹洁可爱,因携之归,琢制成砚,温润大过端溪,由是天下始传。"名品有:龙尾、罗纹、金星、眉子等。

歙砚常见金星,是硫化铁的点滴物,大的似豆,小的似鱼子。金星硬度大、容易锉墨,损伤毫毛,本来不宜制砚,但是由于美观,仍受赞誉。上品的把金星分布在砚台背面,而砚台的正面和四周避开金星。

宋黄廷坚奉命采砚,作《砚山行》:"不轻不燥禀天然,重实温润如君子;日辉灿灿飞金星,碧云色夺端州紫;遂令天下文章翁,走吏迢迢来洞底。"这可说是古代知识分子的"下放劳动"。元代坑洞崩塌,停止采石达五百年,直到清乾隆时才再次开采。

(3)"洮砚"。又称洮石砚、洮河砚,产于甘肃洮州(今临潭县)。宋赵希鹄《洞天清录集》云:"除端、歙二石外,惟洮河绿石,北方最贵重;绿如蓝,润如玉,发墨不减端溪下岩,然石在临洮大河深水之底,非人力所致,得之为无价之宝。"

(4)"鲁砚"。山东所产石砚,统称"鲁砚"。名品甚多,例如:红丝石、淄石、金星石等。其中"红丝石砚"最负盛名。"淄石砚"产于博山、虞望山等地,有韫玉、金星、青金、墨玉等品,色泽缤纷,沉透如玉。"金星石砚"产于临沂箕山洞,含有硫化铁细晶,闪光如金星;临沂古属琅琊郡,为东晋王羲之故乡,故又名"羲之石"。

宋代列端砚、歙砚、洮河砚、红丝石砚为四大名砚。后来红丝石砚停采,一度以"澄泥砚"为四大名砚之一。澄泥砚是从"砖瓦砚"发展起来的。魏晋用秦汉砖瓦制砚。东汉末年造的铜雀台所用砖瓦,质地紧密,适合制砚。据说铜雀台砖瓦,先将泥土澄滤,加入胡桃油拌和,所以坚实,可以贮水数日而不干。宋苏易简《文房四谱》云:"古瓦砚出相州魏铜雀台,里人掘土,往往得之,贮水数日不渗。"

在砖瓦砚的基础上,改进澄滤和烘烧技术,成为澄泥砚。办法是:泥土放在绢袋中,在水盆内摇动,细泥渗出袋外,沉于盆底,去水得泥,加入铅丹,制成砚形,经过晒、烧、蒸等十多道工序,最后成形。优点是"含津益墨",发墨快、不易干。

唐代没有"澄泥砚"的名称,称为"陶砚"。韩愈《瘗砚文》:"土乎成质,陶乎成器。"铜雀台在古代的邺城(河北临漳),这一带成为澄泥砚的最初产地。唐朝的澄泥砚以虢州(河南灵宝)的为佳。宋代澄泥砚生产扩大,除虢州、相州(河北成安、河南汤阴)外,山西绛县、山东柘沟镇、河北滹沱河,均有生产。明朝以后,更加精致,分珠紫、黄绿等目。从天然材料到人工材料,是制砚工艺的进步。后来开采的天然砚石,类似澄泥的也叫"澄泥砚",有鳝鱼黄、蟹壳青、绿头砂、玫瑰紫、豆瓣砂等。

"四大名砚"之外,还有名砚多种,例如:

(1)"菊花石砚":1915年巴拿马国际博览会得奖,产于湖南浏阳,是古代软体动物的化石,有深灰、蟹青、蟹黄等颜色,上面有白色菊花纹。

(2)"金星砚":产于江西星子县驼岭山,刚而不脆,温润莹洁,易发墨、不伤笔,呵气即轻凝雾珠,耐寒、耐温、保潮。宋人米芾、朱熹等盛赞金星砚,宋徽宗称它为"砚中之魁"。

(3)"嘉峪石砚":产于甘肃嘉峪关黑山峡。《敦煌杂抄》

载:"嘉峪山,石可做砚,色青紫,与崆峒、栗亭砚相仿。"

(4)"松花石砚":清乾隆弘历《盛京土产杂咏》序称:"混同江(辽宁)产松花玉,可作砚材。"大都为清室帝王御用。

(5)"凤周咮砚":宋代名砚,产于福建建州北苑凤凰山。

(6)"嘉陵峡砚":产于四川合川嘉陵江鼻峡峡口。

(7)"贺兰砚":产于宁夏贺兰山,砚石采自笔架山小石子。

傅元《砚赋》:"木贵其能软,石美其润坚",可见曾有木砚。石砚、瓦砚、陶砚、木砚之外,还有玉砚、水晶砚、瓷砚、铜砚、银砚、铁砚、竹砚、纸砚、漆砚等。其中,漆砚较为特殊,西晋已有,用生漆调和金刚砂制成,容易发墨,不损笔毛,重量轻、便于携带。

谈　　纸

承受书写的材料,殷商和西周用甲骨(龟甲和兽骨),东周、秦和西汉用简牍(木简、竹简)和缣帛(丝绸);此外有:范铸文字的钟鼎、凿刻文字的石碑,等等。东汉开始有"纸"。

《说文》:"纸,絮一苫也。"段玉裁认为"苫"应作"箔"。"絮一箔"就是:一帘子的丝絮。最早的"纸"是丝絮(下脚乱丝和破烂缣帛)做成的。这比缣帛便宜得多。

史载:"蔡伦造纸。"蔡伦(?—121),东汉桂阳(湖南郴州)人,字敬仲,和帝时为中常侍(宦官)。他总结西汉以来用麻质造纸的经验,改进造纸术,于元兴元年(105)奏报朝廷。

安帝元初元年（114）封龙亭侯。根据他的方法造出的纸，后来被称为"蔡侯纸。"

《后汉书·蔡伦传》："自古书契多编以竹简，其用缣帛者谓之纸。缣贵而简重，并不便于人。伦乃造意，用树肤、麻头及敝布、（旧）鱼网以为纸。"

他造的是植物纤维的纸，在造纸材料和技术上实现了重大突破。他把树皮、麻头、破麻布、旧鱼网等含有植物纤维的废品，捣烂、腐蚀、分解，造成纸张，叫做"打浆法"。"打浆法"是造纸的关键技术。从纸浆中提出纯净的纤维，去除杂质、加以漂白，就造成适合书写和绘画的洁白纸张。他主管宫中器物生产，既有改进造纸的要求，又有试验生产的条件，终于造出轻软价廉的"蔡侯纸"，对人类文化做出伟大贡献。

西汉宣帝（在位：前73—前47）时候已经有早期的植物纤维纸，不过质地过于粗劣。出土的西汉麻纸证明，不能用于书写。这比"蔡侯纸"早两百年。蔡伦的成就，不仅有试验生产的条件，还有历史发展的背景，不是凭空陡然出现的。

"蔡侯纸"之后一百年，又有"左伯纸"，是东汉末年左伯（字子邑，东莱人）所造，进一步提高了造纸技术。《三辅决录》：蔡邕作书，用张芝笔、左伯纸、章诞墨。

由于有了"打浆法"，造纸原料就能扩大，包括多种植物纤维：

（1）麻料：早期的麻纸太粗糙，因为制造方法不行。蔡伦用旧鱼网（麻料）造出好纸。

（2）破布：蔡伦用的破布，是破碎的麻布；元代以后用破碎的棉布,造成高级棉纸。

(3)藤角:藤条的下脚料腐烂以后,适于造纸,唐代开始使用。

(4)竹头:江南多竹,可造竹简,更可造竹纸,最为价廉。

(5)树皮:有楮树皮、檀树皮、桑树皮、黄檗树皮等。这是来源广阔的造纸原料。北魏贾思勰《齐民要术》记录造纸原料楮树的栽种和培育。蔡伦用树皮造纸,成为西洋后来用木料生产木浆的先河。

东晋以后,纸完全取代简牍。东晋末年桓玄称帝(公元403年),下令说:古代没有纸,所以用简牍,今后凡是用简牍的,都改用黄纸代替。两晋、南北朝时期,经常用纸抄写古籍。甘肃敦煌莫高窟发现北魏、隋、唐、北宋等时期用纸抄写的经卷。

造纸术由洛阳一带传到江南,促进了江南的文化发展。宋赵希鹄《洞天清录集》:"北纸用横帘造,纸纹必横;南纸用竖帘,纹必竖。若二王(羲之、献之)真迹,多是会稽竖纹竹纸。"用"竹丝帘"捞浆成浆片,把浆片贴在墙上晒干,就成纸张。这种手工造纸法,我在中学生时期还经常看见。

东晋葛洪用黄檗造纸防止虫蛀。陈朝(557—589,南北朝)徐陵《玉台新咏序》提到"五色华笺,河北、胶东之纸"。这时候,既求耐久,又求美观,造纸技术又前进了一步。

为了扩大生产,造纸原料因地制宜。在产藤的地方用"藤角"造纸,是新的发展。唐徐坚《初学记》中说,东晋范宁对下属说,"土纸不可以作文书,皆令用藤角纸。"西晋张华

《博物志》说,剡溪(浙江嵊县)多古藤,可用来造纸。唐皮日休诗:"宣毫利若风,剡纸光与月。"

唐李肇《唐国史补》:"纸则有越之剡藤苔笺;蜀之麻面、屑末、滑石、金花、长麻、鱼子、十色笺;扬之六合笺;韶之竹笺;蒲之白薄、重抄;临川之滑薄。"纸的品种五光十色!

元费著《蜀笺谱》云,唐代盛行楮树皮纸,称为广都纸。唐宋时期,蜀纸最有名。宋苏易简《文房四谱》:"蜀中多以麻为纸。"苏东坡《东坡题跋》中说,"成都浣花溪水清滑异常,以沤麻楮作笺纸,洁白可爱。"居住成都的女诗人薛涛,用芙蓉花染成红色的小彩笺,用以誊写小诗,被誉为"薛涛笺"。

此外有浙江竹纸,九江云蓝纸,江西白藤纸、观音纸,苏州春膏纸,温州蠲纸等。程棨《三柳轩杂识》:吴越钱氏时供此纸者蠲除赋税故称蠲纸。染色、印花,各有新意。

这时候发展了"砑花"技术,可加上山林、人物、鸟兽等花色。"砑花"方法:以石磨纸,使纸光滑,底版刻花,现出花纹。《文房四谱》:"逐幅于文版之上砑之,则隐起花木麟鸾,千状万态。"五代北宋的陶谷说:"砑纸版上乃沉香(木)刻山水、林木、折枝花果、狮凤、虫鱼、寿星、八仙、钟鼎文,幅幅不同,文绣奇细,号砑光小本。"

明清时期,作用较大的纸是:竹纸、毛边纸和宣纸。

"竹纸"。今天六七十岁的老年人,大都用过竹纸。在我是小学生的时候,竹纸是经常使用的廉价纸。明宋应星《天工开物》中有一章专门介绍竹纸的生产过程。

"毛边纸"。晚明藏书家毛晋筑"汲古阁",大量印书,为了降低成本,选用特种印书纸,纸的边缘处印"毛"字为记,人们称它为"毛边纸"。毛边纸比较粗松,但是适合写字,适合印书,价钱便宜,为青年学生所常用,也是大量印书所常用的纸。主要生产于江西、福建等省,直到"五四"时期,仍为大众化的重要纸张。

"宣纸"。这是在造纸历史中有特殊地位的纸。它的优点是"物美",不是"价廉"。出产于安徽泾县等地,集中在宣城销售,因此称为"宣纸"。洁白、细密、均匀、柔软、经久不变色、润濡性能好、耐搓折。

清末泾县胡朴安《纸说》:"泾县古称宣州,产纸甲于全国,世谓之宣纸;宣城、宁国、泾县、太平皆能制造,而泾县所产尤工,今则宣纸惟产于泾县,故又名泾县纸。"

传说,蔡伦的徒弟叫孔丹,东汉时候在安徽南部造纸为生,为了替蔡伦画像需要白纸,在山中发现檀树倒在山涧水溪,年长月久,浸泡腐烂,色泽发白。得此启发,造出质地优良的白色宣纸。

宣纸原用青檀树皮制造,只有泾县以及附近的太平、宣城等地生长,属于榆科落叶乔木,与楮树、桑树外貌相似,但是并非相同树种。宣纸的生产过程包括:浸泡、灰掩、蒸煮、洗净、漂白、打浆、水捞、加胶、贴烘等十八道工序,一百多条操作要求,经过一年才能造成。唐代宣纸是贡品,受到书画家的喜爱。唐以前,用绢画画,以后就用宣纸了。唐代宣纸有生纸、熟纸之分。经过加工,填粉、加蜡、施胶,沾墨而不晕,又称"熟宣"(矾宣)。"生宣"适用于水墨写意;"熟宣"适用于工笔画。

现代画家刘海粟赞宣纸:"纸寿千年,墨韵万变;白如云、柔如锦。"什么叫"墨韵"?"墨韵"是一种发墨现象:发墨处,豪放淋漓;浓墨处,发亮鲜艳;淡墨处,层次分明;积墨处,浑厚深沉。最近用科学方法鉴别"墨韵",发明"触点晕圈测试法"。宋苏轼诗:"精皮玉版白如云,纸寿千年举世珍;朝夕临池成好友,晕漫点染总迷人。"

南唐后主李煜赞宣纸:"肤如卵膜,坚洁如玉,细薄光润,冠于一时。"宫中设专门机构监造宣纸,把精品藏于"澄心堂"。宋代的澄心堂纸,少数是南唐遗物,多数是宋时仿制。宋代闻名的纸还有:宣州的金庞榜、画心、潞王、白鹿、卷帘等纸;歙州的碧云春树笺、龙凤印边三角内纸、印金团花纸、各色金花笺等;池州的细白池纸;休宁的玉版、观音、堂札等纸,都很可爱。苏易简《文房四谱》中提到"黟县多良纸,亦有凝霜、澄心之号。"纸张的加工技术,逐步提高。

明朝是宣纸鼎盛时期。清朝宣纸分为棉料、皮料、净料三大类,并有单宣、夹汞宣、罗纹宣等二十多种。经过加工复制后,又有虎皮宣、玉版宣、泥金宣、蝉翼宣等多种名目,其中以汪六吉制造的"汪六吉纸"为最上。老汪六吉纸厂始于清代,二次大战后停产,1985年重新建设,现称"泾县宴公堂宣纸厂"。汪六吉首创中国的"水印纸"。

宣纸历千年而不变。"千年纸,五百年绢",名不虚传。今人赵朴初诗:"看挽银河照砚池,宣城玉版助遐思,澄心旧制知何似,赢得千秋绝妙词。"

清末以来,洋纸竞争,纸业衰落。宣纸具有特色,勉强维持。今天中国和日本的书法家,不少人仍旧经常使用宣纸。

纸的用途不断扩大。唐宋时代曾用纸做衣服、被褥、帐子、帽子、纸砚台、纸酒杯,甚至还有纸的盔甲、纸的棺材(1973年新疆出土)。宋陆游《谢朱元晦寄纸被》:"纸被围身变雪天,白于狐腋软于绵。"宋代就有纸币。活人用的纸币、死人用的纸钱,一直用到今天。纸的用途多得无法列举。纸和文化,纸和生活,在中国一早就结成了不解之缘。

东晋(5世纪)以后造纸术从中国传到朝鲜;隋末(7世纪)由朝鲜传入日本。他们利用本国材料制造新品种,在唐代输入中国,例如朝鲜的高丽纸、蛮纸。

在西方,中国造纸术经西域传到阿拉伯,再传到北非和西班牙,最后传到西欧。长期间,欧洲人以为植物纤维纸(所谓褴褛纸)是德国人或者意大利人所发明。现在由于文献记载和考古出土的物证,承认纸是由中国人首先发明的。

公元2世纪,正当蔡伦改进造纸术的时候,中国和西域之间的交通开通了。纸张沿"丝绸之路"出口到当时的西方。唐玄宗天宝十年(751年),安西节度使高仙芝率领军队攻打阿拉伯人的大食国;唐军失败,被俘的中国士兵,把造纸术传授给阿拉伯人(8世纪)。11世纪,阿拉伯旅行家贝鲁尼在他的著作《印度》一书中说,"中国的战俘把造纸术输入撒马尔罕(中亚古名城,14世纪铁木尔帝国首都,现在乌兹别克共和国),此后,许多地方造起纸来。"撒马尔罕建立起第一座中国以外的造纸厂。

随后,传到报达(巴格达,现在伊拉克),传到达马司库斯(现在叙利亚),传到开罗(埃及首都),传到摩洛哥(北非西边)。这许多地方当时都是阿拉伯人的世界。纸成为那时阿拉伯人的一项重要产品。

8世纪初,阿拉伯军队占领西班牙,造纸术传到西班牙,在西班牙建立起阿拉伯人经营的造纸厂。欧洲人得到外来的纸以前,用羊皮或者苇纸(以阿拉伯的水草茎做原料)。公元10世纪末,欧洲大陆才开始有用纸的记录。公元13世纪后期,西班牙和意大利才有欧洲人自己经营的造纸厂。后来造纸术传到法国(1248),德国(14世纪初),瑞士(1380),英国和荷兰(1450),美国(1690,不算哥伦布发现美洲前土人的造纸)。到14世纪,纸的应用已经普及欧洲。

文房四宝的中外古今

西亚古代的两河流域是文字最早成熟的地方,也是文具最早成形的地方。不同的是,他们只有"文房二宝",没有"文房四宝"。

苏美尔人在五千五百年以前,首先创造和发展文字。这比中国的甲骨文早两千年以上。他们的"纸"是一块泥板,很像中国的大方砖,书写时候是软的,写好以后晒干或烤干就变硬。他们的"笔"是一个簪棒,很像小的中国筷子,一头圆形、一头三角形。书写的时候,右手拿簪棒,用三角形的一头,斜着在泥板上一压,就成一个笔画,左上粗、右下细,好像钉头或楔子。阿拉伯人叫它"丁头字";英国人叫它"楔形字"。圆的一头可以压成正圆或半圆痕迹。笔画只有两种,一种丁头形,一种圆形或半圆形,笔画的方向和组合变化表示不同的语词。他们不用墨汁,所以只有"文房二宝":泥板(纸)和针棒(笔)。这样的书写方法使用了三千多年,从五千五百年以前一直到公元前第六年为止。

现在看来,泥板太笨重。在没有纸的时代,西自地中海东部,东至波斯湾一带,这个当时的国际文明世界,到处通用这种书写方法。它比纸重得多,但是比纸耐久。五千年前的泥板,今天完整如新。用泥板的时期长达三千多年,用纸张的时期不到两千年。

书写工具的形制,决定文字的笔画形式。这在"丁头字"最为明显。"丁头字"只有楷书,没有草书,就是书写工具所决定。

北非古埃及的文字,也成熟于五千五百年以前,比两河流域略晚一些。古埃及人用尼罗河中的莎草制造最早的"纸"。制造方法:取出莎草的芯子,压平晒干,交叉重叠,粘成一片,就是他们的"纸"。跟中国纸比较,厚一些,重一些,脆而易断。但是,比起泥板来,轻便得多了。不过价钱比泥板贵,产量也不大,不能像泥板那样到处容易得到。

古埃及人利用尼罗河里的芦苇,削成一个斜面,做成"芦苇笔"。后来的"钢笔"就是从此发展而成的。他们书写需要墨水。墨水取之于乌贼的色囊,或者用黏液加入烟灰或赭石做成黑墨水或红墨水。他们先做好墨水,然后写字,不是像中国这样,到写字的时候临时研墨制造墨汁。"墨"和"砚"两宝变成"墨水"一宝。古埃及只有"文房三宝"(纸、笔、墨水)。比甲骨文还早两千年的古埃及书法艺术,达到极高的水平,书画并重。瞻仰金字塔的人们,个个"叹观止矣"!

中美洲古代的马亚人创造一种小方格的图形文字,用人的头发制造毛笔,用树皮造纸。不仅毛笔和纸极像中国,许多文物和工艺品也跟中国商周时代相似。人们猜想,古代的马亚就是中国传说中的"扶桑"。

欧洲经过希腊,来到罗马,书写工具又有变化。他们的"纸"有几种:一般书写用蜡版,重要书籍用莎草纸,高级文件用羊皮。蜡版是硬板上面涂一层蜡,跟孩子们用来练习写字的蜡版相似。

他们的"笔"也有几种。在蜡版上书写,用簪棒笔,形式接近今天的铅笔,不像两河流域筷子形式的簪笔。在墙壁上书写大字,用一种刷子,这跟中国毛笔是同一类型。到6世纪,开始有羽管笔。羽管笔是欧洲中世纪的典型书写工具。金属笔(钢笔、金笔)虽然在罗马时代已经有了,可是很少使用,到近代才成为通行的书写工具。

"笔"在拉丁文里是penna,意义是"羽毛"。用羽毛管削成一个斜面,跟古埃及人削芦苇秆一样,就是一支笔。笔尖上可以开一条缝,使有弹性,重压可成粗的笔画,轻压可成细的笔画。还可开两个小孔,增加墨水含量。羽管笔后来用金属制造,材料更改,形式不变。这样的笔,用了一千二百年以上,直至二次世界大战以后才有"圆珠笔"和"针管笔"。簪棒笔、羽管笔、钢笔、圆珠笔、针管笔、还有铅笔、石笔等等统称"硬笔"。

"自来水笔"的发明,使"笔、墨、砚"三宝合成一宝。今天的"圆珠笔"和"针管笔",笔管里含着墨油或墨水,比"自来水笔"更加方便。这些"硬笔"本来只有朴素的实用型,现在各国竞相生产艺术型,有的笔杆上还加上一个微型钟表,可作珍贵的礼品。西方的文具也在分化,成为"实用文具"和"艺术文具"。

"硬笔"不能写大字。写大字(例如广告文字)要由职业的美术工艺工作者来担任。西方也有书法艺术吗?有人认为没有。其实是有的。到欧洲和中东有名的图书馆里去看看历代的手抄书本,你会惊讶他们的书法艺术也是有很高水平的。不同的是,硬笔只能发展小字书法,毛笔可大可小。他们的书法艺术,在中世纪还是很兴盛,可是到了近代,特别是一百年前有了机械打字机以后,就越来越衰落了。

由于硬笔流行,中国也发展了小字的硬笔书法,成立了"硬笔书法研究会",实用书法和艺术书法并存。

五十年代末,日本一个"书法教学访华团"来到北京,我有幸跟他们见面。他们说,日本把汉字书法分为实用书法和艺术书法,学生们一般学习实用书法,用硬笔,只有少数学生选读艺术书法。他们的师范大学有"书法教学法"专业,来访的客人中有几位是这个专业的"博士"。他们带来学术论文,其中一篇是用心理学方法研究硬笔书法"习字格子"的最佳尺寸,由实验定下一个标准,比传统红方格子(九宫格)略小一些。他们带来根据这个标准格子用硬笔书写的"模范字帖",字迹秀美可爱。他们的"汉字书法教学法"已经科学化和现代化了。"硬笔"已经进入"文房四宝"的行列,而且以"一宝"代替了"四宝"。

在人类的文化史上,书写方法经历了三个发展阶段:手工业、机械化、电子化。

最早的"书写"是用手指头在地皮上画圈儿,后来用彩色石块在岩壁上画图画。两河流域用簪棒在泥板上"压写"。古埃及用芦苇管在纸草上"画写"。中国用毛笔在纸张上"刷写"。今天一般使用钢笔、铅笔、圆珠笔等"硬笔"。这都是"手工业"的书写。

一百年前,发明"机械打字机",开始书写的"机械化"(打写)。二次大战以后,发明"电子计算机",起初用于"数学运算",后来用于"语文处理",开始了书写的"电子化"。电子计算机可以有人工智能,人们给它一个爱称:"电脑"。"纸脑"(书本)是扩大人脑的第一个"体外"脑袋。"电脑"是扩大人脑的第二个"体外"脑袋。"电脑"不怕汉字的复杂繁难,可以处理中文、日文、朝鲜文等"大字符集"。

我从青年时候起一直希望中文能像英文一样,由写作者在打字机上自己"起稿"。这个希望终于实现了。1988年春,我有了一台"中文电子打字机"。输入拼音,以语词和词组为单位,立刻变成汉字输出,不用任何字形编码。起稿"不用笔",誊清"不动手",开始了我的汉字书写现代化,工作效率提高了五倍。在中文电子打字机上,修改文章非常方便。增补、删除,只需"举指之劳",修改后不留痕迹。手工抄写完全省掉,再次誊清不会错误。"写稿"得心应手,成为一种乐趣。当然,这只是实用书写的变化,至于书法艺术仍旧要以毛笔为主。

打字机使写字不用笔。磁盘和光盘记录文字,不用纸,不用墨和砚。打字代替了大部分写字。硬笔代替了软笔,针尖笔正在排斥钢笔。艺术工具有民族特点,实用工具没有民族特点。"文房四宝"的实用时代已经接近尾声,但是艺术价值永存不变。

书圣王羲之如果今天复活,他会大吃一惊!怎么,这个名不见经传的"电脑"怪物也挤进了"文房四宝"的儒雅行列?

载《群言》1998年第4、7期

英语是如何成为国际共同语的

英语成为不列颠的共同语

5世纪中叶,三个日耳曼部落从欧洲大陆(丹麦和德国北部)渡海迁居不列颠群岛。他们是盎格鲁人、撒克逊人和朱特人。不列颠原住民的凯尔特语很快被他们的日耳曼语所代替。

盎格鲁人来自欧洲大陆石勒苏益格-荷尔斯坦的"engle"(地角),古英语称他们为"Engle"(地角人),他们的语言被称为"englisc"(地角语),后来改写"English"(英语)。他们的居住地区被称为"England"(英格兰)。

英语属于印欧语系、日耳曼语族、西部语支,与德语、弗里西亚语、尼德兰语(荷兰语和佛兰芒语)关系密切。

英语经历三个时期:古英语(1150年前),中古英语(1150—1500)和近代英语(1500年后)。古英语时期有四种方言。中古英语时期变成三种方言:北部方言、中部方言和南部方言(泰晤士河以南)。地处南部和中部之间的伦敦方言成为文学语言。

1066年,欧洲大陆的诺曼底人入侵英格兰,把法语带到英国。其后二百年间,法语是英国贵族的语言和行政语言。英王亨利第四在1399年登位,他是诺曼底人入侵以后以英语为母语的第一位英王。

14—15世纪,伦敦方言成为不列颠共同语的基础。这时候,英语的语音和语法发生重大变化。不同语言的一再接触和融合,使英语的形态曲折基本消失,成为语法最简单的欧洲语言。

英文字母经历三次变换:鲁纳字母、爱尔兰罗马字母和近代罗马字母。古英文的鲁纳字母大都是直线,适合在木头上刻画,当时没有纸张。公元600年的时候采用爱尔兰罗马字母。近代英文用26个近代罗马字母,不加符号。

英文拼写法到15世纪已经基本稳定,但是跟口语脱节。1908年曾订出简化拼写法的规则,没有实行。二次大战以后,英国国会讨论拼写法改革,未能通过。

《圣经》在1382年初次译成英文,1611年重新译成英王钦定本,1961—1970年又用现代口语彻底重译。英文的文体一再现代化。

英语在不列颠逐步发展。1362年法院采用英语。1476年西敏寺设立印刷厂。16世纪文艺复兴。1611年出版《圣经》英王钦定本。1755年约翰逊完成他的《字典》,这是一本开创性的英语词典,对英语的发展和规范化起了积极作用,

1933年成为权威的《牛津英语词典》。由于多方面吸收外来词,英语是词汇最丰富的语言。一般英语词典收词五十万条,较大词典收词七十五万条,大型辞典收词更多。

16世纪时候(中国明朝),英语只是住在英格兰的不多几百万人的母语。20世纪晚期,以英语为母语的人超过三亿五千万,以英语为第二语言的人超过七亿。全世界每七个人中就有1个人以英语为第一或第二语言。

英帝国和英语的全球性扩张

1492年哥伦布发现北美洲,后来的航海家又发现南美洲和澳大利亚洲。这些新大陆合计面积等于一个欧亚大陆。世界上顿时增加了一个欧亚大陆,连上帝也要大吃一惊!1522年,麦哲伦和他的同伴环航地球成功,发现地球原来是一个水球,各大洲不过是浮出水面的几个大岛。陆地是彼此分割的,海洋是全球连贯的。

这些新发现鼓励了开辟全球性大帝国的野心。不久之后,小小的西班牙和葡萄牙在美洲和非洲建成两个海外大帝国。罗马教皇调解西葡两国的纠纷,1494年在大西洋中亚速尔群岛和佛得角群岛以西三百七十海里处,从北极到南极画一条"教皇子午线",线西的美洲和太平洋岛屿归西班牙,线东的亚洲(包括中国)和非洲归葡萄牙,一家半个地球!

当时英国在海洋探险方面比西班牙和葡萄牙落后。眼看西葡帝国有黄金从殖民地滚滚而来,无法自己也建立起殖民帝国。只能采取下策,以海盗行径,在航道半路抢掠西葡的过往货船。西班牙对此深恶痛绝,1588年派遣"无敌舰队"加以惩罚。战舰一百三十艘,水兵七千人,步兵二万八千人,浩浩荡荡进入英吉利海峡。想不到只有一群小战舰的英国,用火烧联船的战术,使无敌舰队几乎全军覆没。从此英国代替了西班牙掌握制海权。

英国和法国争夺霸权和殖民地,进行了60年的断续战争。"七年战争"(1756—1763),法国失败。1763年签订《巴黎条约》,法国放弃北美和印度的殖民地。"拿破仑战争"(1793—1815),法国又失败。法国皇帝拿破仑被放逐到圣赫勒拿岛。法国的大帝国梦破灭。

英国积极建设强大海军,为创造全球化的殖民帝国而奋斗。从1607年在北美洲设置第一个殖民据点詹姆斯敦开始,到1997年把香港归还中国为止,英国建成了跨越亚非美澳四大洲的人类历史上最大的"日不落大英帝国",历时390年。到第一次世界大战开始时的1914年,英帝国殖民地的土地共计3,350万平方公里,相当于英国本土的137倍;殖民地人口共计3.935亿,相当于英国本土人口的8倍。

发现新大陆之前,历史上的大帝国都是陆地帝国。亚历山大帝国如此。蒙古大帝国也如此。陆地帝国都是地区帝国,不是全球性的帝国。西班牙和葡萄牙的帝国是海洋帝国,但是只有"半球",没有"全球"。英帝国是海洋帝国、而且是全球性的帝国。英国每建立一处殖民地,就用英语作为行政语言,并在当地由基督教会传授英语,强化英国的统治。英帝国在全球各处的殖民地相互联系,进行前所未有的大规模国际贸易,促进英国的生产和技术,推动工业革命。

英语作为英帝国的信息纽带,跟随着英帝国的扩张而在亚非美澳四大洲风云四百年。全球性的英帝国使英语得到全球性的传播。

美国的独立和英语的扩大传播

美国脱离英帝国而独立,是英帝国的重大挫折。可是从英语的扩张来看,不是缩小了传播范围,而是更加扩大了传播范围。

华盛顿领导独立战争,经过八年(1775—1783)艰苦战斗,终于建成第一个由殖民地独立起来的民主国家。当时美国在世界上是一个无足轻重的国家。美国走向强大,第一步是向西部大陆开辟边疆。

1783年,从大西洋岸到密西西比河以东(佛罗里达除外,美国东部),面积约207万平方公里。

1803年,增加路易斯安那地区(美国中部,购自法国),214万平方公里。

1819年,增加佛罗里达地区(美国东南边区,割自西班牙),15万平方公里。

1845年,增加得克萨斯地区(美国中南部,从西班牙独立后归并美国),101万平方公里。

1846年,增加俄勒冈地区(美国西北部,加拿大根据条约让与美国),74万平方公里。

1848年,增加加利福尼亚地区(美国西南部,墨西哥割让),137万平方公里。

1853年,增加加兹登(加利福尼亚南边,购自墨西哥),8万平方公里。

1867年,增加阿拉斯加(以720万美元购自俄国,1959年建立州),159万平方公里。

1898年,增加夏威夷(原为独立国,后并入美国,1959年建立州),1.6万平方公里。

扩张西部边疆的速度是惊人的。1783年以前,定居线在阿巴拉契亚山脉以东。1820年,边疆越过密西西比河。1840年,到达子午线100度处。1865年后,占领广大平原。1890年,从大西洋海岸到太平洋海岸,不再有西部边疆线。

1783年,美国人口只有三百万。1890年,人口超过欧洲(俄国除外)的总和。美国是内向的帝国主义。

早期十三个殖民地的居民大都来自英国,当然以英语为共同语。后来土地扩大,居民中越来越多来自非英语国家的移民。美国为了统一共同语,普及全民义务教育,两百年来持之以恒重视英语教学。这是八方杂处的移民国家所不可忽视的基础教育。

英语在美国随着国家的兴盛而发达,渐渐产生地区性的变异,形成"美国英语"。韦伯斯特(Noah Webster, 1758—1843)1783年发表《美国英语拼写手册》,行销一亿册,对美国的英语教学影响深远;1840年出版《美国的英语词典》,提高了词汇和词典的规范化水平。后来在他的基础上定期修订,不断出版《韦伯斯特词典》(简称"韦氏词典")。韦氏对美国英语的规范化和现代化树立了良好典范。

美国英语跟英国英语虽然有差别,但是不妨碍通话和了解。事实上,美国英语丰富了英国英语。这跟中国方言彼此隔阂的情况不同,不要把美国英语和英国英语比做广东话和北京话。

出乎英国的预料,美国这个殖民地出身的国家,经过一百多年的积极经营,居然在各个方面都超过了不可一世的老大祖国。两次世界大战,拯救英国于危亡的正是这个破坏大英帝国的叛变殖民地。美国除一度统治菲律宾(1898—1934)以外,没有大块的殖民地。它在国外扩张势力和传播英语,主要不是依靠土地的兼并,而是主要依靠政治、经济和文化的活动。

一次大战之前,法语是国际的外交语言。一次大战之后,1922年举行华盛顿会议。美国对法国有礼貌地说:"在华盛顿开会,可否同时用英语?"法国不好意思回答"不"。这一答应,改变了国际的语言形势。从此,英语后来居上!

联合国设立在美国的纽约,无意中扩大了英语的影响。联合国有六种工作语言(英、法、西、俄、中、阿拉伯),原始文件的80%都是英文。

两次大战期间和大战之后,美国的人员和物资像潮水似的输往战胜国和战败国,同时带去了美国技术和美国英语。当时,各国的闾巷儿童都喜欢学讲几句洋泾浜英语。

美国开创了电影事业。在没有发明配音技术的时候,全世界看美国电影,同时就是学习美国英语。英国鄙视缺少文化的美国电影,但是抵制无效,只能接受。法国到今天还在反对美国电影,据说法国70%的电影来自美国。

电视开始于美国。美国电视渗透到世界各国的穷乡僻壤,美国英语和美国生活走进了家家户户。不论电脑是英国还是美国发明的,今天国际互联网上的文字,至少有90%是英文。法国的官员们无可奈何地大声疾呼:"反对网络殖民主义!"

航空也是开创于美国。航空时代需要一种、而不是两种航空语言。英语已经独占鳌头。世界各国的飞机场都见到美国的游客。英语是国际旅游语言。

美国是今天的科技大国,英语成为科技语言。科技新术语大都以英语为造词基础。国际会议一般规定用英法两语,实际常常只用一种英语。英语泛滥世界,主要的推动力来自美国。

英帝国和英语占领印度

在美洲殖民遭遇美国独立的挫折之后,英国改变侵略方针,以主要力量转向印度。

1498年葡萄牙航海家伽马经非洲好望角到达印度,西欧国家开始争夺印度。1600年英国成立东印度公司。1612年英国击败印度的葡萄牙人,从印度统治者莫卧儿帝国获得贸易权。莫卧儿帝国(1526—1858)的皇族是蒙古-突厥的后裔,信奉伊斯兰教,1526年侵入印度,到17世纪后期占领了整个印度次大陆,只少南印一小块。

1757年英国在普拉西一役战胜印度土邦和法国的联军,占领富庶的孟加拉,从这个根据地再向外扩张。"七年战争"(1756—1763)之后,法国放弃在印度的所有殖民地。

1818年英国击败印度教的马拉特人。马拉特人是印度的新兴力量,正在反对莫卧儿王朝,企图另立帝国。1849年英国击败锡克王国,兼并信德(1843)和旁遮普(1849)。1757—1849年,前后共92年,英国完成占领印度。

1857—1858年,印度发生反英大起义(英称"雇佣军兵变"),但是被英国的优势兵力压倒。英国不得不进行政治改革,取消东印度公司,同时灭亡莫卧儿帝国。1858年,英国政府直接管辖印度。1876年,改称印度为"印度帝国",总督改称"副王",英王兼任印度"皇帝"。

以印度为根据地,英国进一步侵略印度的外围国家,包括尼泊尔、缅甸、不丹、俾路支、阿富汗、哲孟雄(锡金)。

英语跟随英帝国在印度一步步扩张。1813年英国拨款给东印度公司办理教育。印度的教育委员会把拨款全部用于英语教育,传授"英国文学和欧洲知识",培养"血统和肤色是印度的,情操、思想和智慧是英国的,能为英王效忠的精英分子"。英语成为印度的行政和教育语言。

19世纪,印度知识分子掀起革命的启蒙运动,主张改革印度教,提倡民主和科学,要求印度独立。1885年,革命领袖甘地成立国民大会党,进行不合作运动。英国的对策是"分而治之"。1906年,英国怂恿成立穆斯林联盟。二次大战后,1947年印度独立,分成印巴两个敌对国家。

印度独立后,以印地语为全国性的国语,另有十一种"邦用"官方语言,以及梵文(文言)和伊斯兰教徒用的乌尔都语,共计十四种官方语言。英语不是官方语言,它是联系全国的纽带语言。

英语长期统治印度使印度本土语言没有发展机会。印地语跟英语相比,现代词汇不丰富,文字符号不方便,北方各邦赞成,南方各邦反对。印度宪法规定,继续使用英语十五年,此后废除英语。到了时候,实际无法废除,不得不无限期地延长使用。印度总理尼赫鲁说,印地语代替英语的日期,要由不懂印地语的人来规定,不能由懂得印地语的人来规定。

南方为什么反对印地语？北方的雅利安人是三千年前外来的,南方的达罗毗荼人才是本地的原住民。北方反对帝国主义的英语,代之以印地语。南方说,英语是帝国主义,印地语也是帝国主义,不过古今不同罢了。可是南方拿不出另一种代替印地语的语言,反对印地语客观上等于支持英语。

长期使用英语,要想一旦废除,是办不到的。二次大战后,国际语言生活发生了变化。大英帝国瓦解了,遗留下来的英语成为国际的公共财产。它不再是英国一国的语言,它是事实上的国际共同语,在国际政治、贸易、科技、旅游等方面共同使用。参加国际活动,印度人比其他亚洲人多一个英语的有利条件。

在印度,已经形成"印度英语",跟"澳大利亚英语"并立。印度出版物中,英语书刊的比例为 42%,一年 7000 种(1982)。公开反对英语的父母,暗地里把儿女送到英语学校去读书,希望毕业后得到较好的待遇。但是,学习外国语比学习本国语困难得多。英语在学校里长期传授,印度能自由应用英语的人口只占 5%。提高人民的文化,不能不重视印地语。

印度和美国使用英语的情况很不相同。英语在美国已经成为多数人的母语,美国没有一种强大的民间语言希望代替英语,美国的民间语言是分散的没有地区性的移民语言,英语是美国惟一的全国共同语。英语在印度没有成为多数人的母语,印度有本土的印地语希望代替英语,印度有多种地区性的民族语言和文字,英语是印度的第一外国语。

英语成为国际共同语的条件

英国以一个岛屿国家能建成人类历史上最大的帝国,由于有先进的技术和有效的管理。亚非美澳的原住民族和部落,不幸都是知识落后,反对革新,力量分散,自相残杀。土邦失败,就此完结。英国失败,必定重来。英国以一份力量就能征服和统治众多地区。

英语成为国际共同语,由于有五个有利条件:人口众、流通广、文化高、出版多、使用便。

人口众。以英语为生活和工作语言的,有受过良好教育的三亿五千万人。以英语为主要母语和全国共同语的国家有：英国、爱尔兰、美国、加拿大、澳大利亚、新西兰。原英国殖民地独立后大都用英语作为官方语言。

流通广。联合国原始文件80%用英语。国际互联网90%用英语。全世界的学校大都有必修的英语课程。

英国前后共有殖民地69处。欧洲2处，如爱尔兰。美洲15处，如加拿大、美国（13处殖民地）。大洋洲11处，如澳大利亚、新西兰。非洲22处，如埃及、尼日利亚、肯尼亚、坦桑尼亚、南非。亚洲19处，如印度、斯里兰卡、缅甸、马来西亚。这些殖民地已经独立或归还，原来的英语大都保留下来。现在英国还剩下12处小岛，如百慕大，都流通英语。

文化高。英语是现代科技的主要语言。

出版多。英语出版物比任何语言为多。

使用便。英语用二十六个字母，不加符号。

国际共同语不是一成不变的，以前从法语变为英语，今后英语也可能被别的语言所代替。但是任何一种语言要想代替英语，必须有对等的有利条件，这不是一旦一夕所能达到的。语言有一条规律："滚雪球原理"。雪球越滚越大，这就是英语成为国际共同语的道理。共同语分为三个层次：1.国际共同语，只可能有一种；2.区域多国共同语；3.一国共同语；此外是众多的民间语言。国际共同语跟多国或一国共同语不是相互排斥的，而是相辅相成、相互补充的。

1999.10.18

学术自由和教授治校

——读高平叔著《蔡元培年谱长编》

1989年,我读高平叔《蔡元培语言及文学论著》,写了一篇读后体会《现代教育的开创者蔡元培》。1998年,我又读高平叔《蔡元培年谱长编》,既敬仰蔡先生的功高德劭,又钦佩高先生编著"长编"的功力。高先生广征博引,收集遗篇;南北奔走,订正异说;记录翔实,论述精当;树立了年谱学的典范。高先生要我再写一篇读后体会,我迟迟没有动笔起稿,不幸高先生在1998年底逝世了!

高先生是蔡先生的知心门生,蔡先生生前嘱高先生代为编辑他的文集和年谱。抗日战争期间,兵荒马乱,高先生的稿件多次丧失。解放后回国,高先生在"文化大革命"期间又遭不白之冤,长期被禁锢和流放。改革开放之后,冤狱平反,高先生以耄耋之年,急起直追,鞠躬尽瘁,终于写成了"长编",皇皇四巨册,二百万字。其用力之勤,用心之苦,世无伦匹!出版之时,高先生在序言中说:"后死者之责,稍稍尽矣!"

多党民主、昙花一现

辛亥革命，宣统退位，三百年满清统治结束。孙中山领导同盟会在南京成立中华民国临时政府。南京军力不敌北京，同盟会不得已派蔡元培率代表团去北京，把总统职位授予袁世凯，条件是废除君主，建立民主。同盟会参加以唐绍仪为内阁总理的多党政府，蔡元培担任教育部总长。不久，袁世凯侵犯内阁职权，唐绍仪和蔡元培等同盟会阁员愤然辞职，退出内阁。多党民主，昙花一现。

"长编"记载：

1912年2月21日，蔡元培偕南京临时政府的迎袁（世凯）团人员赴北京。3月4日，确定临时政府地点为北京。3月10日，出席袁世凯在北京举行的临时大总统就任典礼。4月26日，教育部总长蔡元培与次长范源廉一同到任视事。6月15日，袁世凯侵犯国务院的副署权力，国务总理唐绍仪愤而离职。6月21日，蔡元培与王宠惠、宋教仁、王正廷等同盟会籍总长联袂辞职。

废除皇帝，换来军阀，当然是革命的失败。民国是创建了，清朝是结束了，但是封建制度依然如故。不过，昙花一现的民主，使全中国和全世界耳目一新，振奋了中国人民的民主意识。不久，袁世凯做皇帝，自取灭亡。张勋复辟，顷刻败灭。这都是民主意识的力量在发挥作用。

中国革命不断受挫，至多只能半步半步地曲折前进，这是两千年封建的历史后遗症。可是民国初年的民主派也不是一事无成。细读"长编",可以看到,军阀不懂文教,轻视文教,民主派在北洋政府之下,竟然在文教方面实行了一系列实质性的民主改革。

学术自由、教授治校

把封建古国改造成为现代的民主国家,不是换一块招牌就了事的。首先的和基本的工作是把封建教育改为民主教育,这一工作十分艰巨。蔡元培担任民国的首任教育部总长,历史责任异常重大。他发表《对于教育方针之意见》,提出"忠君与共和政体不合,尊孔与信仰自由相违"。在宣统皇帝还住在故宫的时候,就能提出这样有远见的方针,真是"站得高、看得远"。炎黄子孙到1970年代还在绣"忠"字旗、跳"忠"字舞,到1990年代还在向孔庙行三跪九叩首礼。对比一想,不能不使人钦佩蔡元培的先知先觉。

蔡元培担任北京大学校长,树立民主教育的模式,在短暂的时间中发生了深远的影响。他的办学原则是:学术自由、兼容并包;民主办学、教授治校。

"长编"记载:

△1916年9月1日,北京政府教育总长范源廉"专电(法国)敦请蔡元培担任北京大学校长"。12月26日,总统黎元洪发布命令,任命蔡元培为北京大学校长。1917年1月9日,北京大学开学。

△1917年1月13日,蔡元培邀请陈独秀到北大任文科学长,陈所主编的《新青年》杂志社也迁到北京。9月10日,胡适得到陈独秀代蔡元培邀请,离纽约来北京担任北大教授。

△1917年9月20日,蔡元培在北大学期开学典礼上说:大学不是贩卖毕业文凭的机构,也不是灌输固定知识的机构,而是研究学理的机构。大学生不是来熬资格的,也不是来硬记死背教员讲义的,而是在教员指导之下自动研究学问的。大学延聘教员,不但要求有真才实学,还要求对学问有研究兴趣,并能引起学生的研究兴趣。对世界的科学要采取最新的学说。我们本国固有的学问,也要用新方法来整理。

△蔡元培说:"对于各家学说,按各国大学通例,依思想自由原则,兼容并包。无论何种学派,苟其言之成理,持之有故,即使彼此相反,也听他们自由发展。""学术讨论有绝对自由,丝毫不应受政治、宗教、历史纠纷或传统观念的干扰。"

自由是学术创造的必要条件,好比水源是庄稼生长的必要条件。学术自由要有具体措施来保证。蔡元培的具体措施是:教授治校。

"长编"记载:

△1917年12月,蔡元培在北大设立评议会,从各科学长和各科教授中互选若干人为会员,大学校长为议长,这是全校最高的立法机构和权力机构。评议会在各学科设立教授会,以教授和讲师为会员,主任会员互选。当时设立了十二个学门的教授会(国文、英文、德文、法文、数学、物理、化学、哲学、政治、法律、经济、商业)。这就是教授治校的具体措施。

"五四"运动

蔡元培任职北大不久,1919年发生震惊世界的"五四"运动。人们说,蔡元培建设了民主北大,民主北大掀起了"五四"运动,"五四"运动开展了思想解放。其实,"五四"运动不是一个北大所能掀起的,思想解放了的广大人民群众才是"五四"运动的真正原动力。从深层观察,"五四"运动实际萌芽于鸦片战争,促成于日本侵略,而思想的营养料来自欧美。当时,内有国贼,外有强邻,欧战胜利而中国受辱,怎能不激起人民群众的"五四"运动呢?

"长编"记载:

△1919年5月3日,蔡元培以北京欧美同学会总干事的身份,致电(巴黎)中国首席代表陆征祥(陆是该同学会会员),劝告陆切勿在丧权辱国的和约上签字。

△5月4日,北京十几所高校的学生三千余人汇集天安门,举行示威,发表演说,散发传单,高呼口号,反对亡国条约。游行队伍到达赵家楼曹汝霖的住宅,痛打章宗祥,放火烧曹宅。大批警察赶到,将殿后的三十二人逮捕。

△5月5日,蔡元培等十四所高校校长在北大开会,一致认为"五四"是人民群众的运动,不可让被拘的少数学生负责。若指此次运动为学校的运动,亦当由各校校长负责,并表示愿以各校校长本身待罪,蔡元培甚至愿以一人抵罪。5月6日,全国各地纷纷来电北京,强烈要求释放被捕学生。5月7

日,被捕学生全部得到释放。

△6月10日,北洋政府在全国愤怒指责下,把曹汝霖、章宗祥、陆宗舆三个亲日卖国官员撤职。6月28日,中国代表拒绝在《巴黎和约》上签字。

"五四"运动没有在被捕学生得到释放之后就结束,相反,"五四"成为中国人民觉醒的新起点,从此开始了更加广泛深入的思想解放运动。提出邀请"德先生"(民主)和"赛先生"(科学)的口号。提倡国语运动和白话文运动。一系列新文化运动从此蓬勃发展。

白话文运动

"五四"运动跟白话文运动联系在一起,有时白话文运动代表了"五四"运动。这是什么道理呢?欧美学者把"五四"运动看做是中国的文艺复兴。在欧洲,使人们走出中世纪黑暗时代的文艺复兴,是以他们的民族白话文运动为先导的。语文是思想的载体,解放思想的文艺复兴跟白话文运动互为表里。欧洲如此,中国也是如此。蔡元培对白话文运动是积极的支持者,这在我的《现代教育的开创者蔡元培》中已经论述。

自由、平等、友爱

蔡元培信奉法国大革命的三原则:"自由、平等、友爱"。

他以儒家学说来做对照解释。他说：所谓"自由"，即孟子所谓"富贵不能淫、贫贱不能移、威武不能屈"者，是也。准之吾华，当曰"义"。所谓"平等"，即孔子所称"己所不欲，勿施于人"者，是也。准之吾华，当曰"恕"。所谓"友爱"，即孔子所谓"己欲立而立人、己欲达而达人"者，是也。准之吾华，当曰"仁"。在"忠、恕、仁、义"四字中，他去掉了"忠君"的"忠"字。这表达了他的民主思想。

一位美国大学校长说：蔡元培以一位大学校长，能对一个国家的历史做出转变乾坤的伟大功绩，这在世界历史上是独一无二的。

1999.3.1

载《群言》1999年第8期

圣约翰大学创立一百一十周年

一百一十年前(1879),圣约翰书院在上海成立,成为中国最早的新式大学。这是一座横跨太平洋的中美文化桥梁。在这座桥梁上,曾经往来过许多推进中美文化交流的历史人物。

坐独轮车上学

1923年,我考上圣约翰大学。开学时,从上海的静安寺坐独轮车到梵皇渡上学。当时的静安寺是市区西边的尽头,再往西去就是田野了。独轮车中间是高起的车轮,左右两边,一边坐人,一边放铺盖,吱嘎吱嘎地在崎岖不平的田埂上缓缓前进。回头一看,后面还有四五辆独轮车同样向梵皇渡前进。

独轮车跟历史博物馆里的指南车在工艺水平上相似。传说黄帝造指南车,无实物证明。

《宋史·舆服志》:"仁宗天圣五年(1023)工部郎中燕肃始造指南车",指南车可能是这个时候创造的。这离开我坐独轮车上学有九百年的时间。

独轮车代表古代文化,圣约翰大学代表现代文化。坐独轮车上学就是跨越九百年的文化时间,奔向现代。

重结文化姻缘

1925年,上海发生"五卅惨案"。圣约翰大学的华籍师生集体离校,出来自办一个光华大学。同学们挥泪走出校门时候的心情是:"吾爱吾师,吾尤爱祖国"!

在同学们的心上,这是一个历史的伤痕。当时,北伐胜利,人心激昂,在历史剧变中,无可避免地造成了这个历史的伤痕。

现在,中国和世界进入和解时期。我们应当历史地回顾历史,消除旧嫌,缔结新交,重结中美的文化姻缘,重建中美的文化桥梁。

圣约翰大学和光华大学同出一个根子。两校校友应当亲如兄弟,共同携手建设新中国。

老树新枝再逢春

1952年,中国实行院系调整,圣约翰大学在它七十三岁时候结束了。同时,其他教会学校也全部结束了。不但结束了教会学校,也结束了所有的私立学校,包括光华大学。

在西方,宗教是文化和教育的源头。教会办学有悠久的传统。在中国,教会学校出了不少革命家,可见教会学校无害于革命。教会学校向来奉行信教自由。听说匈牙利等东欧国家,已经恢复教会学校。我国是否也可以恢复教会学校？这是一个应当认真研究的问题。

在今年圣约翰大学一百一十年纪念的时候,住在世界各地的校友都希望回到上海,在圣约翰大学的旧址,共同筹划圣约翰书院的再生。事先商定,种植樟树一棵,表示"老树新枝再逢春"！

文明古国要现代化。古老的大学要再生。一个教育现代化的新时代要开始了！

注:此文为筹备1989年10月"圣约翰大学创立一百一十年纪念会"而作;后纪念会未能举行。

附录:

周有光著作单行本目录

01.《新中国的金融问题》,香港经济导报社 1949 第 1 版。
02.《中国拼音文字研究》,上海东方书店 1952 第 1 版,1953 第 6 版。
03.《字母的故事》,上海东方书店 1954 第 1 版;上海教育出版社 1958 修订版。
04.《普通话常识》,周有光等著,文字改革出版社 1957 第 1 版。
05.《汉语拼音词汇》,周有光主编,文字改革出版社 1958 初稿本,1964 增订版;语文出版社 1989 重编本。
06.《拼音字母基础知识》,文字改革出版社 1959 第 1 版。
07.《汉字改革概论》,文字改革出版社 1961 第 1 版;1964 修订第 2 版;1979 第 3 版;香港尔雅社 1978 修订本;"日本罗马字社"1985 日文翻译本,译者橘田广国。
08.《电报拼音化》,文字改革出版社 1965 第 1 版。
09.《汉语手指字母论集》,周有光等著,文字改革出版社 1965 第 1 版。

10.《拼音化问题》,文字改革出版社 1980 第 1 版。

11.《汉字声旁读音便查》,吉林人民出版社 1980 第 1 版。

12.《语文风云》,文字改革出版社 1981 第 1 版。

13.《中国语文的现代化》,上海教育出版社 1986 第 1 版。

14.《世界字母简史》,上海教育出版社 1990 第 1 版。

15.《新语文的建设》,语文出版社 1992 第 1 版。

16.《中国语文纵横谈》,人民教育出版社 1992 第 1 版。

17.《汉语拼音方案基础知识》,语文出版社 1995 第 1 版;香港三联书店 1997 第 1 版。

18.《语文闲谈》"初编"上下册,1995 第 1 版,1997 第 2 版;"续编"上下册,1997 第 1 版;"三编"上下册,2000 第 1 版,北京三联书店;北京"中国文库"(初编)2004 第 1 版。

19.《文化畅想曲》,中国青年出版社 1997 第 1 版。

20.《世界文字发展史》,上海教育出版社 1997 第 1 版;世纪文库 2003 修订再版,2011 增订第 3 版。

21.《中国语文的时代演进》,"了解中国丛书",清华大学出版社 1997 第 1 版;美国俄亥俄大学"Pathways 丛书"2003 中英文对照本第 1 版,英文译者美国张立青教授。

22.《比较文字学初探》,语文出版社 1998 第 1 版;2011 第 2 版。

23.《多情人不老》,"双叶集丛书",张允和、周有光合著,江苏文艺出版社 1998 第 1 版。

24.《新时代的新语文》(战后新兴国家的语文新发展),北京三联书店 1999 第 1 版。

25.《汉字和文化问题》,费锦昌选编,"汉字与文化丛书",辽宁人民出版社 1999 第 1 版。
26.《人类文字浅说》,"百种语文小丛书",语文出版社 2000 第 1 版。
27.《现代文化的冲击波》,北京三联书店 2000 第 1 版。
28.《21 世纪的华语和华文》(周有光耄耋文存),北京三联书店 2002 第 1 版。
29.《周有光语文论集》,苏培成选编,共四册,2002 上海文化出版社第 1 版;2007 年得吴玉章奖金特等奖。
30.《周有光语言学论文集》,苏培成选编,商务印书馆 2004 第 1 版。
31.《百岁新稿》,北京三联书店 2005 第 1 版。
32.《见闻随笔》,新世界出版社 2006 第 1 版。
33.《学思集》(周有光文化论稿),徐川山选编,上海教育出版社 2006 第 1 版。
34.《语言文字学新探索》,语文出版社 2006 第 1 版。
35.《汉语拼音·文化津梁》,北京三联书店 2007 第 1 版。
36.《周有光百岁口述》,周有光口述,李怀宇撰写,广西师范大学出版社,2008 第 1 版。
37.《朝闻道集》,世界图书出版公司 2010 第 1 版。
38.《拾贝集》,香港天地图书有限公司 2010 第 1 版;世界图书出版公司 2011 增订第 1 版。
39.《孔子教拼音》(语文通论),香港天地图书有限公司 2010 第 1 版;世界图书出版公司 2011 增订第 1 版。
40.《文化学丛谈》,语文出版社 2011 第 1 版。